contos
completos

Sergio Faraco

contos completos

3ª. EDIÇÃO incluindo 4 contos inéditos

Texto de acordo com a nova ortografia.

1ª edição: 1995
2ª edição atualizada: 2004
3ª edição ampliada e atualizada: 2011
Esta reimpressão: maio de 2018

capa: Ivan Pinheiro Machado
revisão: Fernanda Lisbôa e Jó Saldanha
revisão final: Sergio Faraco

ISBN 978-85-254-0466-4

C219c	Faraco, Sergio, 1940-	
	Contos completos / Sergio Faraco. – 3 ed. – Porto Alegre: L&PM, 2018.	
	352 p. ; 23 cm.	
	1.Literatura brasileira-Contos. I.Título.	
		CDD 869.931
		CDU 821.134.31(81)-34

Catalogação elaborada por Izabel A. Merlo, CRB 10/329

© Sergio Faraco, 1995, 2004, 2011

Todos os direitos desta edição reservados a L&PM Editores
Rua Comendador Coruja, 314, loja 9 – Floresta – 90.220-180
Porto Alegre – RS – Brasil / Fone: 51.3225.5777 – Fax: 51.3221-5380

Pedidos & Depto. Comercial: vendas@lpm.com.br
Fale conosco: info@lpm.com.br
www.lpm.com.br

Impresso no Brasil
Outono de 2018

Sumário

PRIMEIRA PARTE

O céu não é tão longe..11
A sagração da noite escura 19
Lá no campo 24
Aventura na sombra..31
Dois guaxos 35
Manilha de espadas 39
Travessia..46
Noite de matar um homem 51
Guapear com frangos 57
A voz do coração 64
O voo da garça-pequena...69
Bugio amarelo 77
Adeus aos passarinhos..82
Sesmarias do urutau mugidor 85
Hombre 94
Velhos 102

SEGUNDA PARTE

A língua do cão chinês..109
Irene..111
Viagem ao fim do mundo.......................................113
Clareava o dia..116

Idolatria 119
Verdes canas de agosto..122
Outro brinde para Alice 125
Três segredos 128
Sermão da montanha...133
Uma casa ao pé do rio 138
Guerras greco-pérsicas 141
Quatro gringos na restinga 144
Não chore, papai 149
Majestic Hotel...152
Doce paraíso 155
A touca de bolinha 159
Neste entardecer..166

TERCEIRA PARTE

Um destino para o fundador..................................171
Dia dos mortos..175
Pessoas de bem 181
A bicicleta 186
A dama do Bar Nevada..190
Restos de Gre-Nal 197
Boleros de Julia Bioy 201
Procura-se um amigo...210
Café Paris 214
A era do silício..218
Sonhar com serras 222
Uma voz do passado..225
Danúbio Azul..231
Domingo no parque...234
Um dia de glória..237
Formosa ex-pintinha 239
O silêncio..242

Um aceno na garoa	246
Madrugada	254
No tempo do Trio Los Panchos	257
Conto do inverno	261
Saloon	266
Na rua escura	272
O segundo homem	276
Dançar tango em Porto Alegre	282
Tributo	296
Um mundo melhor	301
A enchente	307
Os negros do Quênia	316
Legião Estrangeira	324
O prisioneiro de Gaspra	336
Epifania na cidade sagrada	339
Depois da primeira morte	346
O autor	349

PRIMEIRA PARTE

O céu não é tão longe

Ao prender a rédea no palanque, onde paravam já outros cavalos, notou Isidoro que, na cancha de osso ao lado do bolicho, os homens o olhavam, e tais olhares, embora insistentes, não eram provocativos, antes curiosos, surpresos. Gente conhecida, peões da vizinhança que folgavam, e Isidoro, que vinha de uma estância próxima, onde capatazeava, e ia para outra mais distante – as visitas domingueiras ao mano –, estranhou essa atenção. O zum-zum sobre a menina cruzara já a porta do bolicho? Afrouxou sobrecincha e cincha, aliviando o ruano. Deu uma palmada na paleta do animal, pendurou o chapéu na cabeça do lombilho e arrodeou o palanque. Da cancha, ainda o olhavam, agora com disfarce.

Três homens ao balcão.

– Buenas.

Nenhum se voltou. Bebiam. Joaninha, saindo da cozinha, murmurou algo que ele não compreendeu e imaginou ser um cumprimento.

– Como passa o senhor seu pai – indagou à moça.

– Assim-assim.

– Continua no hospital?

Pois continuava, e derrubou o copo ainda vazio de Isidoro.

– Ai, desculpe.

Ao servir, as mãos dela estremeciam.

Os homens, que no toco Isidoro esmiudara, eram três polacos um tanto despilchados: dois de alpargatas, camisas remangadas, o outro com a túnica de um longínquo sargento, puída, sem botões, e tênis tão acalcanhados que pareciam natos já como chinelos. Admirou-se de nunca tê-los visto e, pior, não receber a saudação que se costumava dar a quem chegava, perguntando-se pelo destino e o estado do cavalo.

Era gente da cidade.

E pela estampa, gente ruim.

Na ponta do balcão, olhos baixos, ele degustava sua branquinha, e num gesto mecânico levou a mão ao coldre, na guaiaca. O revólver ficara em casa, não o carregava aos domingos. Um gole e sentiu-se menos cismado, e logo bem-disposto ao ver os polacos pagarem a bebida e se retirarem. Um deles disse à moça:

– As melhoras de seu pai, dona.

Joaninha abriu a boca, mas não se ouviu nenhum som.

– Outra – pediu Isidoro.

Ao invés de servi-lo, ela correu à porta para espiar. Isidoro a observava e ouviu o rumor das patas quando os homens ganharam a estrada, a trote. Joaninha se acercou, ofegante.

– Fuja, fuja!

– Mas que é isso, moça?

– Estão armados e dêle a perguntar pelo senhor.

– Ah é? E o que a moça disse?

– Que o senhor passava de manhã, ia visitar o irmão na Alvorada. Só depois vi o revólver... Fuja, seu Isidoro!

– Não tenho do quê, vai ver que é negócio.

– Não há de ser! Não há de ser!

– Moça preocupada com o pai...

E passou-lhe a mão no rosto, um gesto quase delicado.

Joaninha tinha 32 anos e era solteira, também dentuça, feinha, mas um mimo de mulher, se conduta e bom gênio contassem no juízo masculino. O bolicheiro desejava casá-la com Isidoro, mas este, por mulherengo, negaceava, não era de seu feitio aferrolhar-se a uma mulher e o que lhe apetecia era manter dois ou três cambichos nos puteiros de Maçambará. No entanto, a uma única mulher devia o perigo que talvez estivesse a correr.

— Não se assuste – tornou –, será algum interesse nos meus boizinhos. Em todo caso, se a moça vai se anervosear é melhor que eu leve aquela parabelo do senhor seu pai. Não que precise.

A caminho da Fazenda Alvorada, Isidoro devotava seus pensamentos a uma outra estância, a do Umbu, e figurava a caçula de Dom Romualdo Castanha, senhorita Maria Zilda.

•

Ao recorrer, com a devida licença, os campos lindeiros do Umbu, à cata de uma rês extraviada, vira o petiço na margem do arroio, amarrado a uma sina-sina, e Maria Zilda seminua, reclinada no pasto sobre a toalha. Rapariga levada. Já uma vez o provocara com requebros e nhem-nhem-nhéns, quando estivera no Itaqui para tirar um documento e visitara o pai dela. Era da raça do fósforo, bastava um risco, maiormente agora que despachara o noivo amaricado. Ia passar ao largo, mas a tentação de vê-la de perto foi mais forte.

Maria Zilda sentou-se, abraçando as pernas. O seio, encobrira com a ponta da toalha.

— O senhor por aqui, seu Isidoro?

— Eu mesmo. Desde cedo estou campeando a mocha brasina que varou o alambrado. A menina não viu?

— E que visse... Não conheço pelo de vaca.

— Brasina é cor de brasa, malhada de escuro.

— Posso ter visto... sem ver. Não quer apear?

— Gracias, aceito.

Ao desmontar, atando a rédea na mesma arvoreta, não dissimulou uma olhadela à calcinha da menina, onde abojava aquela sombra densa. Acocorou-se à meia distância.

— Então... como passa Dom Romualdo?

— Bem. E seu patrão?

— Bem.

— Está aí?

— Não, foi ontem pro Itaqui.

– Papai foi hoje. Se estivesse aqui, eu não poderia me bronzear. Fico assim como o senhor vê, quase sem roupa.

Ele aprovou com a cabeça, embora lhe fosse difícil entender por que ela precisava se tostar ao sol da meia-tarde.

– São essas coisas...

– Que coisas, Seu Isidoro?

– Bueno, coisas da vida...

Ela riu, e os alvos dentes do riso a tornavam mais convidativa. Na sina-sina, o petiço priscou, mordido pelo ruano.

– Olhe só o seu cavalo, que malvado.

– É retouço. Quem não gosta de um retouço?

– O senhor gosta?

– Eu mais que todos.

– O senhor é tão engraçado...

E riu de novo. A toalha tinha caído e Isidoro viu o seio nu, apertado contra o joelho.

– E a senhora, se desculpa o atrevimento, uma lindona.

– Acha? – e mordeu o lábio, e estirou as pernas, e nos mimosos morretes os bicos negros e eriçados pareciam apontá-lo e culpá-lo por falta de saliva. – De rosto?

– De tudo – a garganta lhe secara – e mais um pouco.

– Mais um pouco?

– Um pouco muito – e ajuntou, num arranco: – Uma dona como a senhora leva um homem até o céu.

– O senhor também, Seu Isidoro?

– Mais que todos.

Ela se aproximou, de gatinhas, e tocou no braço dele.

– O céu é muito longe. Não quer ir comigo até a tapera, que é mais perto?

– Com a senhora – pôde responder, num cochicho, aturdido pelos corcovos de seu sangue –, vou até onde mora o belzebu.

Antiga morada de um posteiro, a tapera era o refúgio de um cacunda guaxo que, durante o dia, esmolava na vila do Bororé. As paredes de tábua estavam prestes a tombar. Não tinha telhado, e folhas de zinco na cercania atestavam a violência do vendaval que a destapara. Tivera quatro peças, agora três com a queda de um tabique, e por tudo coalhava a flexilha, despontando no buraco das janelas. Por tudo, não. A um canto, a casita dentro da casa: uma pequena cobertura de zinco e couro, à meia altura da parede, suspensa em cada extremidade por dois pares de tramas em xis enrabichadas no chão. Debaixo, um pelego sobre tábuas e ali a menina deitou, arreganhando as coxas, as narinas a fremir como as das éguas.

E era limpa, cheirosa, e era macia. E como sabia se acomodar, espremida pelo macho, como o entrelaçava, apresilhando-o com as pernas trigueiras, como o aceitava, secretando a vereda de seu faminto abismo. E Isidoro, estuando de desejo e emoções desconhecidas, começou a descobrir que, em sua vida empachada de mulheres, era a vez primeira que veramente entrava num corpo que ansiava por seu corpo, era a vez primeira que veramente cobria uma mulher e o resto era bagaço comprado a pouco pila.

A fortuna é perversa: se dá o pão, tira o miolo.

Quando o cacunda os viu e abalou feito o gato da água, Isidoro pressentiu que sua descoberta tinha preço. De fato, na mesma semana soube que Dom Romualdo sapecara a filha, e esta, sem demora, fora devolvida à casa da cidade, à mercê da língua do povo e fadada a morrer solteira.

E agora aqueles polacos.

•

Avançava o ruano a passo, vigiado pelo passaredo na galharia que se debruçava sobre a estrada. Vinha uma jardineira ao seu encontro, com ela uma musiquinha, e Isidoro disse consigo que o peão da Alvorada, que nos domingos demandava ao bolicho por mantimentos, jornais e cartas, estava atrasado. Costumava topar com a jardineira mais cedo.

Pararam.

– Buenas – disse o peão, desligando o radinho Spica, sintonizado na Rádio Itaqui.

– Buenas.

– Como passa o senhor?

– Bem. E tu?

– Bem.

Calaram-se, por momentos olharam ao longe para algo que certamente não viam.

– E meu mano? – recomeçou Isidoro. – Guareceu do pé?

– Pois guareceu. Já hoje andou montando.

– Não dói mais?

– Diz que dói, mas menos.

– Tem que ir no doutor.

– É o que eu digo.

– Mas é xucro.

– Demais.

Isidoro dobrou a perna, repousando-a no pescoço do ruano.

– E esse tempo? Vem água?

– E vem que vem, a formiga anda que só ela.

– Eu vi.

– Formiga não mente.

Riram. Isidoro ofereceu a fumeira.

– Tá servido?

– Como não? Já fiz o meu hoje, mas... mais um, menos um...

Fizeram os cigarros e fumaram em silêncio, com longas e prazerosas tragadas.

– Me voy – disse Isidoro, recolhendo a perna. – A formiga é sincera, mas que a manhã tá bonita, tá.

– E movimentada.

– Não diga.

– Digo. No mato aqui pra trás, perto da cruza da sanga, vi três pilungos maneados.

– Três?

– Um, dois, três.

– Um gateado e dois rosilhos?
– Encilhados.
– De que lado?
– Pro senhor, às direitas.
– E os fulanos?
– Até parei pra olhar. Não se mostraram.
Por isso se atrasou, pensou Isidoro.
– Bueno, te aguardo na Alvorada com o mate andando.
– Com muito gosto – agradeceu o peão. E para o cavalo: – Te mexe, lasqueado!

A jardineira se afastou, erguendo difusa polvadeira, e Isidoro cutucou o ruano. Inquietava-se, mas não era homem de fazer volteios diante de um aperto. De que adiantava refugá-lo? Conseguindo hoje, amanhã não conseguia e então era o caso de apurá-lo, quando menos para não passar dias e semanas no puxa e afrouxa, com prejuízo do serviço. E mais: fazia oito anos que, no domingo, ia matear com o irmão, que retribuía no seguinte. Não ia atropelar o costume, entregando as fichas àqueles sebentos.

Meia-légua adiante a estrada serpejava coxilha arriba. Além, no fim do lançante, assanhava-se um fio d'água entre pedregulho que chamavam Sanga dos Antunes, e grassava o mato pelas bandas do caminho. Quem quer que lá estivesse à espreita avistaria um ginete no topo da coxilha, mas Isidoro, a passo, seguia rumo ao seu destino.

Seguia também o dia no campo, que se abria qual um mar: a garça-vaqueira no meio do gado, a inocência estrábica dos nhandus te mirando, e te mirando também, de um moirão, o perverso quiriquiri, e o grito das saracuras num banhado, e a vigilância ruidosa dos quero-queros, e o voo remoto dos infaustos urubus, evocando a morte, e a doçura das rolinhas-picuí a namorar num garupá, evocação da vida. Uma súbita preá cortou a estrada em busca de seu gravatazal.

À distância, podia afetar que o ginete cabisbaixo vinha adormecido ou borracho, mas seu olhar espiolhava o cenário: acabara de ver adiante os cavalos, onde lhe indicara o peão, e os fulanos, decerto, estariam à esquerda, supondo que haveriam de surpreendê-lo. Apeou e, com o ruano a cabresto, entrou no mato, não muito, o bastante para arredar a montaria do bochincho. Com rápidas passadas retornou à orla e se ocultou atrás de uma guajuvira. Enxergava o caminho de laço a laço e, por supuesto, quem tentasse atravessá-lo. Sabiam os polacos que ele apeara ali, mas o que não sabiam nem podiam saber, porque eram da cidade, é que ninguém se move despercebido num capão cerrado: aqui vai o intruso, diz o bulício das asas nas grimpas do arvoredo.

Ao pé da guajuvira, esperou.

Eles se aproximavam e acima de suas cabeças esvoaçavam ora a juriti-pupu, a caturrita, o bem-te-vi, ora o pardalzinho, o sabiá-laranjeira, o tororó, e Isidoro crispou-se quando a revoada alcançou as primeiras árvores esparsas. Encostou a pistola no tronco e não precisou esperar mais: lá se vinham, arrastando-se entre as guanxumas. Então ignoravam que a natureza os denunciara? Divisava uma perna e era nela que lhe dormia a mira, um susto e os botava a bom galope. Mas eles trocaram de lugar e então Isidoro, a dez braças se tanto, viu distintamente apenas dois polacos.

E o terceiro?

O terceiro, ele não veria jamais.

Sentiu o baque nas costas, que o grudou na guajuvira. Intentou voltar-se, outro tiro o atingiu na nuca e ele escorregou, abraçado ao tronco, até ajoelhar-se e logo despencar de bruços na folharada.

– Alguém lhe manda lembranças – disse o homem da túnica.

Tossia, deitava sangue da boca, do nariz, mas naquele veloz instante, antes que o nada lhe carcheasse todos os pensamentos e todos os dias por viver, pôde figurar mais uma vez a caçulinha dos Castanha. Na memória da pele ainda guardava o cheiro dela, um cheiro alado que o remontava da orla do mato para um pelego entre flexilhas, onde o deus que mandava no desejo, andando de quatro como um bicho, trazia nas ancas, em balaios de ramaria, o sabor agridoce da pitanga e os suspiros e os gemidos da menina. Não era tão longe o céu. Que lhe cobrasse a vida chica! Ao menos não a perdia na doença, mas por um corpo dourado de mulher e com o recuerdo daquela tarde na tapera.

A sagração da noite escura

Para João Sampaio

À tardinha, no Fargo de partida a manivela, Milito pegou Joca e Vô Quintino em casa. Foram comprar a carne, sal grosso, pão, farinha, a canha, e à porta da tenda já os esperava o correntino Herédia com os cachorros capincheiros.

Ao deixarem a cidade, anoitecia.

Na boleia, Milito e Vô Quintino, este o mais velho, beirando os cinquenta. Na traseira, Herédia e Joca – o mais novo, com menos de vinte –, escarranchados nos fardos das barracas, entre os cachorros e caixas de papelão. A comprida, que em seus verdes anos embalara uma enceradeira, protegia duas Flobé .22, que não arruinavam o couro do animal. Em outra, o lampião, a bateria e o silibim[1], que o guri carcheara de um jipão do exército antes de dar baixa. A tralha ia dispersa: machado, facões, lanternas e jornal velho para começar o fogo.

A estância de Tito Iglésias distava légua e meia do Itaqui para o sul, oito quadras de sesmaria cujo limite, ao fundo, era o rio Uruguai. Chegaram já noite fechada. Após saudar o estancieiro e Dona Veva, seguiram para o rio, talhando o matagal ribeirinho por uma áspera vereda, percorrida tão só uma vez ao mês pelo Ferguson 35 com que Iglésias rebocava os artigos contrabandeados do Alvear.

●

Era o rei do chibo[2], esse Iglésias.

---
1. Corruptela de *sealed-beam*, farol selado para veículos automotores. (N.E.)
2. Contrabando de pequeno porte, muito comum na fronteira do Rio Grande do Sul com a Argentina. (N.E.)

Farinha de trigo, trigo em grão, banha, queijo, bolachas, manteiga Tulipán, sabão em pó Lux, alfajores Tatín e as saborosas galletitas Tentaciones, sortimentos da Casa Martí de Pepito Mágua, eram itens do consumo doméstico, mas os cashmeres e os cortes de fazenda de La Favorita, que o judeu León Benasayad e doña Mesodya mandavam buscar de Buenos Aires, Iglésias distribuía no comércio de Alegrete, Rosário e São Gabriel. Também vinham pelo rio as balas incendiárias, proibidas no Brasil, que se destinavam aos condomínios das caturras nos altos dos eucaliptos, uma praga das lavouras de milho: ele as revendia, com cevado ganhamento, para lavoureiros de municípios distantes da fronteira. Vivia a la gordacha menos pela pecuária do que pelas lambanças fluviais. Eis porque, descuidando o senso comum, fazia vista grossa àqueles herodes que, acampados em sua propriedade e usando-lhe o barco, desbaratavam a natureza selvagem e até cruzavam o rio atrás das nútrias, mais abundantes na margem correntina, sem que os pudesse alcançar o braço da gendarmería: eram os mesmos que, em troca de minguados pilas, traziam-lhe as mercadorias.

•

Enquanto Vô Quintino abria o buraco para o assado, campeava lenha seca e atacava um esporão-de-galo para tirar espetos, armavam os outros duas barracas, menos para o sono, que seria nanico, antes para escapar ao assanho dos borrachudos, que se atracavam nas partes visíveis do corpo, amiudando os olhos e despalhando a comichão. Arrastaram o barco para a água, com a bateria e o silibim, e o amarraram num salso. O velho prendera o fogo, espetara a carne, e sentaram-se todos ao redor. O lampião, à parte, projetava mais sombra do que luz, e a caneca ia trocando de mão. Quando o vô aprontou o assado, estavam famintos e já um tanto alterados. E era assim, à meia guampa, que costumavam descer o rio. Acreditavam que a canha afinava a pontaria.

Por volta de meia-noite, partiram, e sem o vô, encarregado de juntar e queimar esterco seco para afugentar a mosquitama. Milito remava. Herédia, abancado à popa, manobrava o silibim. Joca, em pé, já carregara a Flobé. Era o começo de uma noite estranha, que cada um, mais tarde, descreveria de um jeito, e que nenhum compreenderia.

O correntino iluminava as barrancas da margem brasileira e logo ali o cone de luz desvelou um capincho sentado. O barco reboleava e Joca dormiu na pontaria, com uma 22 era preciso balear na cabeça. O tiro ecoou na noite escura. O animal ferido testavilhou e, num reflexo de preservação da vida, lançou-se à água e desapareceu. Era por isso que, primeiro, eles desciam o Uruguai: depois, para montante, iam recolhendo os corpos no lombo da correnteza.

Esbanjava frutos do país, o capincho. O couro era vendido aos artífices de botas, tiradores, badanas, cintos, guaiacas, coletes, alpargatas e boinas, que depois iam esperar futuros donos nas prateleiras da Veterinária Aguapey, no Alvear – no lado de cá ninguém comprava, era crença de que o couro atraía mala suerte. Da gordura fervida, coada num guardanapo, produziam azeite de beber, bom para anemia, fraqueza, problemas respiratórios, falta de apetite, insônia e aburrimiento, e já nem se fala nas porções que pegavam o trem e, nos laboratórios do Rio de Janeiro, iam engrossar a catuaba e o guaraná nos crisóis do Capivarol. Até da carne havia quem se afeiçoasse, fresca ou charqueada, dominando a ciência de livrá-la da catinga: extraíam-se as glândulas do sovaco e da virilha.

Em duas horas, Joca e Herédia atiraram em quinze, mas agarraram doze: ou extraviaram três balas ou os faltantes tenderam para a costa do General Perón e vogaram rio abaixo sem que os avistassem. Agora, era preciso trocar a água pela terra e o remo pela alpargata: com o tiroteio, a bicharada refluía para os esconsos do matagal.

O vô carregou a mortualha para o Fargo – a carneação era em casa, no Itaqui – e os homens se acostaram para uma soneca.

•

Antes das quatro entraram no mato. Mantinham entre si certa distância para alargar a busca, com a cachorrada à testa. Além das lanternas, usavam apitos para marcar a posição, do contrário acabariam atirando uns nos outros quando os cachorros acuassem o animal.

Tinha começado a ventar.

Andaram mais de hora em vão. Viram rastros inconfundíveis – os quatro dedos das patas anteriores, os três das posteriores –, viram também troncos com a casca roída ou sujos do barro fresco das esfregaduras, e encontraram o paradouro onde a manada costumava se ajuntar, uma clareira devastada e granida de fezes ainda verdes, recentes, mas dos bichos nem um só de amostra.

Desistiram.

Aperreados, se este dizia sim, aquele dizia não, e cada qual queria culpar o outro pela ronda falhuta. Os cachorros, inquietos com a inação e a ventania, latiam por nada, e Herédia afastou com um pontapé o malhado que veio enfiar-se entre suas pernas.

Madrugada sem lua, sem estrelas, e eles caminhavam, acossados pelo murmuroso mato, e dir-se-ia que o arvoredo, farfalhando, ansiava por enxotá-los. O guri abria caminho e, num redepente, sem que se ouvisse o pisoteio e tampouco os cachorros se alertassem do fartum, sua lanterna deu com um par de olhinhos vermelhos. O capincho estava imóvel, atrás de um cepo apodrecido. Era entroncado. Era um macho. A cachorrada gania, mas não avançava, e aquele animalão, como feito de pedra, a fulminá-los com seu esbraseado olhar e uma ligeira e enervante batida de dentes que semelhava o pipocar distante de árvores caindo.

Era mesmo um capincho?

No campo um touro mugiu, mugido tão longo, tão sentido, que era como se gemesse uma dor antiga e sem remédio.

– Atira – gritou Milito, e o grito lhe saiu em falsete.

Joca apontou a Flobé, juntando a lanterna ao cano, mas não conseguia cravar a mira, sua visão também se avermelhava, estampada pela folharada tumultuosa, e quando conseguiu, bah, não é que o gatilho não cedia? Tinha friúras na barriga e a sensação de que matar aquele fosse-o-que-fosse contrariava uma coisa que não sabia o que era, mas tão misteriosa e como tão santa que, se o fizesse, seria castigado.

– Atira tu – pediu a Herédia, e ao virar-se descobriu que o correntino abrira os panos e já ia longe o difuso clarão de sua lanterna.

Recuaram, seguindo os passos do fujão, e para contornar a aparição obrigaram-se a um laborioso volteio pelo mato espesso. Iam apurados, espetando-se em galhos partidos, tropeçando em troncos tombados, e não olhavam para trás.

•

Na estância, Milito contou que tinham topado com um javali. Herédia jurou que era um lobo e que por isso seus cachorros se achicaram. Joca não dizia nada e, indagado, respondeu:

– Só enxerguei a mancha.

Vô Quintino se divertia e, exagerando, disse a Tito Iglésias que aqueles três, no retorno, traziam a roupa rasgada, a melena em pé e parecia que tinham visto o Diabo. Dona Veva, que não aprovava os rebusques do marido, nem seu vezo de se acolherar àqueles ventanas e muito menos o extermínio de animais, corrigiu-o:

– Eles viram Deus.

Lá no campo

A trilha se embrenhava num capão e por ela seguiram os dois ginetes, trote manso, até que o mato se despilchou do arvoredo grosso, das ramadas, do cipoal e das folhagens, desparramando-se em escassos espinilhos e umas poucas sina-sinas. Começava a escurecer. Já em campo aberto, subiram vagarosamente uma coxilha. Quem olhasse de longe os perderia de vista na descida e os veria ressurgir adiante, noutra elevação, com o mesmo trote repousado.

Os ginetes eram o velho Cuertino López e seu filho Joca. Ambos trabalhavam numa estância lindeira e viajavam sem pressa para cumprir, na vizinhança, um dever solene.

Era noite fechada quando chegaram à sede da fazenda cujos campos tinham acabado de cruzar. Aproximaram-se da casa pela frente, a cuscarada acoando ao redor. As paredes chatas branquejavam entre as árvores, eles viam a varanda em arco e ao lado o traço esguio do cata-vento, como um louva-a-deus em pé. A regular distância o galpão, a grande porta iluminada, atrás do galpão uma meiágua a dessorar suas indecisas luzes. Num sítio baixo, descampado, começavam as mangueiras, os banheiros do gado, e subia de lá um cheiro embrulhado de bosta e remédio.

No palanque havia dois cavalos. Maneados e dispersos, mais quatro, e os seis traziam garras domingueiras. O velho e seu filho detiveram-se ali, mas não desmontaram. Das casas já vinha um homem.

– É Vicente? – perguntou Cuertino ao filho.

Era. O velho saudou o capataz da estância, que o convidou:

– Vá se apeando, compadre.

— A bênção, padrinho — este era Joca.

— Deus te abençoe — disse Vicente, ao mesmo tempo em que sossegava os jaguaras.

Apearam. Cuertino amarrou a montaria no palanque, Joca maneou a sua.

— Noite bonita — disse o velho.

— De primeira — assentiu o capataz. — Em noite de paz velam os santos.

Na frente do galpão, sob os cinamomos, um fogacho reunia a comparsa. Os recém-chegados trocaram adeus e se acomodaram, sentados no garrão. Uma garrafa refrescava num balde d'água, longe do fogo, e a caneca corria de mão em mão. Na sua vez, o capataz enchia e a volta recomeçava, sempre pelo lado esquerdo. Quase não conversavam. De vez em quando um deles avançava um chiste e riam com recato, depois se aquietavam e algum ria de novo, sozinho.

Conforme a peona anunciou a boia passaram todos ao galpão, onde a mulher deixara a panela sobre a pedra de afiar. Comeram em ruidosos pratos aloucados, sem falar, mas ao final da refeição fizeram questão de atestar, com discretos arrotos, que a canjica com charque estava ao contento. Não chegaram a matear depois, como cumpria: veio outra vez a peona, serelepe, dizer que o Doutor Romualdo mandava saudar os visitantes e os invitava para um copito de licor.

Homem já maduro, mas robusto, de rosto aberto, franco, um vulto às antigas, o estancieiro os esperava na varanda, com a mulher e a filha. Pediu que sentassem nas cadeiras de palhinha, não cerimoniassem. A mulher serviu o licor, e a menina, numa bandeja, ia oferecendo aos homens. Ao frentear Joca, espiou-o, e o guri se mosqueou no assento, seguindo a moça com um olhar de espicho.

Praticaram do que lhes era familiar: a última esquila nas fazendas do distrito, o nível escasso dos açudes, o céu que se enfarruscava e não favorecia. Caladas, mãe e filha ouviam retalhos da conversação e se abanavam, carneadas pela mosquitama. Cuertino elogiou o licor, "de gosto sem exemplo", e Vicente alertou: era hora de substituir quem estava sem comer.

— Espero rever os senhores em dia mais a preceito — disse o estancieiro ao despedir-se.

Três deles, Guedes, Paco e Ataíde, rumbearam para a meiágua atrás do galpão. Os outros voltaram ao fogo, que a peona alimentara com fornidas achas.

— Bom homem — disse Cuertino.

— De fato — disse Vicente.

E então um longo silêncio, interrompido por ruídos indistintos de cozinha, atropelos da terneirada no chiqueiro ou pelo último sorvo a cada vez que o porongo cambiava de mão. Joca, pensativo, riscava a terra com um graveto.

— Doutor Romualdo de Souza... — fez o velho.

— É... — fez o capataz.

Chegavam três homens, Luicito, Marciolino e Pisca, que até então tinham feito presença na meiágua. Todos se conheciam.

— Como é que tá lá dentro — indagou Vicente.

— Meio abafado — disse Luicito.

— E Dona Luíza — quis saber Cuertino.

— Conformada.

E lá vinha de novo a peona...

Era uma chinoca petiça e ligeira, desprovida de beleza mas não de carnes. Entre um mandado e outro, decerto achara tempo para correr ao quarto, pois agora trazia no cabelo uma fitinha coloreada em tope. Na cozinha, ela disse, tinham aquentado a canjica. Luicito, Marciolino e Pisca entraram no galpão e a mulher se quedou por ali, remanchando. O velho notou que ela mexia no fogo e olhava para Joca.

— Posso ir agora, pai?

— Se te agrada...

Joca ergueu-se com agilidade. Era alto, moreno, tinha cabelos longos e lisos. Andando, abalançava-se para um lado e outro, feito o mangolão que em verdade não era. O velho o seguiu de revesguelho até a porta da meiágua.

— E essa peona, Seu Vicente? Ativa, não?
— Demais.
— Ainda solteira?
— Pois continua.

O capataz encheu a cuia para Cuertino.

— O Joca tá crescido. Ainda ontem nem sabia montar e vivia inticando com as galinhas.
— Crescido e safado – disse o velho.

Vicente riu mansamente.

— É da idade. Qualquer dia se arroja por aí a la cria.
— Não me avexando...
— Isso não, é um galinho buenaço, cumpridor.
— Galinho eu sei – disse Cuertino.

A cuia voltou para Vicente, que filosofou:

— E assim vai-se vivendo, compadre. Um nasce, cresce, cai no mundo...

O velho apontou o beiço para a meiágua:

— E de repente dá com a cola na cerca como o senhor seu sogro.
— É verdade – e Vicente olhou também para a casinha, como se esperasse ver o sogro lá na porta.
— Que mal pergunte – tornou Cuertino –, como é que o morto lhe tratou?
— Não me queixo – disse o capataz. – Me deixou uma pontinha de gado, vinte e seis cabeças. Estão na invernada do fundo, já com alguma cria.
— Tem marca?
— Ainda não, mas agora vou botar. Aquela brasina que andou saltando pro seu campo faz parte do interesse.
— Vaquilhona disposta.

Um dos homens saía do galpão e eles se calaram. Era Luicito, trazendo outra garrafa de caninha. Explicou que tinha tomado a liberdade porque ninguém sabia onde se metera a peona.

— A casa é sua, meu filho — disse Vicente.

Cuertino ergueu-se.

— Vou dar meu cumprimento à comadre.

Na casinha, não viu Joca. Junto à porta e em pé, estavam Guedes, Paco e Ataíde, nas cadeiras as mulheres e entre elas Dona Luíza, já de meio-luto. O morto estava no centro da peça, numa cama de solteiro, em cuja cabeceira haviam colado uma vela. Outras bruxuleavam numa mesa sem toalha, encostada na parede. Um lampião de querosene pendia de um gancho preso no teto.

Cuertino curvou-se atrás da mulher.

— Meus sentimentos, comadre.

Ela levou um paninho aos olhos. O velho fitou gravemente o morto e esmerou-se num pelo-sinal pausado e respeitoso.

Estava quente ali, havia mosquitos e um irritante grilo a cricrilar tão perto e tão invisível que se chegou a pensar — e Dona Luíza até deu uma espiada — que tivesse entrado nas narinas do morto.

Cuertino fez presença o bastante para um homem de sua idade. Ao sair, foi ver os cavalos. Alguns pastavam, os maneados, os do palanque imóveis como estátuas noturnas, menos um que tinha acabado de bostear e abanava a cola, mui campante. Ocultou-se atrás de um deles e urinou, respirando fundo. Reinava um cheiro bom de esterco fresco.

Encontrou junto ao fogo Vicente, Luicito e Pisca, pois Marciolino se oferecera para bracear mais lenha. A caneca andava outra vez de mão em mão. O velho deu seu gole e contou que um grilo se acampara no gogó do morto. "Nossa", disse alguém, e Luicito aproveitou para contar o causo de um morto que não morrera. Quando terminou, Vicente deu uma palmada na coxa.

— Vou recolher as tábuas. Já é tempo de ir providenciando, antes que o finado — e olhou para a meiágua — resolva sentar na cama.

— Sim, porque cantar já tá cantando — disse o velho.

Os homens acharam graça, Luicito se prontificou:

— Não se incomode, Seu Vicente. Eu e o Pisca cuidamos desse assunto, não é, Pisca?

— E como não!

— Grácias – disse o capataz. – Tem prego e martelo no jirau.

Ficaram só os dois e Vicente lotou a caneca com a sobra da garrafa.

— E o Joca que não aparece... – disse o velho.

— É... – fez o capataz.

Em silêncio, esvaziaram a caneca. Às vezes um resmungava qualquer coisa, e a contraparte do outro era como um eco demorado e vago que só desse voz depois de se esfalfar miles de voltas ao redor do fogo. Um cachorro veio cheirar as mãos de Cuertino, que o enxotou com um palavrão.

— Olhe quem vem lá – disse Vicente.

Era Joca, como vindo da meiágua. Hum, fez o velho, e disse, acentuando as últimas palavras:

— Tua madrinha tá pedindo pra tu ir lá *de novo*.

Joca parou, como assustado. Passou a mão no cabelo escorrido, deu meia-volta e foi-se.

— Safado – murmurou o velho.

— Não se enfrena colhudo, compadre – disse Vicente, divertido.

— Mas numa ocasião dessas...

— E há outras? Me lembro muito bem que em mil e novecentos e...

— Epa, Seu Vicente, vai desencatarrar a memória?

Marciolino se aproximava com uma braçada de lenha e ouviu o riso do capataz.

— Que é que saiu aí?

— Recuerdos de gente velha, nada mais – disse Cuertino. – E então, Seu Vicente Antunes, já não se oferta caninha em velório, como nos mil e novecentos que o senhor ia lembrando?

Como por encanto apareceu a peona. Vestidinho diferente, limpo, e sem a fita no cabelo. Perguntou se queriam mais canjica.

— Canjica – repetiu Cuertino, como se não entendesse. – Não, grácias.

– Traga mais uma garrafa, faça o favor – disse Vicente. E para o velho, baixo: – Canjica é o que ela andou socando.

O velho deu uma risada e emendou:

– Ou foi atar carqueja na vassoura.

Riram de novo, com espalhafato.

– Oche – protestou Marciolino. – Outra de velho?

– Não – disse o velho –, essa é de gente muito nova.

Veio a caninha e os dois compadres, num assanho só, pediram a Marciolino que fosse até a meiágua e carreteasse o Ataíde para uma roda de truco[3]. Ia começar o bom velório.

---

[3]. Jogo de cartas praticado com o baralho espanhol, muito comum no Rio Grande do Sul, sobretudo nas zonas fronteiriças da campanha. (N.E.)

Aventura na sombra

Era um entardecer modorrento, parado, como costuma ser o fim do dia no campo. Na ponta da várzea começava a subir uma fatia de lua, o gado refluía vagarosamente aos paradouros e as galinhas de compridas asas e penas sujas de terra já não ciscavam na frente do galpão, já se recolhiam também e, nas ripas do jirau, encostavam-se umas às outras para esperar a noite. Quase nenhum ruído se ouvia e Cleonir sobressaltou-se quando o piá deu um mangaço na janela.

– Eh, negro, vou ao Bororé.

Cleonir assoprou o braseiro, largou a cuia no tripé. Ergueu-se com dificuldade, careteando um bocejo.

– Bororé, Bororé, todo mundo vai pro Bororé. É Bororé pra cá, Bororé pra lá...

– Tô só avisando, não tô pedindo nada.

O negro velho debruçou-se na janela, subitamente interessado.

– Vai aonde?

O piá arrastava os arreios para a cancelinha do cercado e lançou para trás um olhar arisco.

– Ah, vai viajar – tornou Cleonir.

– Vou. Me empresta tuas maneias de trava?

– Empresto. Quer que pegue o tordilhinho?

– Não, grácias, vou com a Flor-de-lis.

– Flor-de-lis? Aquela que tô vendo ali?

O guri se arreliou.

– Quer que eu monte um potro caborteiro? Quer que me estropie num tacuru?

Da janela Cleonir olhava para o tordilho, que se coçava numa trama do cercado, a ossada das ancas despontando. Cavalo velho e aguateiro, muitos anos de trabalho na pipa tinham deformado seu esqueleto: forte de peito, mas lunanco, lombo arqueado para cima e descascado pelo serigote.

– Ai-ai-ai – fez o negro, matreiro.

Capengando, afastou-se para um canto do galpão.

– Freio ou buçal?

– Freio.

Flor-de-lis cochilava na frente das casas e Cleonir a enfrenou com facilidade.

– Aqui tem, pode encilhar. Quer dizer que vai mesmo ao Bororé nessa mancarrona?

– É boa montaria.

– Boa montaria!

– Tem trote apelegado.

– Trote o quê? Ai, minha madrinha.

O guri encilhou, deu de mão nas rédeas e fez a égua arrodear à moda de bagual esquivo. Montou de um salto.

– Diz pra mãe que volto antes da janta.

– Antes da janta! Vai a galope?

Negro abelhudo, pensou o piá.

Deu uma espanada de açoiteiras, a égua arrancou num trotezito chasqueiro, cangote baixo e baixava tanto que ele precisava se agarrar no santantônio para não afocinhar.

Longe, na várzea do arroio e como pendurada na lua, viu de novo a cena que no dia anterior estivera a cuidar: o touro brasino perseguindo a novilha magra. Adivinhava a baba fina dele, as ventas de sabão, o bramido surdo e ameaçador. Mais para cá, quase perto, uns urubus se alçaram de um macegal, destapando um corpinho branco. Ficaram voando em círculos, as cabeças medonhas torcidas para baixo, espiando.

Começava a escurecer quando ele chegou ao capãozinho, no lugar que escolhera durante a noite maldormida. A trilha de gado que se enfiava no mato, o chão forrado de bosta de capincho e por ali foi-se adiantando, rédea frouxa, já no passo. Flor-de-lis restolhava de manso, defendendo os troncos e a ramaria, negaceando nalgum perauzinho da sanga interna. A passarada estranhava o roçado novo, debandando forte.

A senda ia de encontro a um alambrado de três fios e se bifurcava. Lugar estreito, sujo, ele apeou devagarinho, um pé no estribo e o outro procurando o chão. De uma cacimba rasa, quase sumida entre inhames e samambaias, ai-que-susto, o rufar das asas de um pombão. Perto, pertinho, a sanga se esfregava em pedras redondas e nas duras raízes do arvoredo.

Era ali.

Lá fora, a meia-lua sobre a várzea e o sol a morrer sua velha morte de langores coloridos. Nas casas, a sombra comprida das árvores. Cleonir mateando no galpão e a brasa do palheiro abrindo uma claridade rubra ao derredor. A mãe rondando a cancela: "Bororé, meu Deus, que é que esse menino foi fazer no povo?" Ela havia de ver na várzea uma língua prateada do arroio, a mesma água que vinha dar no seu costado, sussurrante e noturnal. E ali dentro o mato ia ficando espesso, misterioso, cheio de sons, de vultos. Mais para dentro ainda, seu coração como em suspenso.

Com gestos rápidos, nervosos, maneou a égua e empurrou-a de ré contra o alambrado. Subiu no terceiro fio e se deitou sobre suas ancas. Flor-de-lis trocava de orelha, mas não era desconfiança, não, estava acostumada e para ela essas volteadas nos matos da chacrinha, carregando ginetes sorrateiros, eram menos misteriosas e sem susto algum.

Era noite fechada quando esse ginete voltou para casa, e a lua, com sua minguada teta, já aleitava um magote de estrelinhas em alvoroço. O negro velho dormitava num cepo e ao ouvir o galope levantou-se, espiou pela janela. Na porta da casa apareceu a luz bruxuleante de uma lamparina.

O guri apeou longe, soltou a égua e veio devagar, arrastando as pilchas.

– Buenas – saudou o negro.

– Buenas – disse o piá, engrossando a voz.

– Que tal a viagem?

– De regular pra boa.

– Como estava o povo?

– Como sempre.

Dois guaxos

Refrescara um pouco, brisas da noite se espojavam entre os cinamomos e do matinho atrás das casas vinha o chiado baixo da folharada sacudindo. Passava da meia-noite. Sentado no costado do rancho, na terra, Maninho não cessava de apalpar o punhal que desde cedo trazia ao alcance da mão. Cabeceava, mas não queria dormir: se fechava os olhos, via o parreiral, o pelego branco, Ana, e o bugre naquele assanho de cavalo. Que tormento.

Frestas de luz no galpão de barro, zunzum de conversa e risos, era seu pai que estava lá, com o Cacho, carteando truco de mano e naquelas charlas misteriosas, atiçadas pela canha, que só terminavam quando o braseiro se desmanchava em pó de cheiro ardido. De que falavam? Maninho ouvia a voz do pai e o punhal machucava a mão, tanto o apertava. O velho nunca prestara e tinha piorado depois da morte da mulher, embebedando-se até em dia de semana e maltratando os filhos por qualquer nonada. Agora se acolherara com aquele traste indiático, aquele bugre calavera e muito alcaide, que viera do Bororé para ajudar na lida e era dia e noite mamando num gargalo e ensebando o baralho espanhol.

Da mana, ai, da mana não sentia raiva alguma, só uma dor no peito, só um caroço na garganta. Já abeirante aos dezessete, morrendo a mãe ela tomara seu lugar, cozinhando, remendando o traperio, ensinando-lhe a ler umas poucas palavrinhas. E até mais do que isso... Viva na sua lembrança estava a noite em que o temporal arrebentara o zinco, destapando metade do ranchinho. Molhada, louca de frio, ela viera se deitar no catre dele. As chicotadas do aguaceiro na parede e aquele vento roncador, os mugidos soluçantes de terneiros extraviados e aquele medo enorme de que o mundo se acabasse, e no meio da noite, do vento, da chuva que vinha molhar o xergão com que cobriam os pés, ela quisera que lhe chupasse o seio pequenino. A mornura e o cheiro do corpo dela, e seu próprio coração num galope estreito, uma emoção assim – pensava – não era coisa de se esquecer jamais. Que noite! E na doçura do recuerdo vinha se enxerir o índio Cacho, dando sota e basto como um rei. Desde o primeiro dia, vendo Aninha, não disfarçara suas miradas de cobiça, sua tenção de abuso grosso, e o descaro era tamanho que até se apalpava em presença dela. Tivera a certeza, então, de que o pai não zelava pela filha e pouco se importava que um bugre tumbeiro e mal-intencionado tomasse adiantos com a menina. Quem sabe até não a perdera nalgum real-envido![4] Tivera a certeza de que, não sendo o bugre, ia ser outro qualquer, algum bombachudo que apeasse por ali e depois se fosse, deixando-a tristonha, solita... solita como se queda uma novilha prenha. E depois, ah, isso já se sabia, depois ia virar puta de rancho, puta de bolicho e no fim uma daquelas reiúnas que vira algumas vezes na carreteira, abanando em desespero para caminhão de gado.

Ora, não era bem uma surpresa.

E na tarde daquele dia que se terminara, enquanto o velho gambá se emborrachava no galpão e a chacrinha toda era um silêncio, tinha visto olhares, sinais, Cacho a rondar o quartinho, até urinando por ali para se mostrar, e Maninho sabia que ela estava olhando, que ela estava espiando, nervosa, agitada, e que já era hora de aquentar o café e o mingau de farinha e ela nada, só janeleando e aquele tremor nas mãos, nos lábios, aqueles olhos ariscos e assustados.

Entardecia, o lusco-fusco cheirando a fruta, a estrume fresco, a terra mijada. Eles se esconderam no parreiral e Maninho os seguiu entre ramadas, pastiçais. Um pelego branco e o corpo de Aninha também branqueava debaixo do couro zaino do alarife. Podia não ser uma surpresa, mas, ainda assim, o que parecia ter levado mesmo, ai-

---

4. Lance do jogo do truco. (N.E.)

cuna, era um mangaço ao pé do ouvido. Mão crispada no punhal, um-dois-três e finava o homem, mas não se movia, apresilhado ao chão, vendo os dois rolarem na terra e se esfregando um nas partes do outro. As pernas de Aninha se afastaram, o bugre se ajoelhou, cuspiu nos dedos, um suspiro, um gemido fundo e ele começou a galopear, atochado nela.

Essa tarde anoitecera, a noite já envelhecia, entrava a madrugada nos mangueirões do céu e o guri cabeceava... Ia esfriando agora, a brisa quase vento e o chiado da folharada aumentava no mato atrás das casas. Ele trazia os joelhos de encontro ao peito para se aquecer, pensava na mãe, que as mães não deviam morrer tão cedo, na falta delas todo mundo parecia mais solito, espremido no seu cada qual como rato em guampa. Vida miserenta, porcaria, dava de ver como a família ia bichando, ia ficando podre, ia virando pó.

No galpão, o velho e Cacho se entretinham numa prosa enrolada e esquisita, bulindo com dinheiro.

– Vai te deitá, guri – disse o velho, vendo Maninho entrar, e voltou-se para o bugre: – E aí...

– Aí... – fez o outro, e não continuou.

Maninho agarrou o freio e um pelego. O velho viu, deu uma risada frouxa.

– Se mal pergunto, vai dar algum volteio?

O bugre não riu. No candeeiro de azeite, pendurado no jirau, a chama ia mermando, cedendo espaço às sombras.

Maninho enfrenou um tordilho, que por viejo e lunanco não ia fazer falta a ninguém. Depois entrou em casa, foi direto ao quartinho da irmã.

Aninha dormia de lado, parte dos cabelos escondendo o rosto. A tênue claridade da noite, debruçada na janela, fazia do corpo dela um vulto acinzentado, mas gracioso. Maninho não conhecia muitas mulheres e nunca dormira com nenhuma, mas com qualquer que pudesse comparar, Aninha parecia mais bonita, bagualazinha jeitosa que dia a dia ia se cascudeando naquelas lidas caseiras. E dizer que aquela pitanga fresca e saborosa tinha cevado sua polpa para um chiru desdentado como o Cacho... Quanto desperdício, quanta falta de alguma coisa que não sabia o que era e já se perguntava, afinal, se não era o tal de amor. Seus olhos se encheram de lágrimas e ele se ajoelhou, aproximou o rosto do ventre da irmã. Um beijo, e o sexo dela tinha um cheiro delicado, profundo.

Aninha moveu-se e ele se ergueu, resoluto. Foi até o puxado onde dormia e meteu alguma roupa nos peçuelos, carregando também sua tropilha de gado de osso. Na saída, cortou do arame um naco de charque de vento. Montou, partiu despacito, no tranco. Ao cruzar pelo galpão viu que o velho e Cacho já dormiam, tinham debulhado duas garrafas de cachaça.

Um tirão até Itaqui, e depois... quem saberia?

Depois ia cruzar o Rio Uruguai, ou não cruzar, ou ia para Uruguaiana, Alegrete, ou para a Barra, Bella Unión, lugares dos quais ouvira um dia alguém falar. Queria conhecer outras gentes além de um gambá e de um bugre, queria conhecer outras mulheres, mamar noutras tetas e, enfim, saber de que trastes se compunha o mundaréu que começava más allá das canchas de osso e dos bolichos da Vila do Bororé. Um dia, um dia distante – quem saberia? –, talvez até voltasse. Não pelo velho gambá, que aquele não valia um caracoles e merecia era bater de uma vez com a alcatra em chão profundo. Não pela chacrinha, que nem era deles, nem mesmo por Ana: que fosse a pobre mana enfrentar seu destino. Voltar para subir o cerrito de pedra nos fundos do campinho, para atirar uma flor na cruz da velha morta, de quem, agora mais do que nunca, sentia tanta saudade.

Manilha de espadas

Na rua principal daquele povo havia uma barbearia, um bolicho de miudezas, uma ferraria e a pensão de Pepeu Gonzaga, além de umas poucas casas com quintais profundos e nenhuma cerca divisória. Numa delas funcionava a igreja, noutra o posto de saúde, que só abria às terças, quando vinha plantonear a enfermeira de Itaqui.

Anoitecera, uma grande lua se equilibrava na cumeeira da ferraria e apenas dois focos de luz despontavam da massa escura do casario. Um deles, muito débil, era num rancho meio arretirado, onde agonizava uma criança. O outro, tão forte que até clareava a rua, era a janela da pensão, em cujo refeitório reinava um lampião pendurado no teto.

Nenhuma brisa e só a tropilha dos bichos de luz enveredava pelo janelão escancarado. Alguns homens jogavam cartas, o dono da pensão era um deles e ao todo eram quatro, formando as duplas que se atracavam: o Comissário Boaventura, parceiro de Pepeu na carpeta daquela noite, o mulato Isidoro, cabo da Brigada e chefe do destacamento local, e um forasteiro, hóspede da pensão desde dois dias, cujo nome ninguém sabia ou perguntara.

Era o estranho quem jogava.

– Truco – disse, baixo.

Era um homem de porte amediado e retacudo, mui recheado de pulso e mãos calosas, descascadas pela agrura de algum serviço ingrato. Trazia a barba por fazer, a cabeça enterrada num boné branco e melenas como pouco se viam naquele pago, longas de espanar os ombros e sujas e bem embaraçadas. Calçava alpargatas velhas, e o demais de sua indumentária podia divertir ou inquietar: uma calça puída de um incrível veludo e uma antiga e manchada túnica militar, cuja gola se mantinha erguida nas laterais do queixo.

Pepeu Gonzaga o vigiava com disfarce, tentando convencer-se de que o outro adversário, Cabo Isidoro, dera-lhe a senha dentro dos conformes. Aquela mão era de arremate, podia puxar dois tentos e se chegasse a puxar três empilhava mais um touro na dupla contrária.[5]

– Quero mesmo – disse o dono da pensão, e logo arriscou: – Quero retruco!

– Quero vale-quatro – repicou o forasteiro, batendo com o punho na mesa, olhos ariscos procurando os daquele que, na lei do jogo, devia ser seu companheiro. O cabo olhava para as cartas expostas, quase ausente.

Pepeu Gonzaga conferiu os tentos, indeciso. Nessa volta corria plata de bom peso e com um vale-quatro topava o risco de um final entreverado. O brigadiano dera a senha de um três, cartinha cevada, muito própria para um talho da manilha de espadas, mas quem garantia que o melenudo, desconfiado, não mentira ao companheiro? Fitou de relance o cabo, que continuava quieto, de cabeça baixa.

No envido e no real-envido, na flor e na contraflor, no truco, retruco e no vale-quatro, assim como nas senhas ou morisquetas que correspondem ao valor das cartas e, principalmente, na charla tramposa dos jogadores, o truco é um jogo que desmuda o homem do avesso. Numa roda às ganhas, seja em cima de mesa, no chão batido de um galpão ou debaixo de carreta, se destapam as grandezas e as miudezas das criaturas, sua nobreza ou sua vilania, e um bom orelhador de almas, naquele refeitório, veria no Comissário Boaventura o servilismo astuto de um lambedor de espora, em Pepeu Gonzaga o covarde que canta de galo quando amadrinhado, veria também que o cabo era mau peixe, tipo acanalhado que vomitava o trunfo para traicionar o companheiro. Deste, porém, não veria nada, exceto vaga determinação para qualquer coisa indefinida. Porque também é assim esse jogo de

---

5. No jogo do truco, conquistar um touro significa vencer uma partida, ao cabo de duas séries de nove tentos, isto é, pontos. (N.E.)

capricho: vê-se através dele que certas pessoas são como as pedras. E esta era a matéria de que parecia compor-se a fisionomia do forasteiro.

– Aceito – disse Pepeu Gonzaga, ferindo a regra do jogo e só para ganhar tempo.

– Aceito não é quero.

O cabo mordiscou o beiço, era a confirmação do três.

– Quero mesmo – gritou o dono da pensão.

O forasteiro largou o três na mesa com gesto algo enfastiado, Pepeu Gonzaga apontou o queixo para Boaventura.

– Dê-lhe com a manilha, comissário.

– Carta de respeito – disse o forasteiro.

– Mala suerte, amigo – disse Boaventura, desvirando o sete de espadas. – Mas não se aflija, entre gente de bem tudo se arregla.

– Natural – tornou o outro.

– Quando quiser a gente dá o desquite – interveio Pepeu, juntando as cartas. – Vale o mesmo pro cabo.

Convidou a parceria para um trago por conta da casa. Veio a bebida, meia garrafa de canha que serviu em porções rigorosamente iguais, em quatro canecos de alumínio.

– Se mal pergunto – indagou o cabo –, o ilustre trabalha em quê?

– Por conta.

– Ah, sim... e é a primeira vez que vem ao povo, acertei?

– No miolo.

– Eh, cabo, investigando meu hóspede? – mofou Pepeu Gonzaga.

– Nem pense nisso, Seu Pepeu.

O comissário pôs a mão no ombro do forasteiro.

– A gente conhece quem cruza por aqui, é aquela arraia miúda que vai a Uruguaiana pra chibar na ponte internacional. Não é o caso do amigo, claro.

– Claro – repetiu o forasteiro, e pela primeira vez seu rosto denotou expressão mais forte: como impaciente, arredou o ombro da mão do comissário.

Acertaram as contas, e mais tarde, quando o homem retirou-se para o quarto, Pepeu Gonzaga acompanhou o cabo e Boaventura até a porta da frente. Noite clara, com a lua redondeando já muito acima do telhado da ferraria, mas a rua continuava escura. O lampião do refeitório fora apagado e apenas lá no longe, no ranchinho, persistia a vela do inocente encomendado.

— Quanto tenho aí — cobrou o cabo.
— Mil e duzentas. Confere?
— Confere.

Boaventura viu o dono da pensão contar o dinheiro e entregá-lo ao cabo. Em seguida recebeu sua parte.

— Grácias.

Era um trato antigo. Arribava um visitante à pensão, Pepeu avisava os outros e, de combinação, desbuchavam o infeliz. Às vezes as pessoas eram alertadas, mas se achegavam para orelhar o jogo e quase nunca resistiam. Que outro passatempo encontrariam os homens naquele rincão olvidado pelo mundo? Uma rua principal, descalçada, cortada por outras que eram quase trilhas, uma barbearia, um bolicho, uma ferraria, o remédio era carpetear com Pepeu Gonzaga, pois a Boate Copacabana, lá na ribanceira do arroio, o comissário tivera de fechar porque a proprietária se arrenegava de pagar por mês a proteção. E o já escasso mulherio fora debandando aos poucos, na carroça do leiteiro ou no caminhão do daier[6], levando embora os lampiões de tubo vermelho, os vestidos estampados, os cheiros de *Amor Gaúcho*, o bandônio, as milongas, as emoções e os pequenos tumultos das noites do povoado.

Os três homens despediram-se na beira da valeta que corria junto à porta, carregando os detritos das casas. Pepeu deixou o cabo afastar-se e disse ao comissário:

— Compadre, fique de olho no melenudo.
— Algum problema?
— Não, mas... ele viu que o cabo me passou a senha. Não lhe parece um tipo calavera, meio atrevido?
— Impressão sua, Seu Pepeu.

---

6. DAER: Departamento Autônomo de Estradas de Rodagem, responsável pela conservação das estradas estaduais. (N.E.)

— Não, não, compadre, eu nunca me engano.
— Bueno, amanhã mando o cabo indagar dele.

No quarto, sentara-se o forasteiro no chão duro, ao lado da cama onde dormia um menino. Dobrou a túnica ao jeito de travesseiro, bem perto o castiçal com a vela e a cantoria dos mosquitos que se bandeavam para sítios mais escuros. Não descalçou as alpargatas. Do bolso da calça tirou um naco de fumo, três ou quatro palhas cuja espessura examinou com os dedos e contra a luz da vela. Seus movimentos descuidados acordaram o menino.

— Tio?
— Te deita, guri.
— Não tá na hora?
— Não.

O piá tornou a deitar-se, sem demora o homem ouviu seu ressonar tranquilo e fitou, como preocupado, aquele rosto pequeno emergindo da penumbra. Continuou a picar fumo, agora com alguma violência e em pedaços maiores do que no costume. Quando ajuntou porção bastante, desfiou-o com gestos rápidos, experientes. Assentou o fumo na palha que escolhera, fechou o cigarro e acendeu-o na chama da vela. Acostou-se, afinal, e fumava devagar, longas tragadas que avermelhavam seu rosto e os olhos abertos, parados. Quando o palheiro mermou a ponto de queimar-lhe os lábios, jogou-o no piso perto da janela. Durante um tempo como sem medida, tempo animal, permaneceu imóvel, mãos atrás da cabeça, e ao apagar-se a vela, desmoronando numa pasta pelos bordos do castiçal, continuou deitado, quieto. Os primeiros galos ainda não tinham cantado quando ele se ergueu e despertou o menino.

— Tio?
— Te alevanta.

O guri saltou da cama, também ele se deitara sem tirar as alpargatas. Decerto revivendo outras madrugadas de um mesmo ritual, juntaram rapidamente meia dúzia de trastes que tinham-se espalhado naqueles dois dias de hospedagem.

O piá saiu primeiro, pela janela, cruzados nos ombros os peçuelos carregados. Embrenhou-se no quintal vizinho e o homem seguiu-o com um olhar comprido até desavistá-lo entre o arvoredo sombrio. Abriu a porta e avançou pelo corredor, não para a rua, mas na direção oposta, para o fundo, onde moradiava Pepeu Gonzaga. Se o guri tivesse ficado, escutaria logo após um estalo de porta, uma voz em falsete entrecortada, um baque surdo, escutaria o silêncio... e passos, depois, no corredor. Mas o guri nada ouviu. Parado na esquina da rua, apenas avistou o tio deixando a pensão pela porta da frente, com aquele andar abalançado que aprendera a conhecer de longe e mesmo nas noites mais fechadas. O homem aproximou-se e entregou-lhe um fornido embrulho, que ele guardou, compenetrado, em seus peçuelos.

– Vamos – disse o homem.

A fronteira, o rio, caminhada de uma hora quando muito. Não era longe, mas à noite e com mato pela frente nem sempre dava de apurar o passo.

– Vê a lanterna.

O guri mexeu e remexeu no seu carregamento, entreparou.

– Ai, tio...

– Que foi?

– Me esqueci da lanterna lá no barco.

– De novo? Que é que tu tem dentro desse teu bestunto?

O guri tornou a procurar, agitado.

– Me esqueci mesmo...

– Mas eu não – disse o homem, chumbando-lhe o facho de luz nos olhos.

– Puta merda – reagiu o piá, muito arreliado, e já foi boleando os peçuelos no chão. – Pronto, não carrego mais essa porcaria.

– Carrego eu – disse o homem, divertido. – Toca, chega de conversa fiada.

No fim da rua, ao cruzarem pelo rancho que no começo da noite era um luzeiro, o homem se persignou e cutucou o guri, que o imitou. A noite madrugava num silêncio frágil, quebrado de longe em longe por mugidos de algum touro inquieto, relinchos de potros, guinchos de corujas, notícias do mundo agreste e invisível que eles agora teriam de atravessar.

Travessia

Foi de propósito que Tio Joca escolheu aquele dia. De madrugada já fazia jeito de chuva no céu de Itaqui e sentia-se no ar aquele inchume, prenúncio de que um toró ia desabar a qualquer hora. Por toda a manhã o ar esteve assim, morno, abafadiço. Antes do meio-dia o tio se resolveu, embarcamos na chalana e cruzamos o rio.

O rancho de André Vicente ficava no meio de um matinho, perto do rio, lá chegamos por volta da uma. Dona Zaira, desprevenida, preparou às pressas um carreteiro com milho verde. Para rebater, André Vicente abriu um garrafão de vinho feito em casa, gostosura tamanha que até a mim me deram de beber quarto de caneca. Tio Joca bebeu meio garrafão e, como sempre, contou velhas e belas histórias de lutas de chibeiros[7] contra os fuzileiros do Brasil.

Após a sesta fui à vila comprar pão, salame, queijo, o tio já saíra com André Vicente para buscar as encomendas. Dona Zaira arrumou o farnel numa velha pasta de colégio e fomos nos sentar na varanda para esperar os homens, ela costurando, eu ouvindo a charla dela. A mulher de André Vicente gostava de me dar confiança porque no tenía hijos. Não era a primeira vez que me convidava para morar com ela no Alvear.

Os homens voltaram à noite numa carroça com tolda de lona, puxada por um burro, na boleia um baixinho de lenço no pescoço que atendia por Carlito. As encomendas eram tantas que fiquei receoso de que a chalana não flutuasse.

Tio Joca consultou Dona Zaira:

---

7. Indivíduos que, na fronteira, dedicam-se ao contrabando de pequeno porte. (N.E.)

– Então, comadre, vem água ou não vem?

Ela disse que durante a tarde tinha erguido vela a Santa Rita e São Cristóvão, na intenção de um chaparrón, o tio retrucou que naquela altura, nove da noite, os santos já não resolviam e carecia negociar mais alto. Os homens deram risada e começaram a descarregar. Também tinham trazido um cesto de peixe.

O tio estava disposto a esperar até a madrugada do outro dia, mas, perto da meia-noite, uma brisa começou a soprar, em seguida virou vento e o vento ventania. De repente parou, como param os cavalos, com os músculos tensos, na linha do partidor. Veio então o primeiro relâmpago, tão forte que parecia ter rachado o rancho ao meio. A ventania recomeçou e logo o primeiro galope do aguaceiro repicou no zinco do telhado.

Tio Joca festejou a chuvarada com uma caneca que passou de mão em mão e disse a Dona Zaira que ali estava o comprovante: nos santos não dava de confiar, não mandavam nada, nos arreglos mais piçudos era preciso tratar direto com o patrão.

André Vicente e Carlito ajudaram a carregar a chalana. A ribanceira era um sabão e ainda era preciso cuidar para não dar água nos embrulhos.

Logo depois da partida de Alvear, Tio Joca mostrou uma pequenina luz vermelha que piscava no outro lado, na margem brasileira.

– Me avisa se ela se mexer.

Era o lanchão dos fuzileiros, que o tio chamava "bote dos maricas", por causa do boné com rabinho da corporação.

No canto da proa desfiz o farnel.

– Come também, tio?

– Mais adiante.

É que bracejava com os remos, a chalana ia e vinha sacudida pelas espumantes marolas. Com as chuvas da outra semana o Uruguai tinha pulado fora de seu leito, e além da forte correnteza havia redemoinhos pelo meio do rio, daqueles que podem engolir uma chalana com seu remador.

A chuva continuava forte, chicoteando a cara da gente e varando a gola do capote. Tio Joca deu um assobio.

— A encomenda tá molhando, filho.

Desdobrei uma segunda lona. Me movia com dificuldade entre os pacotes e o cesto de peixe.

— Nada?

— Nada, tio.

— Parece que tudo vai bem.

Uma corrente mais forte botou a chalana de lado. Tio Joca se arreliou:

— Eta, rio de bosta!

Ele continuava preocupado e não era por nada. Estávamos precisados de que tudo desse certo. Fim de ano, véspera de Natal, uma boa travessia, naquela altura, ia garantir o sustento até janeiro.

— Tio — chamei, assustado —, a luz se apagou.

— Se apagou?

Voltou-se, ladeou o corpo, por pouco a chalana não emborca.

— Ah, guri, não vê que é uma chata passando em frente?

Agora eu via a silhueta da chata, ouvia o ronco do motor. Em seguida a luz reapareceu. Acima dela, na névoa, dessoravam as luzes de Itaqui.

— Esse cagaço até que me deu fome.

— Tem queijo e salame.

— Me dá.

Mas estava escrito: aquela travessia se complicava. A chuva foi arrefecendo e parou quando já alcançávamos o meio do rio. Tio Joca nada disse, mas eu adivinhava o desencanto entortando a boca dele. Para completar, olhei outra vez para a margem brasileira e outra vez não avistei a luz.

— Vai passando outra chata, tio.

— Ué, de novo?

Recolheu um remo, o outro n'água a manter o rumo.

— Não tem chata nenhuma.

Mas o farolete do lanchão não reapareceu.

– Agora essa! Não querem gastar a bateria esses malandros?

Cambou a chalana a favor da correnteza, mudando o ponto do desembarque.

– Vê as botas de borracha, vai ter barro do outro lado.

– Falta muito, tio?

Não respondeu. Ainda lutava com a chalana e eu ouvia o sopro áspero de sua respiração.

– Tio?

– Quieto, eles vêm vindo.

Eu nada ouvia. Ouvia sim aquele som difuso e melancólico que vinha das barrancas do rio depois da chuva, canto de grilos, coaxar de rãs e o rumor do rio nas paredes de seu leito. Mas o tio estava à espreita, dir-se-ia que, além de ouvir, até cheirava.

– Mete a encomenda n'água.

Três ventiladores, uma dúzia de rádios, garrafas, cigarros, vidros de perfume e dezenas de *cashemeres*, nosso tesouro inteiro mergulhou no rio. O tio começou a assobiar uma velha milonga, logo abafada pelo ruído de um motor em marcha lenta. A poucos metros, a montante, um poderoso holofote se acendeu e nos pegou de cheio.

– Tio!

– Quieto, guri.

– Buenas – disse alguém atrás da luz. – Que é que temos por aí?

Sem esperar que mandassem, o tio atirou a ponta do cordame.

– Um rio medonho, doutor tenente.

Um fuzileiro recolheu a corda e prendeu-a no gradeado.

– Que é que temos por aí? – insistiu o tenente.

– Peixe, só uns cascudos para o caldo do guri que vem com fome.

O tenente se debruçou na grade.

– Peixe? Com o rio desse jeito?

– O doutor tenente entende de chibo e de chibeiros, de peixe entendo eu – disse Tio Joca, mostrando a peixalhada no cesto.

Alguém achou graça lá em cima.

– Bueno, venham daí, eu puxo essa chalana rio acima.
– Grácias – disse o tio. – Pula duma vez, guri.
O tenente me ajudou a subir e passou a mão na minha cabeça.
– Tão chico e já praticando, hein? Essa é a vida.
– Essa é a vida – repetiu Tio Joca.

Teso, imóvel, ele olhava para o rio, para a sombra densa do rio, os olhos deles brilhavam na meia-luz da popa e a gente chegava a desconfiar de que ele estava era chorando. Mas não, Tio Joca era um forte. Decerto apenas vigiava, na esteira de borbulhas, o trajeto da chalana vazia.

Noite de matar um homem

Faltava mais de hora para amanhecer e caminhávamos, Pacho e eu, como debaixo de imenso poncho úmido. Um pretume bárbaro e o rumo da picada se determinava mais no tato, pé atrás de pé, mato e mato e aquela ruideira misteriosa de estalos e cicios.

– Que estranho – disse Pacho –, às vezes escuto uma musiquinha.
– Decerto é o vento.
– Vem e vai, vem e vai. Também ouviu?
– Não, nada.
– Então é o bicho do ouvido.

Adiante, um lugar em que a picada parecia ter seu fim. Pacho acendeu a lanterna, apontando mais o chão do que o arvoredo. Na orla do facho, que alcançava o peito de um homem, rebrilhavam de umidade as folhas dos galhos baixos e atrás delas a sombra se tornava espessa, como impenetrável.

Não era o fim.

Era um minguado aberto onde o caminho se forqueava. No chão havia restos de esterco seco e a folhagem rasteira vingara em terra pisoteada. Pequenos galhos e a ramaria de última brotação quase fechavam as passagens. Uma era estreita e irregular e suja, aberta pelo gado: em janeiro, fevereiro, quando o sol abrasava os campos e bebia as aguadas, por ela havia de cruzar o bicharedo a caminho do rio. A outra, mais ancha e alta, desbravada pela mão do homem e rumbeando, quem sabe, até lenheiros ou algum pesqueiro. Por esta enveredamos, ladeando, de longe, o curso do Uruguai. O Mouro, pelas nossas contas, estava a menos de quarto de légua em frente.

– Tô ouvindo de novo.

– É o vento.

– Vento? Que vento? Parece um bandônio.

Um bandônio no mato! Se aquilo era noite de alguém ficar ao relento milongueando seus recuerdos...

– Escuta... ouviu?

– Nada.

– Ouve agora... não, agora não... parou.

– Bueno, seja o que for, não há de ser o Mouro.

Pacho concordou:

– A música dele é outra.

Vindo de Bagé ou Santiago, ninguém sabia ao certo, esse Nassico Feijó, a quem chamavam Mouro, fizera daquela costa seu rincão. Dado ao chibo como nós, ninguém lhe desfeiteava o afazer, mas, com o tempo, campos e matos da fronteira, por assim dizer, foram mermando, e já não era fácil repartir trabalho. Seguido Tio Joca dava com ele no meio de um negócio, e se o ganho era escasso ficava ainda menor. Ele também se prejudicava e por isso se tornou mais façanhudo, mais violento, tão atrevido que em Itaqui apareceu o nome dele no jornal. Era o que faltava para atiçar a lei. Em nossas casas, um lote de meiáguas cercanas do grande rio, volta e meia apeavam os montados atrás dele. E adiantava dizer que não morava ali? Que não era dos nossos? Reviravam tudo, carcheavam a la farta, e enquanto isso Dom Nassico no bem-bom. Ultimamente desviara um barco nosso que subia de Monte Caseros com uma carga de uísque e cigarro americano. Era demais. Tio Joca armou um cu de boi e todos estiveram de acordo em que o remédio era um só.

Mas a música dele era outra, dizia Pacho. E como um sapateador de chula[8] que deitasse o bastão n'água, o Mouro gavionava ora num lado e ora noutro do rio. Andejo sem alarde, costumava sumir depois de um salseiro. Libres, Alvear, Itaqui, Santo Tomé, de uma feita se soube

---

8. Dança masculina do folclore gaúcho, que consiste em sapateados em torno de uma lança deitada ao chão. (N.E.)

que andava em Santana, doutra em Curuzu Cuatiá, como adivinhar que rumo tomaria? A pendência ia para três meses, por isso o alvoroço da vila quando um guri esmoleiro veio avisar que ele acampara a cinco horas de caminho, desarmado, solito e bem machucado. Os homens se apetrecharam, algariados, o mulherio se agarrou com a Virgem, mas o tio, que de tudo cuidava, amansou o pessoal. Nada de correria na beira do rio, nada de ajuntamento e vozearia, iam só dois e os demais se recolhiam no quieto.

Meia-noite e pico partíramos a pé, tomando estradas de tropas e contornando os bolichos do caminho. Quando as estradas se acabaram e a quietura do mundo apeou nos campos, deu para atalhar por dentro deles, varando alambrados, sangas, pedregais. De volta à costa, no mato, tivemos de achar a picada por onde o tipo se embrenhara, mas o mexerico do guri era miudinho: a duzentas braças da divisa do Eugênio Tourn com o Surreaux, perto do umbu velho arretirado do mato... E lá estávamos, já na segunda picada, debulhando pata num caminho que a cada metro se tornava mais estreito, com o corpo dolorido, as alpargatas encharcadas, tropicando como dois pilungos e encasquetados no sonho guapo de estrombar um taita. Não era assim que se aprendia? Não eram esses os causos que se contavam nos balcões, nos batizados, nos velórios?

Pacho ia na frente, o mato clareava um nada nas primeiras luzes da manhã quando ele se deteve. Assavam carne ali por perto e nos pusemos de quatro, meio de arrasto entre troncos e folhagens que margeavam a picada. Avançamos até avistar entre o arvoredo, a coisa de trinta metros, uma clareira chica, um braseiro, um espeto cravado na terra. E o Mouro estava ali, sentado, vá lambida na palha de um cigarro.

Pacho se imobilizou, e por trás, ajoelhado, destravei a arma e apoiei o cano no ombro dele. Dei um lento volteio com a mira para me afeiçoar ao clarão das brasas e prendi a respiração e não, não era palha o que levava à boca Dom Nassico, era uma gaitinha e já chegava até nós o larilalá da marquinha que ponteava. Então era ele! E quanto capricho, quanto queixume naquela melodia, às vezes quase morria numa nota aguda, como o último alento do mugido de um touro, e logo renascia tristonha e grave, como um cantochão de igreja. Parecia mentira que um puava como aquele pudesse assoprar tanto sentimento, e o mato em volta, com seu silêncio enganador, alçava a musiquinha como o seu mais novo mistério.

– Atira – gemeu Pacho, como se lhe apertassem a garganta.

Sobre nossas cabeças explodiu a fuga de um pombão, sacudindo a folharada. A música cessou. No rosto do Mouro, avermelhado pelas brasas e com manchas escuras, apenas os olhos se moveram. Um olhar arisco, intenso como o da coruja. Não podia nos ver, mas olhava diretamente para nós e era como se nos visse na planura de uma várzea.

Senti a mão de Pacho em meu pescoço, no ombro, no braço, e quase sem querer começamos a retroceder, a rastejar, abrindo caminho com os pés. Impossível que ele não tivesse ouvido. Mas não se movia. E o vigiávamos, e ele não se movia. Quando, finalmente, encontramos espaço para volver o corpo e pô-lo em pé, a claridade da manhã já esverdeava as folhas e dava o contorno dos galhos mais roliços. Retomamos o caminho a passo acelerado e com a sensação de que o mato nos mangueava pelas costas.

– E Tio Joca? Que é que a gente vai dizer?

Pacho não respondeu. A uma distância que nos pareceu segura, abrandamos a marcha. Avistamos a confusa abertura da primeira picada e cruzamos por ela, quedando à escuta. Nada, só os rumores do matagal, murmúrios da vegetação amanhecida, seus bocejos minerais.

– Que é que a gente vai dizer pro tio? Que se achicou?

Pacho teimava em não falar. Estávamos parados e ele me olhou, desviou os olhos, ficou batendo de leve com a coronha da arma no chão.

– Pois pra mim, pro meu governo... – comecei, e emudeci ao perceber que nosso embaraço tinha testemunha, o Mouro encostado num tronco e nos olhando com olhos de curioso. Vê-lo de tão perto, cara a cara... que vaza para dar de taura, como os avoengos, e no entanto estávamos, Pacho e eu, petrificados.

– Quem são ustedes?

Trazia uma ferida aberta no queixo e o nó do lenço ensanguentado. No alto da testa havia outro lanho macanudo, entreverado de cabelo e sangue seco. A manta dobrada num dos ombros escondia seu braço esquerdo, mas o outro estava à vista, pendido e com a mão fechada.

– Quem são ustedes? – repetiu, no mesmo tom.

A mão fechada fez um curto movimento, rebrilhando nela um corisco de prata. Pacho atirou no susto, eu também, e o Mouro, lançado para trás, ficou preso no tronco por um retalho da nuca e nos olhava, esbugalhado, despejando sangue pelo rombo do pescoço. Um estremecimento, outro churrio de sangue, ele se sacudiu violentamente e desabou.

– Pacho – e veio um caldo à minha garganta.

Ele não me ouviu. Sentara-se no chão, abraçado na vinchester, e chorava como uma criança.

Vomitei e vomitei de novo e já vinha outra ânsia, como se minha alma quisesse expulsar do corpo não apenas a comida velha, os sucos, também aquela noite aporreada, malparida, e a história daquele homem que aos meus pés estrebuchava como um porco. Recuei, não podia desviar os olhos e fui-me afastando e me urinava e me sentia sujo e envelhecido e ainda pude ver, horrorizado, que aquela mão agora estava aberta e empalmava só a gaitinha.

Aquele Dom Nassico... que noite!

Quando começamos a voltar ia primando o sol de pico, mas só à tardinha, depois de muito rodopio e outros refolhos, pudemos chegar e entrar novamente em casa. Ninguém veio conversar conosco, fazer perguntas, apenas Tio Joca bateu à porta, noite alta e quando todos já dormiam. Nem entrou.

– Fizeram boa viagem?

Pacho, o pobre, dormia como deleriado, eu também me emborrachara e tinha tonturas, calafrios, quase não podia falar. E adiantava falar? Choramingar que entre el sueño y la verdad o trem da vida cobrava uma passagem mui salgada? Isso o meu tio, na idade dele, estava podre de saber.

— E o homem? — tornou, apreensivo.

— Nem fez mossa — pude responder, segurando-me na porta. — Se tem barco em Monte Caseros, pode mandar subir.

Guapear com frangos

Quando o tropeiro Guido Sarasua morreu afogado, aquele López foi um dos que tresnoitaram o Ibicuí rio abaixo e rio acima, na obrigação de não deixar corpo de homem sem velório. Chovera demasiado nos primeiros dias de novembro, as águas se engaruparam nas areias, fazendo espalho nos baixios, corredeiras em grotões que davam voltas e iam alcançar mais adiante o rio, se entreverando nele com guascaços de espuma, marolas caborteiras e um rumor de tropa sob a terra. Desmerecendo o aconselho da razão, aventurara-se o Sarasua à louca travessia e agora jazia debaixo daquele aguaçal endemoniado, pasto e repasto num farrancho de traíras. Encontraram a canoa de borco, presa nos galhos de um salgueiro, e assim começou o resgate em que figuravam aquele López e mais certo Honorato pescador e mais um chacreiro e seu filho maior e outros que não vêm ao caso.

Dois dias se passaram com os homens lancheando o rio até a barra do Ibicuí e volvendo despacito, chuleando o corpo na corrente e naquele mar dentro do mato. Na manhã do terceiro dia, ao botar a lancha n'água, o filho do chacreiro avistou algo que parecia um tronco a resvalar na correnteza. "Olha o morto", gritou o guri. Estavam perto do remanso onde fora achado o bote. Decerto enredado, só agora Guido Sarasua se libertara de sua prisão de água e singrava para o rio maior, sereno, soerguido, solene com um buque de oceano.

Os homens laçaram o corpo e o trouxeram. Deitaram-no em lugar seco e foram reunir-se ao longe para decidir se enterravam ali mesmo – tal o estado em que se encontrava – ou levavam à família. Guido Sarasua, quase sentado em sua rigidez de morto velho, parecia querer ouvir a discussão de seu destino e fitar os homens com os buracos dos olhos comidos pelos peixes. O sol pegava de viés no seu costado e ele parecia mais inchado, mais verde, tão decomposto que o filho do chacreiro, a vinte braças, vomitou três vezes. Os mais velhos, não: já haviam laçado outros mortos naquelas e noutras águas, já não se achicavam no primeiro bafo da podridão. E foi por isso que, num acordo que lhes pareceu decente e respeitador, resolveram que o morto não podia ser entregue aos bichos sem os recomendos do padre e uma vela que alumiasse os repechos do céu.

Honorato lancheava o corpo até o aberto onde haviam arrinconado os cavalos, o chacreiro enviava um próprio à família, o guri ia ao povo cabrestear o padre, e assim foram repartindo os serviços, e assim, àquele López, tocou-lhe repontar o desinfeliz tropeiro, no último estirão de sua triste volta para casa.

De retorno ao paradouro dos cavalos, partiu cada qual com seu mandato e quedou-se solo o López com seu morto.

— Fodeu-se o viejo Sarasua — murmurou.

A faconaços, atacou um amarilho de bom porte e quitou dele uma forquilha, cuja ponta apresilhou no arreio de seu baio. Com um galho menor e o cordame que lhe emprestara o pescador, fechou e apequenou o triângulo das varas que iam de arrasto — zorra meio achambonada que, na circunstância, resultava ao contento. Perto, atropelado pelas moscas, o Sarasua apodrecia. López precisou trancar a respiração para erguer o corpo e sentá-lo na travessa da forquilha. Terminou de amarrá-lo e se afastou, pálido, suando frio na testa e nas mãos. Acendeu um cigarro, pela folharada no alto do arvoredo esteve um tempo a vigiar o vento, o preguiçoso vento de uma manhã que se anunciava luminosa e escaldante. Com o mato alagado, adiante a areia já secando, fofa, com a ressolana e o tranco de cortejo, a viagem ia pedir mais do que duas horas, razão bastante para acomodar seu rumo a contravento.

Partiu com o baio a passo, cruzando braços de rio, rasas lagoas, areais, o galharedo se enganchava no cordame e ele precisava desmontar, tocar no corpo, vez por outra erguê-lo, sacudi-lo. Nem deixara ainda os sítios inundados quando lhe escapou um gemido. Apeou-se, correu até um pequeno descampado e chegou já vomitando. Sentou-se por ali, arreliado consigo mesmo. Na sua lida diária, de tropeadas secretas que varavam alambrados, de furtivas travessias do grande rio que corria em cima da fronteira, na sua lida de partilhas, miséria, punhaladas e panos ensanguentados, via a morte e a corrupção do corpo como outro mal qualquer, como os estancieiros, a polícia, fuzileiros e fiscais de mato, não podia aceitar que numa viagem de paz viesse a ter enjoos de chininha prenha. E cismava e se demorava na clareira, fumava outro cigarro quando um relincho esquisito do baio e um ruído arrastado e outro relincho o despertaram daquelas sombrias ruminações. Correu de facão em punho e aos gritos espantou o tatu que fuçava nos restos do tropeiro. Sempre chegou tarde. Feroz arranhador de caixões nos cemitérios campeiros, o rabo-mole não poupara o Sarasua, saqueando pedaços do ventre, alguma carne do pescoço, e da sobra cuidava o mosqueiro.

López montou de um salto e tocou o baio quase a trote pelo caminho que escolhera entre o matagal, contrariando o ventinho molengão. Não se animava a olhar para trás, não queria ver o corpo dilacerado e também achava que, olhando, ia padecer demais a danação daquele cheiro. Agora reinava o sol de pico, o arvoredo sombreando curto e o baio assoleado a tropicar. López fumava sem parar para trampear o olfato, tentava distrair-se com pensamentos pueris e no meio deles se intrometiam odores de mornura adocicada. E ele voltava a pensar, a perguntar-se, logo ele, que não tinha o costumbre malo de se quedar cismando, imaginando coisas, como os doutores, os preguiçosos e os jacarés.

De sua inquietude participava o cavalo, sempre a cabecear, trocar orelhas, de quando em quando um nitrido baixo, ameaçador. Outros tatus? Algum graxaim faminto na retaguarda do cortejo? López sujeitou o cavalo, ouviu o rebuliço de pequenos animais pela ramaria. Desmontou, viu que o Sarasua, depois do papa-defunto ou de outros bichos cujo assédio lhe escapara, trazia uma cova na barriga e parte do costilhar já bem exposta. Outra golfada de vômito e, sentindo que perdia a visão e o equilíbrio, afastou-se com passos trôpegos, foi parar lá longe num montículo de areia onde despontava uma sina-sina. Lá o vento favorecia e não sentia cheiro algum, de lá podia ver o baio, o corpo, vigiar e proteger sua carga. Tirou a camisa, enxugou o suor que lhe escorria pela testa e lhe salgava os olhos. O mato era um grande forno verde e a areia já queimava no contato com a pele. López via o baio com as virilhas encharcadas, abanando em desespero a comprida cola para espantar a mutucagem, e figurou que naquela altura, sem ser movimentado, o corpo de Guido Sarasua estaria coberto de centenas, milhares de grandes e médias e pequenas moscas. Pensou em desatrelar o cavalo e partir a galope, emborrachar-se no primeiro bolicho do caminho. Mas não, não ia fazer esse papel de maula. Era um pobre-diabo como todos os tropeiros, chibeiros, pescadores e ladrões de gado daquela fronteira triste, mas jamais faltara à palavra empenhada. Prometera levar o corpo e trataria de levá-lo, ainda que tivesse de vomitar o próprio bucho. Ou de guapear com os bichos. Sim, porque vira uma sombra na areia. No céu, um corvo espreitava o cadáver de Guido Sarasua.

 López quis levantar-se, suas pernas vacilaram, e ao menor movimento o estômago se embrulhava. Firmou a vista na direção da carga, o baio abanava a cola, pateava. Passou um segundo corvo em voo rasante, sumiu atrás das árvores, e era este o batedor mais avançado, o outro permanecia dando voltas, agora mais baixas e menores. López pegou o revólver. Quando o batedor reapareceu ele fez pontaria, ia atirar, perdeu-o atrás do arvoredo. Quedou-se imóvel, cuidando, o baio outra vez se arreliava, deu dois nitridos curtos, raivosos. López ergueu-se, sentiu uma tonteira, uma zumbeira no ouvido, começou a andar e andava mais depressa e prendia a respiração, chegou quase correndo e montou mal, precisou se pendurar nas crinas para pôr-se às direitas no arreio.

O sol do meio-dia abrasava-lhe o pescoço, os ombros nus. López cavalgava com a camisa no nariz e ansiava outra vez por vomitar. Viu de longe, no campo, duas arvorezinhas gêmeas, e disse consigo que não vomitaria antes de alcançá-las. Trezentos metros, quatrocentos talvez, o baio avançava com dificuldade, enterrando as patas na areia, e López ouvia o zumbido infernal como pendurado ao pé da orelha. Que restaria de Guido Sarasua? E restaria alguma coisa para encaixotar debaixo de uma vela? Voltou-se de viés, como para espiar antes de ver. E viu que o bicharedo tinha lidado a capricho enquanto estivera a tomar um alce debaixo da sina-sina. Guido Sarasua era agora um par de pernas despedaçadas, um grande buraco negro das costelas para baixo, e ali se moviam, uns sobre os outros, em camadas, moscas, formigas, vermes e uma profusão de insetos. López saltou do cavalo e abancou-se a dar de camisa no que sobrava do tropeiro. E gritava e voltava a guasquear o corpo, as moscas esvoaçavam em torno de seus pés, de sua cabeça, batendo em seus ouvidos e seu rosto. Alucinado, puxou o revólver, disparou a esmo e o tiro como o despertou. Pálido, boca aberta, começou a recuar, caiu, levantou-se, tornou a recuar, cambaleando, o vômito lhe saía quase sem esforço, descendo pelo queixo, pelo peito. Recuou até sentir que não podia recuar mais, que suas forças se esvaíam, e então caiu, sentindo a areia a arder e a grudar nas costas nuas.

O imenso céu azul ao redor, que via através de uma teia de fibrilações, e novas sombras que lhe cruzavam por cima. Moveu a cabeça e avistou, não longe, aboletado num galho rasteiro e como se soubesse não ter adversários, um enorme corvo negro. Laboriosamente, ofegando, pôs-se de bruços. Apoiou os cotovelos na areia, apertou o revólver com as duas mãos e disparou. A ave tombou, recompôs-se, deu um salto e caiu novamente, a cabeça entre as patas e as compridas asas a bater. López suspirou, deitou a cabeça no braço, seu corpo arqueou-se para um inesperado vômito, mas nada mais havia para vomitar e de suas entranhas brotou um ruído metálico. E uma vertigem que não se acabava. E calafrios. Pensou que precisava erguer-se e o corpo negaceava, os olhos já não se abriam e a cabeça teimava em passarinhar ideias. Fez ainda um supremo esforço, mas os pensamentos se enredavam, fugiam, e antes do desmaio ouviu confusamente, como dentro da cabeça, um relincho feroz, um fragor de patas, e depois não ouviu mais nada.

Por menos de hora esteve aquele López como ausente do mundo, mas ao despertar teve a impressão de que se haviam passado dias, semanas, talvez anos. Deu fé, primeiro, de seu peito ardido. Em seguida, a memória de um cheiro, a memória de um medo e outras memórias e outros medos. Levou a mão à cintura, e não encontrando o revólver pensou-se desamparado, perdido. Tateou a guaiaca, os flancos do corpo, localizou-o no chão a dois palmos do nariz. Pegou a arma e, lentamente, como se vigiado por mil olhos, ergueu o rosto e espiou ao derredor. Longe, além das arvorezinhas gêmeas, lá estava o baio tranquilo a pastar. Mantinha a forquilha pendurada, mas do corpo nem sinal. López lembrou-se do galope que ouvira e pôde reconstituir a cena: o cavalo disparando, a forquilha aos solavancos, o corpo de Guido Sarasua sendo projetado e volcando no chão. Com preocupação crescente seu olhar transferiu-se do campo para o fim do mato, entre as areias. Nada viu, mas ouviu um rumorejar, algo entre o murmúrio e o espanejar de sedas. Custou a identificá-lo, embora habituado àquela espécie de retouço, tipo bando de china em festo. Era o banquete. López sentou-se, apertando os lábios. De seus olhos saltaram grossas lágrimas que correram junto do nariz e hesitaram na saliência dos lábios, perlando. Passou por ali a língua seca, como a revitalizar-se em seu próprio sentimento. Levantou-se, por fim, descortinando a cercania. No fim do mato, uma dúzia de aves disputava postas de carne escura e ele partiu para lá, cambaleando, o revólver preso nas duas mãos. Alguns corvos se abalançaram naquele grotesco galope com que alçam voo, os outros ainda se atracavam na carniça quando ele começou a atirar. Quatro disparos compassados, quatro balas perdidas, e as aves se alçaram todas numa súbita revoada de asas e crocitos. Todas menos uma, aquele carniceiro que tentou voar e, de tão pesado, se escarranchou numa ramada. López aproximou-se com surpreendente rapidez e o agarrou. Quis matá-lo pelo bico, esgarçando-o, o corvo se debatia e as garras vinham ferir seus braços, seu peito e até seu rosto. Tomou do pescoço, então, para quebrá-lo, e ao sentir numa só mão o peso inteiro, fraquejou e o bicho escapuliu, meteu-se na mesma ramada onde pouco antes tombara. López fitou-o, fitou o bando que, no céu, persistia em cercana e aplicada vigilância. E eram já mais numerosos, e já vinham outros voando baixo, e outros apareciam pousados em galhos bem próximos, silenciosos, pacientes. O cerco se fechava, e López, por caminhos tortuosos de seu pensamento, logrou suspeitar que os bichos tinham vencido. Procurou a camisa, vestiu-a, deu uma espiada no corvo que, sorrateiro, tentava mudar de ramada. Não, não se considerava derrotado ou covarde. Era a lei, pensava, e pelear com aqueles frangos negros não ia mudar coisa alguma. E era a mesma lei que reinava em sua vida e na vida de seus conhecidos. Todo mundo se ajudava, claro, mas quando alguém morria os outros iam chegando para a partilha dos deixados. Peixes, moscas, tatus, ratos, aves carniceiras comiam a bucho, as coxas e os bagos de Guido Sarasua. Os companheiros levavam do morto uma cadeira, uma bacia, um par de alpargatas pouco usadas, um ficava com a cama, outro com a mulher, e a miuçalha, como a ossada de uma carniça, ia se extraviando ao deus-dará. De que adiantava guapear com os bichos? Aproximou-se do corpo estraçalhado. De Guido Sarasua ainda sobravam algumas carnes, protegidas pelas costelas e outros ossos maiores – o bastante para um bando de urubus famintos. Desembainhou o facão.

– Me desculpa, índio velho.

E como quem parte uma acha de lenha, curvou-se sobre o Sarasua e abriu-lhe o osso do peito ao meio.

A voz do coração

No cair da tarde o rio ainda estava longe e se desdobrava antes dele uma lhanura, receava eu por ela e receavam também meus dois comparsas. Meia légua de pasto grosso, à vista do posteiro da divisa. Cruzar ou não cruzar. E o que se havia de fazer, se atrás vinha o bando numa alopração?

– Não sei, não – este era Pacho. – E se a gente esperar que anoiteça?

– Sou desse acordo – disse o outro, Maidana.

Eu não. Estava seguro de que tão longa espera atossicava o faro dos cachorros. E avisei: não ia ficar nem um minuto mais naquele capão em que, acossados, buscáramos refúgio. Era sair de pronto ao descampado, numa corrida até o Inhanduí[9], ou o Gordo ia fazer de nós uma saudade.

Pacho olhava para o céu de modo estúpido.

– E então – insisti.

– Mais um nada e a noite fecha – disse Maidana.

Não muito longe, o alarido dos cachorros. Gordo e seus homens deviam andar pelas três restingas que recém cruzáramos. Coisa de dez minutos, se tanto, a cuscada vinha zebuar no garrão da gente.

– Vou indo – eu disse.

Pacho se decidiu:

– Vou também.

– Me quedo – disse o outro.

---

9. Afluente da margem esquerda do Rio Ibirapuitã, no município de Alegrete. (N.E.)

Maidana achava que passariam ao largo, perdido o rastro no restingal de nossa retaguarda. Era duvidar demais do focinho de um jaguara. E não adiantou pedir, nem implorar, nem declarar que, ficando, já era rato de xilindró ou coisa pior, com mulher e gente miúda miserando a la cria. Fincou pé e o bando quase ali, já se ouviam o xaraxaxá da folharada, vozes, se vinham mesmo e só o pobre Maidana, por maturrengo, carecia de fé no seu mau fim.

Orlando Faria, o Gordo, era estancieiro de conceito no distrito, meio prefeito, meio delegado e meio uma porção de coisas que ele mesmo se nomeava e ninguém dizia que não. Herdara da família um campinho de pouca bosta que logo começara a inchar. Emprestando a juro, amedrontando, escorraçando, abocanhara uma província ao arredor. Isso sem falar no que fizera ao João Fagundes. Por escassas quarenta braças que estorvavam um caminho, mandara estropiar o pobre velho. Solito no rancho, sem poder andar, morrera à míngua. Na beira do Inhanduí havia uma cruz de pau, diziam que ali fora enterrado o velho. Diziam também que era ele a alma penada que, nas noites de vento, aparecia nos galpões, montada num petiço lunarejo, a mendigar uma tigela de pirão. Ninguém duvidava. Eram tantos os defuntos atribuídos ao Gordo, impossível que pelo menos um não errasse a porteira do céu e cá ficasse a penar sua aflição.

Maidana era novato nas costumeiras do Gordo, e o bando afretado ele nem conhecia: ralé endemoniada, sem coração, que por casa e comida perdia o respeito até pelos parentes. Não se pareciam conosco, isso não. Gentio sem quimeras. E eram eles que a gente trazia desde a tarde com o bafo no cangote.

Partimos silenciosos, Pacho e eu. Às vezes parávamos para escutar os ruídos do mato ou buscar orientação — semanas antes passáramos por ali com uma carga macanuda de penas de avestruz. Já escurecia quando avistamos o fim do mato. Apressamos o passo, meio a trote entre o arvoredo esparso, e naquela ânsia de avançar um mau sucesso: me espetei num galho cortado. No flanco, no sovaco, e que pontaço.

– Quieto – rosnou Pacho, ao ouvir meu gemido.

Em frente, a lhanura. Longe, o rio, a divisa, e lá também, vigiando o descampado, o posteiro do Gordo.

– E foi!

Tiro de meia légua? Dava mais, e se era campo aberto também era pedregoso, mosqueado de cupim e tacuru e cova de touro, impossível bandeá-lo às carreiras sem trompar de pé e encalacrar o peito de seixinho miúdo e estrumeira. Mas ninguém nos viu e ao rio chegamos ressolhados, quase sem poder falar. Vadeamos com água ao peito, acima da cabeça a munição e a armaria.

– Bueno... – Pacho ofegava, satisfeito.

Procurava um lugar seco atrás do barranco, ia se deitar, mas eu ia me boleando de qualquer jeito, exausto, perdendo sangue, só agora notava que trazia uma lasca de pau no costilhar.

– Me feri – eu disse. – Tô mal.

Ele se aproximou.

– Onde é que é?

– Aqui.

Tocou na lasca.

– É curta.

– Cuidado, pode causar dano.

Arrancou-a com puxão, meu grito sufocando na mão dele em concha.

– Pronto, pronto, já se foi.

Tirou a camisa, nela trabalhou com a faca e preparou uma bandagem ao contento, tão apertada quanto dava sem rasgar. Me acomodou no chão, jeitoso como um tio.

– Quer um cigarrinho, mano? – disse ele, deitando-se ao lado.

– Daquele ou do outro?

– Do que faz sonhar. Te quitará el dolor.

– E tem?

– Sempre sobra algum farelo.

Calados, pensativos, o olhar perdido no teto do mundo, era bom e a gente se distraía naquela volteada de alturas. Surgiam as primeiras estrelinhas, chinocas arrepiadas, friorentas, como se a patroa lhes tivesse puxado o cobertor: "Meninas, tá na hora de alumiar os pajonais, os banhados e os trevais". Nuvenzinhas nesguentas pareciam imóveis, só olhando firme que se via a destreza com que cambiavam o fugaz contorno e depois fugiam, com aquela lua leprosa dando de foice atrás. A noite era fachuda, pena que o sonho muito cedo se acabou.

Lá no longe, no capão, um tiro de revólver. Sem se mover, Pacho murmurou:

– Se vieram.

Outro tiro, em seguida vários tiros que pareciam de vinchester. E os ganidos dos cachorros. E risos, gritos, assobios.

– Era uma vez o Maidana – disse ele.

Depois, só o silêncio, que parecia crescer como cresce um som. E naquele silêncio inchado, doloroso, que trazia no seu ventre um cadáver, dava uma vontade de chorar, de sair gritando, de matar também. Que falta iam fazer ao Gordo um que outro avestruz, meia dúzia de nútrias e uns poucos capinchos? Pobre Maidana, a família esperando e ele morrendo ali, a tiro e dentada de cachorro, como morria qualquer zorrilho.

Retomamos o caminho e me sentia tão enfraquecido que Pacho precisou me agarrar pela cintura. Saímos aos tropeços, tendendo para o caponal que ladeava o rio. Pouco adiante vimos a cruz do João Fagundes. Pacho se persignou e me fez passar depressa ao largo.

Que horas seriam? Umas nove, talvez dez. E andávamos agora mais devagar, sem fazer bulha, foi um susto quando chegou até nós o repique de um galope. Pacho se deteve. Me fez sentar e foi-se a rastejar, como um lagarto. Num minuto estava de volta.

– Tá do outro lado.

– Então é deles.

– Olha, veio se apear ali.

Agora eu avistava o homem, o vulto dele e a pesada sombra do cavalo, na outra margem do Inhanduí. Havia desmontado e punha-se de joelhos para beber água.

Contos completos

– É o posteiro – eu disse. – Vai lá e acerta as contas.

E era preciso. Naquele cu do mundo, o que podia fazer um desgraçado senão ouvir a voz do coração? Alguém tinha de pagar e não só pelo Maidana. Também pela mulher que ia cair na vida, também pelo filho que, não morrendo pesteado, ia ser ladrão que nem a gente.

Pacho era um valente, mas naquela vaza se arrenegou.

– Vamos embora – disse, muito agitado.

– Primeiro as contas.

– Vamos embora – e sua voz tremia. – Do homem não vi a feição, mas do cavalo eu juro: é o petiço lunarejo, que Deus me livre e guarde.

No outro lado, o homem já estava em pé, de costas, e apertava os arreios do cavalo.

– Assombração não bebe água – eu disse.

Era preferível uma faca penteando o nervo do pescoço. Mas eu, com aquele estropício nas costelas, se fosse não voltava. Sentado, ergui o revólver, apoiando-o no joelho. Mirei no meio das costas, e ao tiro seguiu-se um bater de asas, uma correria de capincho no mato e o eco se esganiçando em canhadas e barrancas daquele rio amargo.

O homem caiu de bruços entre as patas do cavalo.

– Me mataram – gritou. – Hijo de la gran puta, me mataram!

Como dois bichos, andando de quatro, nos metemos no mato e íamos ouvindo, cada vez mais espaçados, distantes, os gritos do moribundo. De repente um relincho atravessou a noite, e outro, e mais outro, e de repente não se ouviu mais nada. Caminhávamos.

O voo da garça-pequena

Pela segunda vez cruzava o rio naquele dia. Durante a madrugada carregara sete bolsas de farinha na margem correntina e viera entregá-las a um padeiro de Itaqui, numa prainha águas abaixo da cidade. Agora ia buscar mais sete. Serviço duro, mas López estava satisfeito. Por toda a semana estivera cheio, duas cargas por dia, e tinha a promessa de mais trinta se o fornecimento não se interrompesse.

No outro lado, amarrou a chalana no salso que era já seu ancoradouro. Agarrou o pelego que forrava o banco e saltou para a terra, pensando que em seguidinha ia ferrar no sono e descontar a noite maldormida. Mas às vezes dá nisso: um deita, tem sono e não dorme. O rio macio e suspiroso, o cheiro do barro, o verde úmido e o silêncio soltando o pensamento...

Atravessou a faixa de mato pela estreita picada que ele mesmo, dias antes, aviventara a facão, foi dar na estradita vicinal onde mais tarde viria descarregar a Fargo do farinheiro correntino. Os quilombos do Alvear ainda estavam fechados, mas era certo que num deles podia entrar a qualquer hora e até já havia entrado um ror de vezes. Com a vieja Cocona eu me entendo.

Menos de légua costa acima, depois de um banhadal e antes da primeira rua da vila, ficava o La Garza. López entrou por trás, pela cozinha, Cocona fazia pão e ele pronto ficou sabendo que o chinerio tinha saído às compras, só volvia à noitinha. Tomou uns mates com a velha, desacorçoado, já pensava em ir-se quando chegou da vila alguém que ele desconhecia. Era uma mulherinha minga, delgada, figurinha que a natureza regateara em tamanho mas caprichara no desenho. Trazia uma sacola no ombro. Cumprimentou e passou ao corredor dos quartos. López, que dizia qualquer coisa à velha, silenciou. Cocona fez roncar o mate e cabeceou para o corredor: aquela era nova na casa, Maria Rita, tinha sido mulher de um posteiro em Maçambará e o deixara para fazer a vida. Metida a ideias, mas no fundo boa pessoa. Não era certo que ficasse no La Garza, pois se dizia que o marido era violento e não se conformava.

– É um bibelô sem defeito – disse López. – Se ficar, enrica o plantel.

Pegou a cuia que a velha oferecia.

– Tá bonito isso – tornou, vendo Cocona cortar a massa em pedaços iguais e dando por cima dois talhos em cruz. – Se não demora, espero.

Hum, fez a velha, então não sabia que a pressa abatumava? López sorriu, quando eu era guri, ele disse, minha mãe fazia pão dia sim dia não. E como demorava, ele disse, no inverno era a noite inteira levedando. Contou que ela largava uma bolinha de massa num caneco d'água e ele ficava cuidando, aflito, pois só quando a bolinha subia o pão era enfornado.

– Às vezes sinto aquele cheiro. Pão de mãe não tem igual, verdade?

Sí, verdad, Cocona sentou-se e fez um gracejo malicioso por causa dos odores que ele dizia sentir. Em seguida Maria Rita apareceu, vestido mudado, chinelinhas. Cocona a chamou, vení chiquita e que aquele era López, o homem dos rádios. A moça o olhou com interesse, ah, o López, comentou que os aparelhos eram bons de fato e pegavam estações de outras cidades. Cocona acrescentou que um mimo como aquele em cada quarto era complemento muito chic e impressionava a freguesia, pois nem mulher de estancieiro tinha rádio de cabeceira, tinham quando muito, e na sala, aquelas velharias tipo caixa de maçã.

– Também quero um rádio – disse Maria Rita. – Quando é que o senhor vai de novo a Uruguaiana?

A velha interveio, Maria Rita não devia comprar rádio agora, sem saber se ia ficar na casa.

– Mas eu quero um pra mim, sempre quis. A senhora não precisa pagar, eu pago, é pra meu uso.

A velha tomou a cuia de volta. López, de olhos baixos, pensou que ia ficar até mais tarde no La Garza, já se afeiçoava à ideia de dar um galope naquela piguanchinha limpa e benfeita, ainda não lonqueada por arranhão de barba e cabeceios do peludo.

– Mesmo que a menina não fique pode ter seu rádio.

– Y bueno – Cocona encolheu os ombros.

– Quanto custa um igual ao da Paraguaia? – quis saber a moça.

López deu o preço, incluindo a viagem e os pilas de sua comissão. Ela fez beicinho, o dinheiro não dava, como é caro e espiou Cocona, a velha chupava o amargo de olhos fechados.

– Com plata à mostra se pechincha – disse López. – O importante é que a menina possa adormecer com um chamamé ao pé do ouvido.

Ela sorriu, alegre.

– Então eu quero. Pra quando o senhor pode?

– Uns sete dias. Agora tô passando farinha, tenho compromisso, mas pra semana...

Cocona abriu os olhos. Meteu a mão no bolso do paletó de homem que usava, puxou um maço de dinheiro enrolado num lenço. Equilibrou a cuia no regaço e contou as notas com vagar, franzindo o cenho. Deu a López o equivalente à metade de seu preço.

– Un rojo como el de la Paragua – e como López resmungasse, cortou: – Ni un peso más.

Levantou-se, pegou a bengala atrás da porta e ia salir un rato, disse, já voltava. Disse também que sobrava meia tetera quente, mas que o casal decerto nem ia precisar de tanto. Olhou para López.

– Quedáte con la galleta de tu vieja.

López moveu-se, incomodado. Relanceou Maria Rita, a moça olhava para o chão.

– Vai querer um mate?

Ela fez que não.

– Não é do seu costume?

Contos completos | 71

— É, sim, mas não quero.

Ele se serviu. Maria Rita ergueu-se, da porta viu Cocona afastar-se por uma trilha entre macegas.

— Onde é que ela vai?

— E eu sei? – disse López. – Fica embromando por aí, vá chá de língua. Às vezes visita Dom Horácio. O velho foi caso dela quando moço, dizem. Agora enviuvou e ela vai lá, proseia, toma chimarrão, decerto ficam se toureando.

— O senhor tem caso com mulher daqui?

— Eu?

— Pergunto.

— Eu não tenho caso com ninguém, nem quero.

— É melhor assim, não ter nunca... não acha?

— Pois... isso depende, não?

— O senhor sabe que sou... que fui casada?

López fez um gesto vago.

— Pois é – tornou ela –, um caso antigo, de papel passado e tudo, e não deu certo. Me separei faz pouco e... – interrompeu-se, esfregou as mãos. – Ele me surrava, não me deixava conversar com ninguém.

López serviu-se novamente, muito sério.

— É a vida. E o mate, agora vai?

Ela voltou ao banquinho, cruzou as pernas.

— O senhor acha isso certo?

— Isso o quê?

— Surrar mulher.

— Pois, pra lhe dizer a verdade, até nem sei – disse ele, escolhendo as palavras. – Se é por traição, vá lá, mas surrar de graça...

— Também acho. Mulher, tendo um homem bom, é parceria pra tudo.

— Isso é – fez ele, sinceramente. – E a gente só dá valor na hora de se aliviar.

Ela desviou os olhos, López sorriu e fez roncar repetidas vezes o mate, em sorvinhos curtos.

— Eu, por exemplo, já vou pra mais de semana no seco, ombreando farinha, remando e dormindo. Isso dá nos nervos. Qualquer dia me atraco numa ovelha.

— Credo — ela riu.

— Mas é isso mesmo... Ano passado quase tive um caso, caso sério, seriíssimo — deu uma risada —, com a borrega de um chacreiro meu vizinho. Quando eu passava pela estrada e não boleava a perna, ela me perseguia do outro lado do fio, mé e mé e dá-lhe mé, de rabinho alçado.

— Que horror — tinha dentes bonitos, um deles meio empinadinho.

— Não quer mate mesmo?

— Quero.

— Tá meio lavado.

— Não faz mal.

López ofereceu a cuia, ela descruzou as pernas, sorriu de novo.

— Já ouvi falar — disse, num tom incerto — que mulher também faz outras coisas.

— Por supuesto — quis logo concordar. — Elas cozinham, remendam, plancham, dão cria, imagine o que ia ser da gente...

— Eu acho — cortou ela —, quer dizer, não é que eu ache, eu ouvi dizer que em Uruguaiana ou no Itaqui tem uma mulher doutora, trabalha no hospital.

— Mulher doutora? Virgem!

— Pois tem. Eu ouvi no rádio da Paraguaia, trabalha no hospital.

— Nunca ouvi falar. A toda hora ando no Itaqui, em Uruguaiana, e ninguém me contou isso.

— Pode ser em São Borja, não me lembro bem.

— E faz operação?

— Não sei, diz que trabalha no hospital.

— Bueno, decerto é ajudanta.

— Por isso quero o rádio — tornou ela, com os olhos muito abertos. — Com o rádio a gente fica sabendo do que acontece no mundo, em Porto Alegre, a gente pode ter ideias...

Pronto, pensou López, ali estava o que Cocona queria dizer, uma mulher de ideias. Com certeza era mais uma querendo virar homem, como a tal doutora de São Borja e uma outra que ele mesmo tinha visto, a professora da Vila do Bororé fazendo um discurso. Mulher fazendo discurso, era só o que faltava. Ela suava no bigode. Meus correligionários, ela gritava, e suava no bigode. Um baixinho de boina retrucou que a dona precisava mesmo era de um pau de mijo para sossegar dos nervos.

Maria Rita ainda estava a falar de ideias, em saber ou não saber, mundo isso e mundo aquilo.

— A menina sabe que ando precisado e fica inventando novidades — disse ele.

Ela alisava o vestidinho na coxa, cabisbaixa.

— Que sei eu de mundo — continuou. — O mundo que eu sei é o rio aí, a farinha, Cocona, a freguesia, esse é o mundo. Aquilo que a gente enxerga, sente. Como isso aqui — e pôs a mão entre as pernas.

A moça empalideceu, levantou-se.

— Meu quarto é o segundo do corredor.

Quis erguer-se junto, mas uma súbita inquietude o prendeu no banco. Outro mate, um cigarro gustado com vagar, ele observava a correição das formigas na cozinha, o trotezito delas de um lado e outro, como desnorteadas, e seu pensamento vagueava igual, disperso, por vastidões que ele não reconhecia. Tentou livrar-se desses melindres com uma cuspida no chão, levantou-se, então um homem cumpridor já não tinha o direito de desentupir os grãos?

Maria Rita deixara a porta aberta e estava deitada na cama, sem o vestido. López entrou, fitou-a com um olhar sombrio. Viu no penteador um gatinho de louça, uma escova, um pente de osso, viu também o vestidinho na cadeira, dobrado, as chinelinhas juntas ao lado da cama. Tirou a campeira, desafivelou o cinto, sentindo que alguma coisa estava errada, torta, emborquilhada, alguma coisa que ele não sabia o que era... e decerto era aquilo que fazia com que sua cabeça quisesse a mulher e seu corpo o cristeasse, só formigasse em dormências. Sentou-se na cama, mudo, ela o fitava.

— Também não é assim — disse, por fim, com uma voz que lhe pareceu de outra pessoa.

— Assim como? Faz de conta que sou a sua borrega.

Ergueu as pernas e tirou a calça. Vendo-a nua, López sentiu um calor no rosto e pensou que agora mesmo ia bochar aquela mina bruaca, agarrar o pescoço dela e espremer até que pusesse para fora, pretinha, aquela língua do diabo. Salvou-a, ou salvou-o, a voz serena e boa com que ela o surpreendeu.

— Também acho que não é assim.

— Claro — disse ele, sem olhar. — Mulher não é que nem ovelha.

— Não quer deitar? — e arredou o corpo, gentil.

Ele se ergueu rapidamente.

— Não, grácias — e prendeu o cinto. — A mim me agradava por demais o seu favor, mas a prosa ia boa e o tempo foi passando... meu farinheiro há de estar no mato.

— Quem sabe tu te atrasa um pouco — e López notou que agora ela o tuteava.

— Outro dia, quando trouxer seu rádio.

Ela sentou-se, cobriu-se com o lençol.

— Tu vai mesmo me trazer o rádio? Não embrabeceu comigo?

— Ora, dona, quem tem que embrabecer é o boi, que é capado e tem guampa.

Ouviu os golpes da bengala de Cocona nas lajes da cozinha, vestiu a campeira. Tirou do bolso o dinheiro que a velha lhe dera e pôs em cima da mesinha, debaixo do castiçal. Ela seguia seus movimentos, mordendo o lábio.

— Não se preocupe. Numa semana boto nessa mesa um Philco vermelho de três ondas, mais tranchã que o da Paragua.

— O dinheiro — ela protestou.

López levou o braço, apertou-lhe a mão.

— Fica com a senhora, como um recuerdo meu.

Maria Rita o fitava intensamente, ele fez um cumprimento de cabeça e saiu. Ao passar pela cozinha despediu-se ligeiramente da velha e fez que não ouviu quando ela indagou se a galleta de Maria Rita também era cheirosa.

No caminho para o sítio onde deixara o barco, ia com pressa, forcejando para não pensar ou só pensando nas suas trinta cargas de farinha. À sua passagem, nos banhadais que espremiam a estradinha, debandava a bicharada: assustados dorminhocos, marrequinhas-piadeiras, tajãs gritões, maçaricos ligeiros, narcejas acrobáticas... e de um ninho de gravetos, na moita de um sarandi, alçou voo a mais graciosa de todas as aves do banhado, a garça-pequena com seu véu de noiva, suas plumas alvíssimas, e voava longe, para o alto, e era o voo mais tristonho e mais bonito. López talvez a tenha visto. Ou talvez não.

Bugio amarelo

Era uma noite fresca e com poucos mosquitos, céu estrelado e a velha lua espalhando por tudo seu clarão de leite. Noite de cismar ao relento e no umbral do sono escutar, como a sonhar, o voo plumoso da coruja, a cantilena do rio, o rebate das chalanas amarradas. Dormir em sossego, despertar no levante do sol, com o ciscar madrugador das frangas e as lambidas dos cachorros... que outra vida podia um cristão encomendar ao taita lá no alto?

Satisfeito, estendi meu xergão sob os cinamomos, no quintal da casa de Amâncio. Era a segunda noite que ia dormir ali, confiado em que, como na primeira, ganharia a manhã com um sono só.

Amâncio subira o rio para fechar certo negócio e pedira que eu dormisse em seu pátio: com o bebê amoladinho, carecia ter alguém à mão para buscar o farmacêutico. Mas tudo corria bem. Na casa, Zélia e a criança pareciam dormir. Me deitei também, gozava os bem-estares dessa noite prendada quando ouvi um frufru macegoso no fundo do quintal. Virei a tempo de avistar uma sombra e me ergui de um salto. Quem lá estava se mostrou.

— Aqui é o Bagre, mano.

— Isso é modo de chegar em casa amiga?

Levou o dedo à boca.

— Fala baixo — e espichou o beiço para a casa: — Tem bugio no bananal do Amâncio.

— Quê? Não acredito.

— Ué, então não vi o homem entrar?

Não era novo o mexerico de que Zélia andava a pagar em natureza uma conta de leite ao pulpeiro. Duvidávamos, era sempre a Zélia, mulher do nosso Amâncio. E logo com quem, o alemão da pulperia. Aquele sim, não prestava. Bugio, Bugio Amarelo, assim era chamado por ser peludo de torso e dorso, um pelo baio que de tão cerrado parecia uma doença. Carrasco da desgraça alheia e desavergonhado, roubava no quilo e na tabuada, corvoejava os precisados para castigar no juro e na hora do acerto não era nem parente. Ferro e fogo. De um jeito ou de outro o infeliz pagava, nem que fosse com os encantos da mulher.

– Isso vai ficar assim? – disse o Bagre.

Não podia ficar.

Amâncio fora a Monte Caseros comprar duzentas caixas de balas incendiárias, com venda certa para lavoureiros da região, por causa das caturras[10]. Tipo de coisa que ninguém mais queria fazer, com medo da lei. Os tempos eram duros, os grandes lances iam rareando e a gente precisava se contentar com migalhas. Amâncio não, ele não se conformava. Eu figurava o compadre Uruguai acima, lancheando só à noite, comendo boia fria e se carneando com os borrachudos, na tenção de mermar nosso miserê. E enquanto isso, a Zélia dele empernada com o alarife. Era muito cachorrismo.

Combinamos: Bagre gritaria "pega ladrão" e eu surpreenderia o Bugio dentro de casa. Se passasse por mim, toparia com o outro na porta da rua.

Entrei pela cozinha. Bagre lá fora começou a gritar, no quarto fez-se um rebuliço, vozes sussurradas, estalos de cama, sem demora pisadas no chão de tábuas. O Bugio não passou da porta. Dei-lhe um murro de soco inglês no entreolho, testavilhou, caiu sentado. Zélia, em pânico, suplicou lá do quarto: "Hans, não deixa que me matem", e aquilo o levou ao desespero. Ergueu-se e arremeteu às cegas, como um touro. Na passada me servi, bluf, bluf e bluf, na nuca e nas costas.

---

10. Ainda é comum nas zonas fronteiriças do Rio Grande do Sul, em pequenas propriedades com lavouras, o emprego dessa espécie de munição para destruir ninhos de caturras no alto dos eucaliptos. As balas incendiárias, cuja venda é proibida no Brasil, são contrabandeadas da Argentina. (N.E.)

Tentou me cabecear o estômago, peguei-lhe o meio da cara com um joelhaço e bati com as duas mãos cruzadas no pescoço, ele gemeu, se agarrou em mim e foi escorregando, quedou-se aos meus pés como aninhado. Gelei. Estava escuro e, cá comigo, pensei que tinha matado o homem. Tal foi o meu erro, hesitar, devia saber que o Bugio não era flor. Maneou-me a perna e me derrubou com um tironeio. Perdi-o de vista, e quando quis me levantar recebi uma pancada na boca. Caí de novo e o Bugio escapou, desabalado, pela porta da cozinha. Escapou de mim e, pelo rumo que escolheu, escaparia também do meu parceiro.

Me deixei ficar sentado, mareado, cuspindo sangue e pedaços de um dente. Zélia acendeu a luz do quarto, ouvia-lhe o nervoso cicio para o bebê. Em seguida passos, o vulto dela recortado na porta.

– Quem tá aí?

Não respondi. Ela começou a recuar, mas, corajosamente, deteve-se.

– Quem tá aí? – repetiu.

– *Hans, não deixa que me matem* – eu disse, afinando a voz.

Ela arredou uma cadeira tombada e ligou a luz.

– Tu!

Aproximou-se. Procurava dominar-se, dissimular a agitação febril com que buscava coisas a dizer, explicações a dar. Estava assustada, claro, mas, para além do susto, ganhava tempo e decidia-se. Me fitava, não dizia nada, e parecia mais bela do que o fora em qualquer dia que lhe tivessem gabado o frescor e o reconhecido encanto.

– Tu tá muito machucado?

– Tô bem – eu disse.

– Tem um dente quebrado.

– Sobram outros.

– E uma racha na boca.

– Cicatriza.

Já cumprira minha obrigação, podia me levantar e ir embora, por que não o fazia? Ah, aquele olhar de susto e fogo, aqueles beiços carnudos e molhados, a camisola com um rasgão no peito, seu garbo de égua xucra, recém-coberta pelo garanhão... eu me recriminava por tais pensamentos e, confuso, me perguntava por que invernadas obscuras da alma andaria perdida a minha lealdade.

– Tem mais gente que sabe?
– Não – menti.

Foi buscar um pano úmido e sentou-se ao meu lado, num banquinho. Já se decidira pelo tudo ou nada. Os joelhos no alto forçavam a roupa a se encolher, era por gosto que mostrava as pernas, a calcinha de tecido rude bem folgada. Limpava meus lábios e sem nenhuma cerimônia já pousava a outra mão no meu regaço.

– Quer que te faça uma salmoura?
– Não precisa.

Zélia sorria, levando fé na sua vitória. Abria tanto as pernas que lhe via os pelos desbordando da calcinha.

– Pode olhar, eu deixo.

E começou a me acariciar.

– Amâncio é meu amigo – eu disse.
– Dessas coisas de marido e mulher tu não entende – disse ela. – Se tu é mesmo amigo dele, tu me come.

Com agilidade, abriu minha calça. Quieto, deixei que me sugasse. Queria pensar que aquela imobilidade sempre contava um ponto a meu favor. Mas não, nem com tal ponto podia contar. Enlouquecido, sem demora a derrubei no chão, esgarcei-lhe a calça e a galopei com tal sofreguidão que o gozo se me afigurou como um chupão na vida, quase desfaleço entre suas pernas.

Zélia ergueu-se, arranjou a camisola.

– E agora? – disse, num desafio.

Naquele momento mesmo resolvi que ia embora da cidade. Não por medo. Também não me sentia um traidor, mas, mal comparando, como o guasca que no meio da noite se defronta com um boitatá. Ia embora, sim, mas um dia voltava, e só voltava quando a vida me tivesse aberto outras cortinas de seus dolorosos mistérios.

Antes, porém, pedi ao Bagre que nada comentasse sobre Zélia e o Bugio. E esperei por Amâncio. Quando ele chegou, animado com o sucesso da viagem, dei-lhe um abraço demorado. Ele também se emocionou com minha partida, quase não acreditava, e ali começou meu aprendizado. Negociando meu silêncio, Zélia não deixava de ter sua razão: valia mais a felicidade de um homem do que um gesto de lealdade.

Depois parti.

Mas não deixei a cidade assim, como quem vai para outro mundo e lega aos amigos uma arroba de fracassos. Passei na pulperia para uma visita ao alemão. Entrei, pedi à freguesia que se arredasse. Cerquei-o num canto do balcão, ele com a faquinha de picar fumo, eu com meu soco inglês. Do que aconteceu não me arrependo, mas não quero recordar. Para saber, querendo, é perguntar aos antigos chalaneiros do rio, em Uruguaiana, em Itaqui, na Barra do Quaraí. É perguntar ao Bagre. Nem tanto pela verdade, que ele falseia um pouco, mais pelo floreio, ao qual não nego certo encanto. "Quando o Bugio chegou no céu...", começa ele.

Adeus aos passarinhos

Como pode uma chalana frequentar o mar? Deixar seu ancoradouro de água doce, descer a corrente e se perder no mar, a bordo um pobre homem que pouco sabe além do que lhe ensinou o rio e sua filosofia silvestre de pitangas. E de vez em quando, para agravar meu espanto, surge um menino que faz ilusionismo.

Uma chalana ao mar, uma criança que aparece e desaparece, uma ilha provisória, passarinhos... não parece uma conspiração?

Menos mal que o mar está sereno. Sereno esteve hoje, ontem, dá a impressão de ter estado sempre assim. As ondas são pequeninas e no ar há uma funda transparência. Imagino que de longe, no plano, ou lá das alturas, não seria difícil de ver-se a chalana, mas não se vê nenhum avião no céu, nenhum navio no mar. Eu podia até pensar que o mundo se acabou, mas, de um jeito ou de outro, o tempo vai passando, eu o sinto, o tempo é um estranho zunir dentro de mim e suspeito de que sem mim não zuniria.

Passa o tempo, isso é muito bom.

Passa o tempo e passará, fico me lembrando de que ontem brinquei de perseguir minha sombra e desembaracei uma mecha de cabelos. Hoje ficarei esquadrinhando, procurando no horizonte a terra, como se da terra esquadrinhasse o mar à procura de uma chalana como esta. Lembro-me de tudo e a lembrança me dá a certeza de que morto ao menos não estou: na morte não há memória.

Em certas tardes tenho a impressão de que nos aproximamos de alguma ilha ou continente. Pequenos ramos se balançam na flor d'água e passarinhos, imagine, passarinhos de terra invadem a chalana, vêm cansados, pousam, e aqui se deixam ficar com o pequenino peito arfando e o biquinho entreaberto. E aqui repousam. E de repente ouço um gorjeio e logo todos começam a trinar, a brincar alegremente e me divirto com a insistência deles em tirar sinais que tenho no pescoço ou tatu do meu nariz.

Não, não podem vir de longe esses bichinhos e fico imaginando de que lado enxergarei a terra. Faço cálculos com a posição do sol, com os pontos cardeais, faço uma confusão de números e desisto e me desespero e é então que avisto, no horizonte, uma fímbria gris que antes não estava lá. Fecho os olhos, me belisco, e quando os abro, ah, não sei se é uma terra de verdade ou mais uma crueldade do menino, mas meu coração se acelera e bate com tal força que fecho rapidamente a boca, com receio de que salte e se perca por aí.

É bom pensar que vejo a terra.

É bom pensar que estou voltando.

Meu coração dá sinal de vida, é a hora em que me visita a infame pessoazinha, tão parecida com a ideia que faço de mim mesmo em sua idade. Não se trata de uma semelhança física, é algo mais profundo que está como no ar entre nós dois ou dentro de nós dois. Não raro desconfio de que a criança sou eu mesmo, mas não quero pensar nisso. Se já não consigo compreender o que nos une, imagine como me sentiria se tivesse de decifrar mais coisas.

Vem do nada esse menino e não posso deixar de notar como é cheio de vida, quase um monstro se você o compara comigo, que aqui estou como se estivesse morto, a passarada fuçando em meu nariz.

Tento conversar. Peço-lhe que se vá de uma vez por todas ou permaneça para sempre, não fica nada bem para uma pessoa decente andar aparecendo e desaparecendo, como um mágico de circo. Dou-lhe conselhos. E quando penso que o tenho nas mãos, pergunto se pode me dizer quando chegaremos. Insisto em notícias do trajeto, quero saber de ventos, correntes, rotas de cargueiros. Explico que há um rio à nossa espera e que a chalana andará saudosa de seu ancoradouro. Ele nada diz e parece que se diverte com minha inquietude.

Ele até parece um deus.

Um deus ou um mágico, não sei. Faz aparecer uma pasta de colégio e me provoca com números inadmissíveis. Tira da pasta guabijus, ferraduras, gatinhos. Isso mesmo, gatinhos em pleno mar. Começo a me assombrar e ele se prevalece. Eis um par de remos e uma rede de pescar, quatro quilos de cascudo e um farnel com dois pãezinhos, goiabada, suco de maracujá. Advirto-o de que tais demonstrações não passam de uma farsa, ele apenas ri, sua magia é tão eficiente que ele faz aparecer todas as coisas em que estou pensando.

Até um perfume de pitangas.

Até mesmo um rio.

Meu coração, eu o sinto, começa a sangrar, e se ele mergulha outra vez o braço em sua pastinha, o braço volta em sangue. Ah, meu Deus, eu penso, ele faz parte da conspiração, não será seu principal mentor? Dou-lhe as costas e então ele suspira, funga, começa a chorar e chora tanto que sua camisinha fica com a gola bem molhada.

Me aproximo, quero tocar nele e não consigo. Não, não, eu grito, e não adianta mais gritar, ele desaparece em passes de sombra e luz.

O tempo passa e também os ramos se afundam, se perdem. Entre mar e céu se esconde a fímbria e até os passarinhos vão embora, eu os acompanho com o olhar, eles voando, voando, se sumindo. Adeus, adeus, até a vista, e volto a ficar sozinho com este mar imenso, este mar intenso que me cerca e me estrangula, uma corda de sal em meu pescoço. Como pode uma chalana frequentar o mar? O tempo vai passando, o tempo vai zunindo, eu o sinto dentro de mim como um inseto.

Sesmarias do urutau mugidor

O alambrado de três fios, eu no lado de cá esperando a resposta e o velho no de lá, os olhinhos de rato procurando no automóvel qualquer coisa que contrariasse a história do pneu. Perguntou se eu vinha de longe. Ah, Porto Alegre? E espichou o beiço mole. Teria preferido, talvez, que eu viesse de Alegrete ou de Uruguaiana, de Santana ou Quaraí, forasteiro mais a jeito de lindeiro, alguém para prosear sobre tempo e pasto e repartir o chimarrão.

– Bueno, vá passando – disse, de má vontade.

Seguimos por baixo de um arvoredo esparso de cinamomos e alguns ipês maltratados pela geada. A chuva havia parado, o vento não. Soprava forte ainda, sacudia aquelas álgidas ramadas e logo nos enredava numa tarrafa de respingos. Adiante, o rancho que eu vira da estrada, pequenino, tão frágil que era um milagre continuar em pé depois do temporal.

– É casa de pobre – disse o velho.

Telhado de zinco remendado, chão de terra, nas janelas um tipo de encaixe substituía a dobradiça e o vento se enfiava pelas frestas em afiados assobios. De duas peças dispunha. Na da frente, o mobiliário miserável, um jirau com uma velha sela e sobre ela, a dormitar, um casal de pombos. Na outra, tanto quanto eu via, uma lamparina projetando mais sombra do que luz.

Sentamos em cepos na frente do fogão, já bufava na chapa a panelinha e esquentava por trás a chaleira. O velho agarrou a cuia.

– Esses autos... quando mais precisa deixam o cristão a pé.

Experimentou o mate e o primeiro sorvo deitou fora, com uma sonora cuspida ao chão.

– E depois tá carregadito, não? Chibando pra Corrientes?

– São coisas pessoais, minha roupa, meus livros – respondi. – Estou de muda para Uruguaiana.

Assentiu, subitamente respeitoso.

– O senhor é doutor de lei?

A menção dos livros o perturbara, talvez confundisse advogados com cobradores de impostos, fiscais, guardas aduaneiros. Tranquilizei-o, não, eu não era nada disso, carregava livros porque gostava deles e gostava tanto que de vez em quando escrevia algum.

Apertou os olhos, interessado.

– É preciso uma cabeça e tanto. Aquele mundaréu de letrinha, uma agarrada na outra...

A tarde se adiantava lá fora. E dentro já escurecia, as brasas do fogão deitando uma curta claridade ao redor e aquecendo nossos pés. Ele tirou da orelha um palheiro pela metade.

– Quando eu era gurizote e trabalhava aí no Urutau – começou –, a filha mais nova do finado Querenciano...

Um ruído na outra peça o fez parar. Alguém espirrara, assoara o nariz, talvez, e ele se mexeu no cepo, inquieto. Apontou para a chaleira.

– Vá se servindo, vou buscar a lamparina.

Aproveitei a ausência dele para dar uma olhada na palma da mão. Durante a conversa a mantivera fechada, pulso sobre o joelho, para não causar outro transtorno ao velho, mas via agora que estivera a sangrar novamente.

Que dia!

Em viagem por toda a manhã e um pedaço da tarde, o desvio da estrada, a chuva torrencial, o pneu furado, o macaco escapando e me cortando a mão... eram aventuras demais para um velho Renault e seu desastrado condutor.

O velho pendurou a lamparina no jirau, os pombos se moveram

e logo se aquietaram, juntinhos. Tirou dois pratos do armário, garfos, trouxe a panela para a mesa. Estava carrancudo outra vez.

– Gostaria de lavar as mãos.

Mostrou-me a bacia louçada, num tripé.

– Tenho um pequeno ferimento aqui na mão. É bom lavar.

– Ferimento?

– Foi com o macaco.

Aproximou-se.

– É, o macaquito lhe pegou de jeito.

Abriu o armário para revistar as prateleiras, puxou a gaveta da mesa e fechou-a com estrondo, parou debaixo do jirau.

– Não sei onde é que tá essa bosta.

– Que é que o senhor procura?

– A caixa, os remédios que a minha filha tem.

– Por favor, não quero incomodar.

Olhou-me longamente, era a primeira vez que o fazia.

– O senhor não incomoda – disse, com visível esforço.

Um pingo deu no zinco. A chuva ia voltar e o vento persistia, espanejando as paredes com raivosas rabanadas. Ao estalo dos primeiros pingos chegou até nós, de longe, um cacarejo solitário, de perto um bater de asas. Um relâmpago clareou a fresta da janela e o trovão parecia que ia despedaçar o rancho.

– Cumprimente a visita – mandou o velho.

Se não a chamasse por Maria, diria eu que era um rapaz. Cabelos curtos, calças de homem pelo tornozelo e uma camisa branca, suja, remangada, tão larga que não mostrava nem sinal dos seios, sim, diria exatamente isto, que era um rapaz se esforçando para parecer afeminado.

– Boa noite – disse, num fio de voz.

– Faça um curativo na mão do moço.

Tomou posição à minha frente, tensa, empertigada, a caixinha de remédios no colo. Com água oxigenada e um chumaço de algodão começou a limpar a ferida. Suas mãos tremiam um pouco, mas trabalhavam a contento, devagar, tão delicadas quanto permitia o hábito de não o serem.

— Já não tá limpo isso?

— Ainda não, pai, até barro tem.

O velho se surpreendeu, como se esperasse outra resposta.

— A panela vai de novo pro fogo – anunciou, num resmungo.

Me olhava, me examinava, os olhinhos de rato em perseguição aos meus por onde eles andassem. Que pena, eu pensava, um pobre velho sozinho naquelas lonjuras, decerto sempre a recear que um valente daquelas ásperas estradas chegasse a galope e carregasse a chinoca Maria na sua garupa. Eu o compreendia, simpatizava com sua causa, mas nem por isso o contato daqueles dedos proibidos deixava de me deliciar, um pequeno prazer que me concedia naquele fim de tarde, transgressão não criminosa das leis da casa. A ideia era velhaca, me fez sorrir e olhei de novo para o velho. Ele ainda me observava e alguma coisa em mim o descansou. Porque me viu sorrir, talvez, apenas sorrir ao toque daquelas mãos de que tanto se enciumava. Pensou, talvez, no escritor que eu era, no homem de cabeça grande, um sujeito assim jamais fugiria com sua menina. Sorriu também e pegou no armário o terceiro prato de nossa janta.

Eu estava esfomeado, o velho loquaz.

— O moço aí é um escritor de livros – disse ele a Maria, sem disfarçar um estranho orgulho.

Maria comia em silêncio e ele acrescentou:

— Um doutor.

— Eu apenas escrevo histórias.

— Histórias? – repetiu, algo decepcionado. – Como as do Jaraú?[11]

— Mais ou menos isso.

Ele encolheu os ombros.

— De qualquer maneira é preciso...

— Uma cabeça e tanto.

---

11. Cerro existente no município de Quaraí. Segundo antigas lendas, cuja origem remonta às Missões Jesuíticas, ali tinham sido escondidas grandes riquezas. (N.E.)

— Taí, me tirou da boca — disse ele, satisfeito.

O feitio da conversa me comprazia e fui adiante: a cabeça ajudava, por certo, mas, mais do que a cabeça, valia o coração.

— É preciso compreender as pessoas, gostar delas. Um escritor sempre pensa que vai salvar alguém de alguma coisa.

O velho não soube o que dizer, pigarreou, mas Maria me fitava intensamente, como se recém me tivesse descoberto no outro lado da mesa, ao alcance da mão. E vendo Maria me olhar, vendo aqueles olhos tão escuros, tão grandes, ardentes, fixos em mim... oh, algo muito forte palpitava dentro dela, uma ansiedade, um desejo oculto, uma súplica feroz, e tudo, de algum modo, parecia estar ligado à minha pessoa.

Chovia ainda e os pombos, agitados, tinham trocado de lugar. O velho agora dava indicações da região, dizia que, por engano, eu tomara certo Corredor do Inferno, na vizinhança do Arroio Garupá, município de Quaraí. Que o Posto da Harmonia não era longe e o assunto do macaco se resolveria na manhã seguinte, com o leiteiro.

— Nunca passa um carro por aqui?

— É que agora mudaram o caminho.

Maria baixava os olhos, uma garfada sem vontade na comida, um gesto perdido, um tremor nos lábios. O velho prosseguia. Contou que naquelas bandas ficavam os campos do velho Querenciano, homem muito rico que, ainda vivo, dera tudo para os filhos. E já me chamava de compadre.

— Isso tudo aqui, compadre, era a Estância do Urutau, cento e tantas quadras de sesmaria. Agora tá tudo repartido pela filharada.

Sanga dos Pedroso, Coxilha da Lata, Chácara Velha, Passo do Garupá, ia desfiando nomes que lhe eram caros e a crônica de seus antigos afazeres — caça ao gado xucro nas sesmarias do Urutau, os rodeios, as marcações, tropeadas ao Plano Alto e ao Passo da Guarda —, monologava quase, devia fazer um tempão que não se abria assim. E tão especial lhe parecia a ocasião que foi buscar no armário uma garrafa de cachaça.

— Isso aviva os recuerdos — explicou.

Em seguida começou a exumar velhas histórias, queixas amargas contra os estancieiros que por quarenta anos o tinham procurado nas horas de aperto e que agora, na velhice, deixavam-no de lado, como um rebenque velho. Embebedava-se. Me confessou, com lágrimas nos olhos, que um neto do finado Querenciano tentara "fazer mal pra guria", e não o conseguindo, marcara-lhe a coxa com um guaiacaço. Maria baixava os olhos, ruborizando.

– Já cavei a sepultura dele – rosnou o velho, as mãos crispadas de violência.

Sua língua pouco a pouco se tornava mais pesada, já quase não podia com ela e não era fácil entendê-lo. Sem demora derrubou a cabeça na mesa, completamente embriagado.

– Vamos colocá-lo na cama – eu disse, tão docemente quanto pude. – Ele não devia beber assim, faz muito mal.

– Ele nunca bebe. A última vez foi quando a mãe morreu.

Na outra peça havia um catre e uma velha cama forrada de pelegos. Acomodei-o na cama, ele fez uma careta, tossiu, pelo canto da boca escorria um fio de baba.

Maria mudou a água da bacia e começou a lavar os pratos, eu me sentei perto do fogão para manter os pés aquecidos e fumar um cigarro. Observava-a. Estava interessado nela, queria saber alguma coisa a seu respeito, compreender aquele momento em que, como alucinada, me cravara os olhos. Mas meu desejo de melhor conhecê-la não era tão grande quanto o receio de apenas abrir o tampão de suas emoções e depois não saber o que fazer com elas. Não, talvez fosse melhor nem dormir ali. Talvez fosse melhor pensar noutras coisas. Nas complicações do fim da viagem, por exemplo. Precisava alugar uma casa, comprar móveis, providências que sempre me embaraçavam. E tentava pensar nisso, contrafeito, quando me dei conta de que já não ouvia o barulho dos pratos. Maria me olhava, imóvel ao lado da bacia.

– Vou fazer a cama do senhor perto do fogão.

– Não precisa – eu disse –, vou dormir no carro.

— Mas o pai falou... vai fazer frio lá fora, aqui de noite a gente gela.
— Talvez não faça tanto.

Passou a mão na mesa, recolhendo farelos de pão.

— O pai falou que o senhor queria pouso.
— Ele não vai se importar, garanto.
— Ele pode achar que tratei o senhor mal.

Juntou as mãos, apertando-as.

— O senhor sabe? Aqui de noite a gente ouve o urutau[12], parece o gemido de um boi morrendo.

E o vento vibrava nas abas do zinco. Junto à porta, então, era como fora, a umidade se alojando nos ossos da gente. E no entanto eu transpirava. Queria sair, mas estava preso ao chão.

— Prometo que amanhã a gente vai conversar bastante.

Destranquei a porta. Ela nada disse, olhava furtivamente para sua própria roupa e eu a contemplava com um ridículo nó na garganta, pensando, agora sim, pensando no que, decerto, não quisera pensar antes, nas manhãs dela de fogão e braseiro, nas tardes de panelas gritadeiras, nas noites, o sonho dela ganhando a estrada pelas frestas da janela, ganhando o campo, o arroio, os bolichos do arroio e as canchas de tava para pedir, a medo, um gesto de carinho aos bombachudos. Eu ia pensando e a fitava, pobre avezinha perdida nos confins de um mundo agônico. Por que eu?, eu me perguntava. O velho bebera novamente depois de tanto tempo. Por que eu? Eu trazia uma nova ordem para dentro de casa, sedutora quem sabe, mas não nutrida da velha, distante da velha, oposta àquele mundo compacto não dilacerado pela cidade e pelo asfalto das novas estradas. Eu poderia romper um elo da frágil corrente que o sustentava. Depois, que aconteceria? E no entanto eu não me movia, não saía e estava ali, como um moirão fincado, querendo ser o que ela queria que eu fosse.

E tranquei de novo a porta.

---

12. Ave noturna dos matos do Rio Grande do Sul, cujo lastimoso canto se assemelha a vozes humanas gritando ao longe. O urutau também é considerado protetor das virgens contra as seduções. (N.E.)

Ficaria, sim. Por meu coração eu ficaria. Havia dito que um escritor precisava compreender as pessoas, gostar delas. Não, não devia generalizar, não devia falar senão por mim mesmo. Compreender, amar, no meu amor jamais coubera uma retirada, ainda que em nome de alguma consciência.

Ela trouxe o catre, estava radiante e não sabia.

— Perto do fogão fica quentinho a noite toda. E se o senhor quiser posso botar uma carona na janela pra tapar essa buracama.

— Ah, isso é importante. Não vamos deixar entrar nenhum ventinho.

— Nem o canto do urutau.

— Melhor ainda.

— Vou atiçar as brasas, posso? O pai vai ficar contente de saber que o senhor dormiu aqui.

— Eu sei que vai.

Me sentei no catre e ela se aproximou, apalpando-o.

— Não quer mais um pelego?

— Obrigado, está bem macio.

— Se quiser é só pedir.

— Pode deixar, eu grito: "Maria, outro pelego".

Sorriu, esfregou as mãos.

— Tenho o sono bem leve.

— Como a pluma.

— Senhor?

Passou a mão no cabelo curto. Tirou a lamparina do jirau, colocando-a na mesa. De volta à velha sela os pombos dormitavam, juntinhos.

— Sabe como apaga?

— Ffff.

— É, aí ela apaga.

Sorriu de novo, seus olhos não cessavam de buscar os meus.

— Maria.

Ela me olhou, hesitante.

– Quer... quer mais um pelego?

Levantei o braço, toquei-lhe o queixo e ela se encolheu. Tomei-lhe a mão, ela virou o rosto e em seguida se desprendeu, assustada, ofegante. Um soluço a sacudiu por inteiro e ela correu para o quarto onde estava o velho.

Me levantei, soprei a lamparina. Descalcei as botas. Deitado, aticei as brasas e acendi mais um cigarro. Era bom ouvir lá fora o vento, ouvir a chuva no zinco sem parar. E acima desses ruídos todos ouvi um mugido pungente que parecia brotar das entranhas da terra. Sim, senhor, então no Garupá, no Corredor do Inferno, tínhamos um urutau mugidor? Sorri, contente comigo mesmo. Me cobri com o pelego. Havia muito o que pensar, mas me sentia tranquilo. Me sentia feliz. Sempre soubera que o verbo amar tinha várias maneiras de ser conjugado, uma delas sempre serviria para tornar menos doloroso aquele elo partido. Apaguei o cigarro na terra. Esperei. Ela voltou devagarinho e no escuro se deitou comigo. Estivera chorando, claro, e ainda fungava um pouco.

– Ouviu o urutau? – perguntou, num sussurro.

– Não era urutau nenhum, era um boi – eu disse, e achei que nossa noite estava começando muito bem.

Hombre

Pacho me dissera que a vida tinha mudado, que agora os estancieiros mantinham severa vigilância no rio, nos matos, nos pastos, mas, ainda assim, insistira em acompanhá-lo. Era um dia importante, véspera de batizado na família (eu era o padrinho), e ele tinha a intenção de voltar para casa, na manhã seguinte, com algo mais substancial do que um pacote de mariolas.

Estávamos a curta distância da margem correntina, num remanso, a chalana se embalando num macio de rede. Estávamos silenciosos, à espreita, quando se falava era sussurrando, quando se acendia um cigarro era escondendo o lume na mão. Uma, duas da madrugada e a espera continuava. Desacostumado, já me queria de pernas ao comprido, já me pesavam as pestanas quando Pacho meteu o remo n'água.

– Bicharada bruaca, pelo jeito vai pousar no seco.

No matagal, queria ele dizer, no fundão do arvoredo, pelos enredados do cipoal, pelas grutas folharadas e aguaçais, fortalezas de unha-de-gato e mata-cavalo onde apenas um cão vivido podia entrar e dar sinal.

Cambou o bote rio acima para visitar outros paradouros no cerrado caponal do velho Tourn. Desgrudamos da costa, uma corrente mais enfezada deu um guascaço pela proa e a popa por pouco não engole um mundão d'água.

– Não é melhor tirar mais pra beira d'água?

Pacho não gostou.

— O barco tem piloto, mano.

Naquela escuridão eu não o via. Ouvia apenas o tchá-tchá vagaroso, vigoroso, de sua cadenciada voga.

— Desse jeito a bateria vai molhar – insisti. E como não respondeu, acrescentei: – Um nada à esquerda tá remanseando.

Me preocupava e não só pela bateria. Era o rio mesmo. Fazia um tempão que não me embarcava e já me descalejara de seus mil perigos. Um descuido, um pequeno engano e a saída era uma só: espiolhar o rumo da costa na tesão do braço. E eu não era mais o mesmo.

— Deixa a chalana que eu entendo ela – disse Pacho.

— Ah, é? E quem te ensinou a descer um bote n'água?

— Isso faz dez anos.

— Mas quem foi rei...

— Psiu – fez ele, erguendo um remo. – Ouviste?

— Não, nada.

— Tem um chegando aí.

Deixou a chalana rodopiar devagarinho e assim nos aproximávamos da margem, recuando e sem ruído. Bicho, finalmente, e Pacho se inquietava.

— Liga duma vez que ele não te espera.

— Tá muito longe.

— Longe nada, liga.

— Entra mais no remanso.

Velha divergência nossa, essa da distância boa do tiro e o risco de espantar o animal. Pacho resmungou, mas fez o bote deslizar, os remos só penteando a água.

— Remanso, remanso, se esse bicho foge eu te capo.

— Deixa o bicho que eu entendo ele – dei o troco, confiado na velha habilidade.

Destravei a vinchester, liguei o holofote, fez-se um clarão na barranca do rio e a água fumaceava, prenúncio de geada espessa naquele mês de junho. Que friagem. E era uma sensação bem estranha que a gente sentia, por trás daquela névoa, como se nós, no escuro, estivéssemos no alto, e o clarão fosse um perau de barro, macega, ramaria, onde mergulharíamos sem apelação.

– Ali, debaixo do salso!

Virei o holofote devagar e nas franjas do salso faiscou um par de olhinhos vermelhos. Pela silhueta era um colhudo. Pacho travou a chalana no remo e o capincho, cego, escarvou na barranca e sentou para trás. Apontei no entreolho, constatando, aborrecido, que meu braço tremia – ô saudade daquele tempo velho, Pacho no remo e comigo a vinchester mortal, rescendendo a graxa e querosene...

– É nosso – gritou Pacho.

E meu tiro retumbou na orla do mato, despertando a passarada que dormia. Anus, batuíras, inhambus, macucos, tajãs, uma zoeira de asas nervosas, e os sapos, assustados, se arrojaram num tremendo alarido.

– Erraste.

– Não brinca.

– Um palmo acima da cabeça.

No salso o balanço da galharia, a voação tremelica das folhinhas arrancadas pela bala. Pacho soltou o bote.

– Merda, nunca errei nessa distância.

– E eu sou testemunha.

Desliguei o holofote. A chalana descia o rio, tão leve quanto o subira, e o peso eu carregava em meu peito.

– Que azar. Precisavas dessa carne, não é?

– E daí? Não é a primeira vez que a gente se dá mal.

– Mas logo hoje... Que regalo pro meu afilhado.

Ele deu uma cuspida n'água.

– E as galinhas do Dr. Sarasua? A gente encosta o bote e corre, quantas vezes se fez isso antes?

– Galinha? Ainda roubas galinha?

– Por que não? Carne por carne até que fede menos.

– Mas não é arriscado? Naquele tempo o Sarasua...

– Hoje tá arriscado em toda parte.

O bote era empurrado pela correnteza, sacudia-se, ameaçava entortar e Pacho o apurava ainda mais, dando verdadeiras pauladas naquela água braba. De quando em quando ela subia nas guardas, perigosamente, e se derramava no fundo da chalana.

– Devagar, paisano.

Ele nada disse.

– Vai com calma, Pacho, temos um batizado essa manhã.

– Não te falei no bando que o Tourn contratou no Alvear?

– Que tem ele?

– Não tá ouvindo nada?

Era uma lanchinha, longe, picotando a quietude do rio.

– São eles?

– Só pode.

Sem demora se acendeu rio acima um farolete e meu coração começou a bater forte, pronto, já estava arrependido de ter vindo.

Tourn, Eugenio Tourn, era um correntino abonado, proprietário de campos e matos na costa do Uruguai, e já havia alguns anos que, com o apoio das autoridades, prometera exterminar os capincheiros da região. Aquela gente que empreitava na cidade, dita maleva e traicionera pelos homens do rio, acampava no mato com comes e bebes a la farta e do mato só saía com ideia ruim. Não hesitavam em desgraçar um homem por causa de um reiuno baleado, e pouco lhes importava que aquela carne fedida tivesse por destino o bucho dos barrigudinhos que perambulavam, acá y allá, pela mísera ribeira. Não, antes as coisas não eram assim, tão descaradas, e agora eu começava a acreditar nas fantásticas histórias que Pacho só destrançava depois de um quinto gole de canguara.

A lancha se aproximava, o luzeiro ziguezagueava, esquadrinhando o rio, até que nos achou. Me atirei no fundo do bote. Pacho continuou remando e a chalana corcoveava como um potro. Ouvi um tiro seco de revólver.

– Eles vão te pegar!

Outro tiro e ele nada.

— Perdeste o juízo? Te abaixa!

— Calma – disse ele, ofegante. – Essa lanchinha tá pesada... cinco e mais os trens...

— Cinco?

— De tarde andei espiando o acampamento. Tavam numa farra... cinco e o chinaredo.

Me ergui devagar, cauteloso. Cinco dentro não queria dizer nada, mas a lancha, curiosamente, se distanciara um pouco. Agarrei a vinchester. Estava vexado por meu papel de maula, Pacho bracejando e eu deitado, e pelo outro fiasco que fizera naquela madrugada. Em que espécie de hombre eu me transformara?

— Por mim, fazia uma espera por aí e dava um susto neles.

— Cara a cara? Isso sim que é falta de juízo. E se me acertam um balaço, quem vai cuidar da Irene e do teu afilhado?

Larguei a arma, envergonhado.

— Já te falei que me defendo – tornou ele –, mas tem que ser na moita. Eles têm lancha, armamento, polícia, capangada, e a gente tem o quê? Raiva, mas numa hora dessas a raiva não resolve nada.

— Qualquer dia te pegam.

— Bueno, é a luta, mas hoje te garanto: não pegam ninguém.

Atrás de nós só o pretume do rio, medonho, acolherado à escuridão do céu. Pacho ergueu os remos.

— É estranho – eu disse. – Tinham tudo pra nos alcançar e desistiram.

— Pudera, tão afundando.

— Afundando?

— Enquanto eles farreavam fiz quatro brechas de pua pra cima da linha d'água. Com eles dentro tá fazendo água que é um desastre.

— Grande!

Em seguida começamos a ouvir gritos, estalos, rumores, e aquele rebuliço no meio da noite chegava a dar medo. Parecia uma batalha, e de certo modo era uma batalha, eu só imaginava que pedaço não estavam passando os cupinchas do correntino, baldeando e baldeando água – se é que tinham balde – e catando em vão as brechas submersas.

– Pega um pouco, tô pregado.

Trocamos de lugar.

– Tá danada essa água.

– Andou chovendo um quilo lá pra cima.

– E essa gente? Será que alcança a costa no braço?

Ele acendeu a lanterninha, alumiando o surrão. Em volta da chalana a água fumaceava, fumaceava.

– Vai uma bolacha?

– Vai. Mas com essa escuridão, essa friagem, o rio desse jeito... será que esse pessoal consegue?

– A metade sempre chega.

– A metade? E os outros?

Pacho olhava para o rio escuro. O rosto dele, na contraluz da lanterninha, tinha um jeitão tristonho, encabulado.

– Os outros já merdearam.

– Olha aqui, compadre, eu...

– Que eles começaram, começaram – cortou ele, num tom cheio de mágoa. – Isso aqui era um lugar bom. Carne trabalhosa, mas chegava, pele de nútria pra negócio e mais a pena do avestruz, de vez em quando uma chibada de perfume, cigarro americano... lembra? A gente se defendia e a vida era decente. Aí eles começaram a se adonar de tudo, até dos bichos do mato, e mandaram a lei e esses bandidos. Te lembra do Agostinho Manco? Tá preso no Alvear já vai pra um ano, e a mulher dele, a Ardósia, tá fazendo a vida no Arizona, o puteiro mais engalicado do Itaqui. O Testão...

– Testão?

– Meu primo, aquele da mancha no cabelo.

– O filho do Marconde?

– O Testão sumiu. Ele tinha ido ao mato do Romeu Bandar, houve um tiroteio, e o corpo nunca apareceu.

– Eu entendo, mas...

— Não tem "mas", compadre, amor com amor se paga.

— Mas é um negócio tão imundo...

— Imundo? Ora, a gente fica que nem porco, se acostuma com tudo.

— Ah, eu jamais me acostumaria.

Ele parou de comer e me olhou.

— Tu é um bosta, por isso não queria te trazer. Tu era gente boa, todo mundo aqui te queria bem, te admirava, o Agostinho, o finado Testão, o Pedro Sujo, o Bagre, o pessoal ficava conversando fiado nos bolichos, que capivara de holofote era a marcação da tua vinchester, correntino de quepe o dengue do teu soco inglês. Tu tinha fama e te digo mais, até eu, que sou eu, ficava te invejando. Tu era grande, tu era gente nossa.

Exagerava, claro, mas só a lembrança, mesmo descontada, já me dava um nó na minha garganta.

— Trocou o rio pela cidade, pela capital, virou homem de delicadezas, empregado de patrão, trocando a amizade dos amigos pelo esculacho dos endinheirados. Pra que serve tudo isso? Agora taí, um pobre-diabo que não presta mais pra nada. Dispara feio num capincho e no primeiro entrevero se borra nas calças.

— Um homem... — comecei a dizer.

Um soluço e não disse mais nada. Pacho acendeu um cigarro, os olhos dele rebrilhavam.

— Bueno — e a voz se adoçava —, me desculpa, não era isso que eu ia dizer. Ando meio estropiado dos nervos, tu já sabe como anda essa vida.

— Tô aprendendo — eu disse.

Passávamos defronte às terras do Dr. Sarasua. Ele remexeu no surrão.

— Que te parece uma cachacinha?

Disse-lhe que não havia nada melhor.

— E um baita porre? — tornou.

Larguei os remos no fundo da chalana, animado.

– Rio abaixo?

– Salud – disse ele, dando o primeiro gole.

Aproximou-se, chapinhando no fundo alagado. Me alcançou a garrafa e eu brindei:

– Pros teus nervos de gato manso.

Ele riu e me arrancou a garrafa das mãos.

– Pra tua vinchester empenada.

Brindamos à alma do primo Testão, à puta do Agostinho Manco, ao futuro do meu afilhado, e para mostrar que em nossos corações não havia grande rancor, brindamos também aos capangas do Tourn que, naquele momento, eram pastados por dourados e traíras.

Aquele batizado era capaz de não sair na hora marcada. Já clareava o dia, e Pacho, embriagado, teimava em descer o rio, bebendo, cantando. Tinha uma voz horrível, taurina, mas a milonga que mugia calava fundo em meu coração, falava de amigos mortos, homens que tenían algo más que leche en los cojones.

Velhos

No domingo pela manhã a estância acolheu duas visitas. A primeira foi a do noivo de Maria Luíza, que veio num auto azul e barulhento, erguendo uma polvadeira na estradita que partia em dois o potreiro e a invernada da frente. A segunda foi a do velho Sizenando López. Mas este veio montado, a passo e sem ruído algum, com Dona Bica na garupa, e só chamou a atenção porque a cachorrama, nervosa com o bochincho do auto, abancou-se a acoar.

Sizenando foi recebido na porta do galpão por seu mano Cuertino, antigo capataz do pai de Maria Luíza. As mulheres se asilaram na meiágua atrás do galpão e os dois velhos sentaram em cepos ao redor do fogo, onde, numa trempe, já chiava a cambona.

Cuertino esperava o irmão de mate pronto. Desde que Sizenando, quinze anos antes, viera capatazear um estabelecimento lindeiro, todos os domingos eles se visitavam: num, iam Cuertino e Dona Santa, noutro, vinham Sizenando e Dona Bica.

Sizenando costumava chegar às dez horas, mas, ultimamente, tivera de cambiar seus hábitos. Maria Luíza, que sempre desapreciara a mesmice do campo, de súbito passara a preferi-la, nos fins de semana, à variedade citadina: chegava na sexta à tardinha, com os pais, ficando até segunda ou terça. Já o tal noivo, como Sizenando, vinha aos domingos, mais ou menos à mesma hora, e duas ou três vezes o obrigara a pular fora da estrada, além de sufocá-lo na poeira. Agora o velho vinha às onze e, prevenido, mantinha-se ao largo do caminho.

A peonada tinha ido à vila desatar umas carreiras, de modo que os dois manos estavam sós, já no terceiro mate e sem ter-se adiantado aos saudares iniciais, quietos, entretidos com as vozes das mulheres na casita. Quando Cuertino ofereceu mais uma vez a cuia ao visitante, este como se acordou.

— E a Santa? Melhorou da perna?

Cuertino respondeu com um grunhido que, decerto, queria dizer sim. E acrescentou:

— Quem não anda bem é seu sobrinho.

— O Neco? Que é que ele tem?

— Olheira.

— Não diga – admirou-se Sizenando.

Cuertino pegou a cuia de volta.

— Pois é, guri novo e com o olho lá no fundo.

— Isso não é bom.

— Não, não é.

— Nessa idade, tinha que andar atirando o freio.

— Bueno, isso ele anda – disse Cuertino. – Pro meu gosto, até demais.

Sizenando disse "entendo", mas sua expressão era a de quem ainda não começara a entender.

Em seguida viram Maria Luíza e o noivo, que foram até o auto e voltaram com um pacote. "Que piguancha", pensou Sizenando, dando sorvinhos curtos no mate. E em voz alta:

— Dona Maria Luíza Santos Trindade...

— É... – fez o outro.

— Como vai esse noivado?

— Só Deus sabe.

— Se casam?

— Pois... a pressa parece que é só minha.

Sizenando interrompeu o mate, muito sério. Esperou, e como Cuertino nada mais dissesse, deu um sorvo, o último, e fez a bomba roncar repetidas vezes.

— Tenho meus motivos – disse Cuertino, por fim.

Era o mais que conseguia dizer de sua preocupação. Aquilo já ia para seis dias, vá dor de cabeça e as tripas se inflando e vá churrio, pois na primeira noite da semana, saindo para urinar, vira um vulto saltar de uma das janelas da casa principal. Era a janela do quarto de Maria Luíza. O vulto desunhara entre o arvoredo do pomar e Cuertino quedara como estaqueado, a princípio sem compreender nada e depois compreendendo muitas coisas que, até então, não se explicavam. Não quisera contar à mulher e resolvera esperar a visita do irmão mais velho para aconselhar-se.

Mais aliviado, sorvia devagarinho o mate. Sizenando, de braços cruzados, olhava para a casa grande, que via pela metade, olhava para o fogo, para o irmão, e vez por outra fazia movimentos afirmativos de cabeça, como a concordar consigo mesmo.

Depois do almoço, em que comeram carreteiro e canjica, sestearam no galpão. Da meiágua vinham ruídos de pratos e as vozes incansáveis de Dona Santa e Dona Bica.

Cuertino acordou antes, ao cabo de um sono abaloso que o fez rolar fora do pelego. Recomeçaram a matear, na segunda cevadura, que geralmente ia até quatro e pico, quando os visitantes iam cumprimentar os pais de Maria Luíza e se retiravam. O topete da erva ainda não se umedecera quando escutaram o barulho do auto e o viram descer a estradita em disparada.

Sizenando estranhou:

– Ué, já se vai o baiano?

– Cada vez fica menos tempo.

Pouco depois Maria Luíza apareceu no galpão.

– Boa tarde.

– Boa – disse Cuertino.

Sizenando, sentado, fez uma curta reverência, admirando, de revés, os portentos da menina: morena, carnuda, olhar de mormaço, próprio para enfeitiçar um homem.

– Como vai, Seu Size? E Dona Bica? E as filhas?

– Todos bem, graças a Deus.

– Diga à Dona Bica que tenho umas roupinhas pras moças.

— Com muito gosto, Dona Maria Luíza.

— Seu Titino — ela tornou —, a que horas volta o Neco?

— Pois... no fim da tarde.

— Então faça o favor, diga a ele pra ir pegar a lista de compras que eu quero que faça amanhã na vila.

— Sim, senhora, Dona Maria Luíza.

Ela agradeceu e foi-se, partindo com ela, para desgosto dos velhos, uma aura de perfume acanelado. Cuertino espiou o irmão, deu com os olhos atentos do outro e baixou os seus. Sizenando entregou-lhe pela última vez a cuia e pigarreou.

— Tio é quase um pai, não lhe parece? — e deixou escapar um sonoro arroto. — Grácias pelo mate.

Cuertino encostou a cuia no cepo e arrotou também.

— Desde que me entendo, é como meio pai.

— Pois a mim, como meio pai, me palpita que esse enleio é mixe e dá de desenlear.

— Não sei... há coisas que um velho não pode fazer.

— Mas dois velhos podem.

Ficaram calados, imersos em seus pensamentos, até que vieram as mulheres. Sizenando e Dona Bica foram cumprimentar os donos da estância, que os receberam na varanda. Depois de uns minutos, despediram-se, Dona Bica sobraçando um queijo, que ganhou da mãe de Maria Luíza, e uma bolsa de roupas com pouco uso, presente da menina.

No galpão, Sizenando começou a encilhar o cavalo, que durante a visita ficara solto no potreiro.

— Tá cada vez mais guapo esse gateado — disse Cuertino, batendo no pescoço do animal. — Nem parece que já vai pra doze anos.

— Não parece, não — Sizenando apertava a cincha —, e assim vai aos quinze.

— Periga aos vinte.

— Deus lhe ouça.

Sizenando conduziu o animal pela rédea até o alambrado que

cercava a sede da fazenda. Viu que as mulheres deixavam a casita, ainda conversando. Antes que se aproximassem, disse ao irmão:

— Quer dizer que amanhã o Neco vai à vila.

— Se é que vai...

— Pois lhe diga que, amanhã ou depois, passe lá por casa. Quero uma palavrinha com ele.

— Vou dizer.

— Quem sabe não se aquerencia por lá.

— E tem lugar?

— Lugar não tem, mas se arruma. Tem é mulher. As minhas, que já estão numa idade boa, e aquela peona que veio da cidade. Chirua faceira! E tá pedindo um calor nessas noites frias.

— Não diga.

— Digo sim. E se bem conheço o nosso galinho...

No caminho, antes da porteira grande, encontrou-se com Neco, que vinha num trote alargado. "Nem espera o fim das carreiras", pensou o velho.

O guri tirou o chapéu. Era moreno acobreado e melenudo.

— A bênção, tia.

— Deus te abençoe, filhinho – disse Dona Bica.

— A bênção, tio.

— Deus te abençoe, sem-vergonha – disse o velho Size, sem deter-se.

Neco retesou-se num prisco, entre surpreso e assustado, e volteou o cavalo na direção do velho, que se afastava.

— Que foi que eu fiz, tio? – perguntou, humildemente.

— Por enquanto, quase nada – disse o velho, sem olhar para trás –, mas te garanto que, de amanhã por diante, vais ter muito o que fazer. Já pra casa!

Neco ficou um momento olhando a esmo, de chapéu na mão. Abriu os braços numa reclamação muda, depois cobriu-se e retomou o trote rumo às casas, menos apressado do que vinha.

SEGUNDA PARTE

A língua do cão chinês

A mãe não quis que o menino fosse à escola e, durante o dia, não o deixou sair ao pátio. Nem era preciso proibir, ele estava abatido, quieto. Passou a manhã e parte da tarde ora a ver televisão, ora a brincar sem vontade com sua coleção de estampas do Chocolate Surpresa. Condoída, quis animá-lo. Sentou-se ao seu lado no chão e escolheu uma estampa.

– Como é o nome desse cachorrinho?

Ele olhou, mas não respondeu.

À tardinha, deu-lhe outra colher de xarope. Minutos depois, quando voltou ao quarto, encontrou-o dormindo no tapete e o levou para a cama. Antes de cobri-lo, mediu a temperatura. Não tinha subido, era um bom sinal e amanhã, com certeza, voltaria ao normal.

Deu um beijo nele e o deixou.

O menino dormiu até as primeiras horas da noite. Ao acordar, descoberto e com frio, viu o quarto às escuras e não o reconheceu. Chegou a chamar a mãe, mas logo começou a discernir objetos familiares – as estrelinhas do teto, a silhueta do urso sobre o roupeiro, o quadro da Virgem – e, sossegado, adormeceu novamente.

Não viu, portanto, quando a mãe entrou no quarto e pôs a mão em sua testa, nem ouviu quando ela disse ao marido, que esperava à porta:

– Está sem febre.

Tampouco ouviu quando ele convidou:

– Vamos comemorar?

Tornou a acordar, mais tarde – passava da meia-noite. Não

sentia frio e, ao contrário, estava suando. Pensou que era de manhã e estranhou a escuridão do quarto, a casa silenciosa, tanto quanto a rua. Esperou que a mãe viesse ajudá-lo a vestir-se, mas ela não apareceu. E ele estava ansioso por brincar. Pulou a guarda da cama e procurou, no tapete, as estampas do chocolate.

Brincou como brincaria um menino cego, tentando descobrir a estampa do Chow Chow. Era o cachorrinho de que mais gostava, com seu focinho chato e sua língua roxa. Tinha aprendido ali que o Chow Chow e outro cão chinês, o Shar Pei, eram os únicos no mundo com a língua daquela cor.

Logo se cansou desse jogo de sombras.

Calçou os chinelinhos e, tateando, alcançou a porta. Abriu-a e tomou o pequeno corredor que levava ao quarto dos pais. No corredor não havia luz, no quarto, pelas venezianas, esgueiravam-se fachos da iluminação da rua. Olhou para a cama e viu aquela massa informe, uma montanha – foi o que pensou – a se sacudir sob as cobertas. E em seguida a voz do pai, não mais do que um murmúrio, e compreendeu que ele estava em cima de sua mãe, esmagando-a com seu peso. Ouviu-a gemer e pensou, horrorizado, que ela estava sofrendo. Mas o cobertor desceu dos ombros de seu pai e ele pôde ver que aqueles ombros estavam nus, e nus também estavam os ombros da mãe. E que eles se abraçavam e se beijavam na boca, algo que, por algum motivo, lembrou-lhe a língua do Chow Chow.

Abraços, beijos, gemidos e suspiros, depois o riso abafado da mãe, não, ninguém estava sofrendo, aquilo era um brinquedo que eles tinham inventado.

E retornou, sem fazer ruído, ao seu quarto escuro.

Arrumou os chinelinhos debaixo da cama e subiu pela guarda. Olhava para o teto, para as estrelinhas que o pai tinha colado, imitando o céu, e via entre elas um cometa que parecia uma língua e sentia uma dor forte no peito, uma dor dolorosa, uma dor cheia de dor: eles querem brincar sozinhos, eles não gostam mais de mim.

Irene

A porta do banheiro se abriu e a negra Irene entrou com uma toalha na mão. Pendurou-a na torneira e ficou me olhando, as munhecas na cintura.

– Já vi tudo, esse banho não prestou.

Não contestei, a mãe sempre dizia: "Cuidado com essa tal de Irene". E me cobri com a toalha.

Há uma crendice popular que suspeita das pessoas magras e considera as gordas dignas de confiança. Irene era baixa, larga, redonda, mas – dizia a mãe – como confiar em quem botava homem de noite no quintal? Do que ocorria, entre gemidos, suspiros, correrias, nada se sabia, senão que parecia amor de gato. E que Irene no outro dia despertava de maus bofes, circulava pela casa como um torpedo submarino, derrubando copos, panelas e até pote com folhagem, era um deus nos acuda e a mãe se arreliava: "Abram alas que aí vem a patrola do daier". Passava tão ligeiro que deixava um ventinho atrás, às vezes com a blusa se abrindo e uma teta do lado de fora. A mãe explodia: "Esconde o ubre, oferecida". E a mandava encilhar os peitos numa camiseta de física. Irene, com lágrimas nos olhos, ia se debruçar no tanque. Arrancava a camiseta e passava a mão na roupa suja, misturando tudo: os sutiãs da mãe com cheirinho de alfazema, os carpins azedos do pai, os panos da casa, os guardanapos e as próprias calças dela, que cheiravam a sovaco. Ensaboava tudo junto e esfregava às bofetadas, a teta se balançando sobre o tanque como um pêndulo furioso.

Mas a mim me esfregava Irene com brandura.

– Baixa mais a cabeça, seu.

E olha que limpinho dos anzóis carapuça, agora vai tirando a toalha e não carece envermelhar, seu colhudinho.

— Levanta.

Me ensaboou com espalhafato. No instante em que tocou nas minhas partes olhava para o lado, erguendo as sobrancelhas, tão espessas que pareciam dois bigodes.

— Pronto, prontinho, vem aqui que eu te seco.

Ajoelhou-se, mordendo a língua, perigosamente próxima a soberba carapinha, floresta onde habitavam leões ferozes. Um talquinho, frô? E com o tempo aprendi que na linguagem dela *frô* era véspera de ataque.

— Bonitinho — disse, entre nuvens de talco. — Ui, como é durão!

Arregalava os olhos, mas o assombro era fingido. E sabia ser jeitosa, querendo, essa tal de Irene, fazia tudo de mansinho, delicadamente, como se tivesse nas mãos um bibelô de porcelana. Às vezes ria sozinha, decerto redimida naquela casa em que uma teta pendurada dava escândalo.

— Foi bom? Gostou?

Levantou-se, apertando as cadeiras doídas. De novo me cobri com a toalha e então ela me agarrou, me beijou na boca com violência.

— Tu é meu!

Espiou pela porta, escutou e saiu, me deixando todo branco de talco, grogue e com um porre de fumo na boca.

Viagem ao fim do mundo

Minha cidade não raro era visitada por ciganos e assim que chegavam já iam se espalhando, transformando nossas quietas ruazinhas numa feira de tachos, adivinhações e sons guturais. Acampavam na várzea do rio, a gente via de longe os toldos de lona rasgada, o Ford modelo-A, os varais da carne-seca, a correria dos ciganinhos pelos sulcos do arroz.

Não direi que todas as pessoas os detestavam, mas havia certa reserva, sim, quem sabe antipatia, e tratando-se dos brigadianos, verdadeiro pavor. Eles eram criaturas de costumes estranhos, roupas estranhas, uma língua mais estranha ainda, e o pior não era a sociedade com o diabo, que se dizia que tinham, mas se aproveitarem dessa parceria para enganar as gentes. Para mim, que já ouvira muitas histórias de logros, sumiços e magias, até casos de amor e sangue, a chegada dos ciganos era um pesadelo. Receava por mim, decerto, mas o primeiro medo era por minha mãe: era a única mãe da cidade que não se benzia quando passavam e até gostava de prosear com eles, para poder imitá-los na hora da janta. Achava eu que ela era meio bocó, não se dava conta de que os ciganos eram sujos e tramposos, roubavam galinhas, comiam gatos, talvez ratos, e querendo, podiam levar qualquer um para o Fim do Mundo.

E foi assim que, tendo os ciganos voltado, voltaram também os meus receios. Passei a correr a tramela do portão quando um deles apontava na esquina, e sob qualquer pretexto carreteava minha doce bocó para o fundo do quintal: eram as romãs que estavam vermelhinhas, a rola que fazia seu ninho na parreira, um rastro de gambá no galinheiro... Ela gostava desses bordejos fora de hora, passava a mão nos meus cabelos, dizia que eu era o seu querido. Fui mais longe. Atirei o galo no pátio do vizinho e entrei em casa aos gritos: "Mãe, um cigano roubou o galo". Ela ficou tiririca, porque o galo era antigo e trabalhador, mas na manhã seguinte o traidor estava de volta ao poleiro, atropelando as frangas. A traição lhe custou uma vassourada, mas o mal estava feito: a mãe se arrependeu do mau juízo e, para redimir-se, prometeu comprar um tacho.

Uma tarde dei com um cigano no portão, vá matraca com ela. É tanto, não é tanto, então eu faço tanto e me dá tanto, estavam os dois num retouço bárbaro e eu senti que, se não fizesse alguma coisa, ia perder a mãe, que podia ser bocó mas era a única que eu tinha. Entrei em casa como quem nada viu e saí pelo pátio do vizinho, armado com um terrível bodoque de borracha de trator, feito especialmente para corvos e ladrões de mães.

Encontrei o cigano já na praça, atrás de um arbusto. Ele urinava, o que me deixou mais exaltado. Apontei na cabeça. A pedrinha zuniu na folharada, ouvi um baque, um grito, sem demora o cigano a bufar no meu garrão. Foi uma corrida louca, até que avistei um brigadiano.

– Seu guarda, ele tava mijando na praça!

Os brigadianos, esses sim, odiavam os ciganos, por causa do mau costume deles de urinar nas praças. Um dia vi um cigano aliviar-se no monumento do fundador. Raça braba, disse um homem. Outro queixou-se para o guarda que a gente já não podia sentar na praça, que aquilo era uma pouca-vergonha, e o guarda abriu os braços, querendo dizer, decerto, que eles sempre tinham mijado e não adiantava fazer nada, iam continuar mijando até o final dos tempos. O homem ficou indignado e eu também.

Aí está por que os brigadianos viviam com os ciganos cruzados na garganta, e aquele que chamei nem piscou. Agarrou o bruto e tocou-o por diante. Vi os olhinhos dele faiscando, como a dizer te pego filho dessa e daquela. Fiquei admirado, ele me olhava como se tivesse razão.

Mais tarde fui espiar o cigano na delegacia, mas ele não estava lá. Passaram-se uns dias e, como o acampamento continuava na várzea do rio e não dava sinal de viagem, eu quase não saía de casa e se o fazia era com redobrado cuidado, espiando nas esquinas, nas alamedas das praças e, principalmente, nos portões das casas, por onde eles enveredavam com seus tachos e demais traficâncias. À noite revisava janelas, portas, chaves, e ruídos estranhos me erguiam o coração à boca.

Uma semana depois houve o temido encontro e, fatalidade, eu o vi novamente urinando, só que noutra praça. Mordia a língua e urinava sem parar, como esses cães que ficam presos e um dia fogem para a rua. Depois veio andando, chegando mais perto, tinha um curativo na cabeça e os olhos machucados, com manchas violáceas ao redor. Veio andando e veio e veio e eu ali parado, frio, pensando na viagem ao Fim do Mundo. Comecei a tremer. Cheguei a abrir a boca para dar um grito, mas ele nem ao menos parou ao cruzar por mim. Me olhou, com aquele jeito debochado que os ciganos têm: "E aí, guri, nunca viu ninguém mijá?"

Clareava o dia

Recém começavam nossas férias na chácara. Papai, à mesa, contava as histórias de caça ao capincho de que tanto se orgulhava. Ao fim da refeição, mamãe o interrompeu para perguntar o que queríamos: ambrosia ou pudim de pão?

Júlia aproveitou a deixa:

— Eu também quero acampar no mato.

Mamãe sobressaltou-se: uma menina no mato? E as aranhas? E as cobras? E o muito que se ouvia falar de certa onça baia? Papai contrapôs que não era má ideia passarmos a noite, Júlia e eu, fora de casa: uma noite assim, sem pai nem mãe, era uma escola tão boa como qualquer outra.

E avisou:

— Vocês vão se ver com os mosquitos.

A manhã seguinte foi de preparativos: redes, mosquiteiros, canecas, sanduíches, refresco de uva, que íamos acomodando em velhas mochilas de colégio.

— Isso não precisa – disse papai, divertido.

Mas Júlia fez questão de levar seu bruxo de pano, não queria que ficasse para trás, esquecido, em noite tão especial. Além disso, combináramos que, no acampamento, brincaríamos de casados. E os casados têm filhos.

À tardinha nos despedimos como quem parte para uma longa viagem. Mamãe abraçou Júlia, cheia de cuidados e presságios.

— Eu não devia deixar, eu não devia...

Papai não. Ele estava no galpão e vendo-nos passar apenas abanou. Queria dizer, decerto, que a gente não tivesse medo, que não havia nenhuma onça baia e que dormir no mato, portanto, não era uma áfrica.

Seiscentas braças de campo nos separavam do exuberante arvoredo. Íamos juntando esterco seco num saco e as vacas, curiosas, nos olhavam. Já se apoucava o sol quando entramos na picada. Avançamos até um pequeno aberto que vizinhava com a cacimba e nos desvencilhamos da carga.

– Um bom lugar – eu disse, e fiz um fogo alto, começando logo a queimar esterco para ressabiar a mosquitama.

Leváramos duas redes, armei uma só, e enquanto pendurava nossos mosquiteiros juntos, sobrepostos, Júlia brincava de comidinha, colhendo e nos oferecendo, a mim e ao bruxo, uma latinha de pitangas. Escurecera. O fogo, que eu alimentara com galhos ressequidos de acácia, iluminava só a clareira, dando aos seus limites a aparência de espessas muralhas de enredadeiras, onde serpejavam, lambendo-se, compridas línguas de sombra e luz. Comemos os sanduíches que mamãe fizera, tomamos refresco de uva e, depois de escovar os dentes com água da cacimba, disputamos um torneio de arroto.

Quando o fogo começou a dar sinais de cansaço, fizemos a camita de folhas do boneco e nos metemos na nossa.

De pouco ou nada adiantou o esterco arder, os mosquitos não se assustaram. Zumbiam ao redor do duplo mosquiteiro e alguns o atravessavam. Ou quem sabe já estavam lá dentro. Havia sempre dois ou três azucrinando e outros que chegavam a picar através da rede, na ânsia de sugar nosso sangue. Eram mosquitos enormes, de perninhas brancas, eram mosquitos de polainas, e só nos casamos após a morte daquele que parecia ser o último a turbar nossos domínios.

– A gente se deitava em nossa cama – disse Júlia.

E a gente dava remédio ao nosso filho, que estava com gripe, a gente se despia e se olhava na claridade rubra do braseiro, a gente se abraçava e se beijava com lábios de pitanga...

Depois nos enrolamos na manta e, alagados de suor, esperamos o sono, ouvindo, como num sonho, as vozes do mato: cicios, estalos, pios e de quando em quando a insídia de meneios roçagantes, dando calafrios.

Assim mesmo era bom.

Estava escuro ainda quando despertamos. Avivamos o fogo, reunimos nossos pertences e fomos esperar, a céu aberto, a volta do sol.

Se é que voltaria...

O dia, no campo, tem uma história de capricho. Começa com uma fímbria parda em horizontes do longe, como se atrás das coxilhas, dos capões distantes, dos casarios perdidos, lá onde a vista se acanha, um negro velho, bocejando, prendesse o lume num lampião de prata. Devagarinho essa fímbria dá de ganhar sangue, cordoveias de um azul noturno e um lastro esfiapado de ouro velho, entrevero de cores que colore lá, não cá, porque Júlia e eu continuamos no escuro, sem saber ao certo se aquilo é prenúncio do dia ou um grande incêndio. Parece então que cessa, por momentos, essa transformação: é quando dia e noite medem forças e quem assiste a tal confronto chega a pensar que, se não vai tornar a escurecer, talvez nunca mais clareie o dia.

Mas o dia vence, é a lei, e então, Júlia, olha só, vês os vultos graves dos cavalos, imóveis, pescoços erguidos, como avistando ao longe o mesmo drama e atentos ao seu desfecho, mas são apenas cavalos dormidos, porque é assim, Júlia, que dormem os cavalos, em pé, como as estátuas dos parques e as sentinelas dos quartéis. Já distingues campos de matos e acompanhas os primeiros movimentos do gado, que põe-se a andar como em cortejo, no rumo de sombrosos paradouros.

Clareava o dia.

– Quando a gente for grande – disse Júlia –, vai contar pros nossos filhos que acampou no mato e viu o sol nascer.

E eles quereriam acampar também. Assim era, segundo papai, a escola da vida.

Idolatria

Eu olhava para a estrada e tinha a impressão de que jamais na vida chegaríamos a Nhuporã. Que pedaço brabo. O camaleão se esfregava no chassi e o pai praguejava:

— Caminho do diabo!

Nosso Chevrolet era um trinta e oito de carroceria verde-oliva e cabina da mesma cor, só um nadinha mais escura. No para-choque havia uma frase sobre amor de mãe e em cima da cabina uma placa onde o pai anunciava que fazia carreto na cidade, fora dela e ele garantia, de boca, que até fora do estado, pois o Chevrolet não se acanhava nas estradas desse mundo de Deus.

Mas o caminho era do diabo, ele mesmo tinha dito. A pouco mais de légua de Nhuporã o caminhão derrapou, deu um solavanco e tombou de ré na valeta. O pai acelerou, a cabina estremeceu. Ouvíamos os estalos da lataria e o gemido das correntes no barro e na água, mas o caminhão não saiu do lugar. Ele deu um murro no guidom.

— Puta merda.

Quis abrir a porta, ela trancou no barranco.

— Abre a tua.

A minha também trancava e ele se arreliou:

— Como é, ô Moleza!

Empurrou-a com violência.

— Me traz aquelas pedras. E vê se arranca um feixe de alecrim, anda.

Agachou-se junto às rodas e começou a fuçar, jogando grandes porções de barro para os lados. Mal ele tirava, novas porções vinham abaixo, afogando as rodas. Com a testa molhada, escavava sem parar, suspirando, praguejando, merda isso e merda aquilo, e de vez em quando, com raiva, mostrava o punho para o caminhão.

O pai era alto, forte, tinha o cabelo preto e o bigode espesso. Não era raro ele ficar mais de mês em viagem e nem assim a gente se esquecia da cara dele, por causa do nariz, chato como o de um lutador. Bastava lembrar o nariz e o resto se desenhava no pensamento.

— Vamos com essas pedras!

Por que falava assim comigo, tão danado? As pedras, eu as sentia dentro do peito, inamovíveis.

— Não posso, estão enterradas.

— Ah, Moleza.

Meteu as mãos na terra e as arrancou uma a uma. Carreguei-as até o caminhão, enquanto ele se embrenhava no capinzal para pegar o alecrim.

— Pai, o caminhão tá afundando!

A cabeça dele apareceu entre as ervas.

— Não vê que é a água que tá subindo, ô pedaço de mula?

E riu. Ficava bonito quando ria, os dentes bem parelhos e branquinhos.

— Tá com fome?

— Não.

— Vem cá.

Tirou do bolso uma fatia de pão.

— Toma.

— Não quero.

— Toma logo, anda.

— E tu?

— Eu o quê? Come isso.

Trinquei o pão endurecido. Estava bom e minha boca se encheu de saliva.

— Acho que não vamos conseguir nada por hoje. De manhãzinha passa a patrulha do daier[13], eles puxam a gente.

---

13. Ver nota 6. (N.E.)

Atirou a erva longe e entrou na cabina.

– Ô Moleza, vamos tomar um chimarrão?

Fiz que sim. Ao me aproximar, ele me jogou sua japona.

– Veste isso, vai esfriar.

A japona me dava nos joelhos e ele riu de novo, mostrando os dentes.

– Que bela figura.

A cara dele era tão boa e tão amiga que eu tinha uma vontade enorme de me atirar nos seus braços, de lhe dar um beijo. Mas receava que dissesse: como é, Moleza, tá ficando dengoso? Então aguentei firme ali no barro, com as abas da japona me batendo nas pernas, até que ele me chamou outra vez:

– Como é, vens ou não?

Aí eu fui.

Verdes canas de agosto

Isabel era a filha menor do sapateiro. O nome do sapateiro já não lembro, decerto era João, havia quatro só naquela quadra e meu pai era um deles. Isabel e a família moravam na casa mais feia da rua, na esquina da Farmácia Brás, justamente defronte à minha, que era um brinco de casinha recém-pintada de azul, com venezianas brancas, no pilarzinho do portão um pote de argila com avencas. A casa de Isabel também era azul, quero dizer que tinha sido azul muitos anos antes e agora era cor de burro quando foge. No portão, em vez do pote, havia sempre um cachorro baio que odiava gente pequena, e as venezianas não me lembro, decerto nem venezianas tinha, a pobre da mãe dela vivia pendurando toalhas nas janelas.

Um dia Isabel atravessou a rua, sem saber que sem demora atravessaria também meu coração. Nesse dia ela estava sozinha na calçada, a catar pulgas do cachorro, e deu com os olhos na janela em que me debruçava para espiá-la. Atravessou mansinha, sorrateira, cintilava o seu olhar oblíquo.

— Tua mãe não tá em casa, não é?

Então disse mais: vem cá, gurizinho, e disse vem brincar comigo, e por longo minuto fiquei olhando, com o coração batendo forte que me ardia e sem saber se ia.

Isabel, a pequena Isabel do sapateiro, para quem não enxergava muito além da ponta do nariz, era um retrato fiel da casa onde morava. Sempre despenteada, pés descalços, sujinha sempre, vivia perambulando pelas ruas da cidade, e seus amigos eram aqueles com os quais as mães não queriam que seus filhos brincassem. Contavam-se histórias medonhas de Isabel e da família, seguidamente uma, a de que Isabel, descobrindo a mana mais velha a gemer com o namorado num canto da sapataria, chamara a molecada para ver a irmã sem calça.

Fui. Segundo Isabel, roubaríamos pitangas do Doutor Brás, cujo sítio até hoje vai da rua ao rio, com pitangueiras, pessegueiros, laranjeiras e até um pequeno canavial na beira do rio, além da Farmácia Brás que não existe mais. Mas nem subíramos na pitangueira e ela me perguntou se eu já aprendera a fazer certas coisas. Me lembrei de algumas... seriam as mesmas?

— Faz de conta que a gente se casou — avisou ela.

Como no chão havia formigas, nós nos casamos em pé mesmo, sob a pitangueira, e não era exatamente o que eu pensava, ou era, com a diferença de que eu sentia um aperto no coração e esse aperto era algo muito novo.

— Tiau, tiau, tu tem um cheiro bom — disse Isabel, quando se foi.

Depois desse dia ela nunca mais cruzou a rua. Entrava e saía de casa como se defronte não existisse a minha, recém-pintadinha de azul, com venezianas brancas, uma casa que era um brinco, e como se dentro dessa casa, na janela, não estivesse e nem mesmo existisse alguém que com ela se casara no sítio do Doutor Brás. Minha mãe perguntava: é a cabeça que dói? Sentes dor na barriguinha? Que é que tu tens, meu filho? Vem cá, deixa ver essa testa... Eu não podia compreender como Isabel conseguia se esquecer tão depressa de um casamento que no meu peito era um martelo martelando noite e dia.

Enfim, ao menos eu aprendera a roubar pitangas.

E uma tarde, no mesmo sítio do doutor, me pareceu ouvir tal qual num sonho a voz de Isabel no canavial. Era agosto, um agosto frio, mas o sol ainda amornava a terra e os ossos da gente, e como era agosto, as canas estavam verdinhas, era bonito o canavial ao pé do rio para quem o visse de onde eu via.

Abri caminho entre as canas e Isabel estava ali, em carne e osso. Ali também estavam três moleques.

— Isabel!

Os guris se assustaram, mas, vendo que eu estava só, acharam graça. Isabel sorriu e o moleque mais próximo me espalmou a mão no peito.

– O terceiro sou eu.

Comecei a recuar.

– Ei, Tadeu, vem cá – disse Isabel.

Aí não me contive, e quanto mais corria mais chorava, porque além de tudo meu nome nem era Tadeu e a mim já me bastava ser o quarto dos quatro Joãos daquela quadra.

Outro brinde para Alice

No dia em que se decidiu levar Alice para Porto Alegre, meu pai se arreliou com o Doutor Brás e o chamou de embromador, quase deu umas trompadas nele. Coitado do Doutor Brás. Que havia de fazer o doutor aqui na terra, se Deus, no céu, não favorecia?

Na camisinha de Alice, presa numa joana, cintilava uma relíquia do Santo Sepulcro pescada na quermesse do Divino. Rodeavam seu pescocinho dois escapulários, sendo um abençoado pelo bispo de Uruguaiana. E mais: desde semana mamãe amanhecia de joelhos sobre grãos de milho, implorando ao Coração de Jesus entronizado que Ele desse uma demonstração, desse um sinal de que nem tudo estava perdido. E Ele nada. Alice já não se importava com os chocalhos, nem erguia o bracinho para as fitas cor-de-rosa do mosquiteiro. Na agitação da febre era preciso que ficasse sempre alguém à mão, do contrário era capaz de se enforcar no escapulário abençoado. As mamadeiras ela vomitava, não parava nada no estomagozinho dela. Já nem podia ficar sentada ou fazer cocô no peniquinho, por causa dos inchaços que a picada da agulha levantava na bundinha.

E agora essa, Porto Alegre.

Prometer Porto Alegre para um doente era o mesmo que lhe dar a extrema-unção. Prometia-se o milagre e nem sempre a medicina da capital tinha algum no estoque.

A mera decisão da viagem mergulhou nossa casa num abismo de angústia e desesperança. Tresnoitado, barba por fazer, papai se isolava no fundo do quintal para tomar seu chimarrão. Falava sozinho e ficava sacudindo a cabeça como um pobre-diabo. Mamãe, ao contrário, não parava, começou a fabricar um colchãozinho para o berço de Alice. Procurava pela casa objetos que ninguém ao certo sabia quais eram, e se acaso topava comigo num cruzar de porta, surpreendia-se, murmurava "meu filho", como se recém me visse depois de muito tempo.

Vó Luíza veio da campanha para tomar conta da casa. Chegou de madrugada na carona do leiteiro e trazia uma bolsa de aniagem com abóboras, cenouras, chuchus, laranjas-de-umbigo e sem. Trouxe também o garrafão de vinho feito em casa, que era como o seu cartão de identidade.

Padrinho Tio Jasson ofereceu o auto, para economizar umas horas da viagem de trem. Papai agradeceu, preferiu o trem e com razão, receava furar um pneu ou outra avaria qualquer que os obrigasse a ficar na estrada.

No dia da viagem, ao fazer sua última prece ao Coração entronizado, braços abertos em cruz, mamãe deu um grito que foi ouvido em toda a vizinhança, até na Farmácia Brás, de onde acudiu um tal de Plínio numa afobação. Pois o Coração, imagine, o Coração tinha sangrado, até pingado em nosso chão de tábuas.

Eles partiram animados, quase alegres, no leito da maria-fumaça, com Alice de touca e enrolada num cobertor. Na estação, papai tratou de negócios com o padrinho Tio Jasson. Mamãe, toda de branco e com um lenço verde na cabeça, recomendou à Vó Luíza que, na medida do possível, fosse adiantando o colchãozinho. Eles confiavam em regressar numa semana, Deus querendo, e, diziam, haveriam de dar boas risadas daquele medo, daquele horror que seria a vida sem Alice, com saudade de Alice.

Mas a janta naquela noite foi silenciosa. Vó Luíza, o padrinho, eu, nós três ao redor da mesa sem toalha, a sopa rasa, o barulho das colheres, o vinho escuro – este, nos beiços da minha avó, era como sangue que vertesse para dentro.

Tio Jasson de tempo em tempo repetia:

– Que milagre, Dona Luíza.

A velha concordava, arqueava as sobrancelhas, emborcava outro copito de seu vinho, mais um brinde para o bem de Alice. No olho dela apontava uma lágrima que em seguida pingaria no vinho. Eu não, eu me continha, atacava um soluço na garganta e ficava me remoendo de pena da velhinha. Eu sabia, e ela mais ainda, que aquele sangue no Coração tinha gosto de outra coisa, e que a nossa Alice, com certeza, nunca mais iria voltar.

Três segredos

O telegrama de Tia Matilde, avisando que, a convite do prefeito, traria a filha para o baile, fez de nossa casa um pandemônio. Papai conseguiu duas camas emprestadas. Mamãe, além de convocar a antiga cozinheira, contratou uma doceira, e obrigou papai a adquirir novos pratos, imitando porcelana inglesa. Não havia dia em que não batesse alguém à porta: empregados do comércio, entregando as compras de mamãe, ou emissários do prefeito, confirmando pormenores da recepção. Prima Nely merecia esse alvoroço. Tinha dezoito anos e era Miss Itaqui. No concurso estadual de beleza, em Bagé, perdera injustamente para a representante de Pelotas, mas fora eleita Primeira Princesa e Rainha da Simpatia.

Nely e Tia Matilde vieram de trem. Fomos esperá-las na estação e dir-se-ia que a cidade inteira se comprimia na gare. O prefeito também estava lá, à frente da banda municipal e das senhoras da Liga de Combate ao Câncer, cuja presidenta trazia um buquê de rosas vermelhas. Papai, de gravata, chapéu na mão, parecia um deputado. Mamãe também ponteava naquele páreo de elegância, com um costume verde e chapéu de flores e raminhos, e a mim me fizeram trajar a farpela da primeira comunhão: terninho branco de calça curta, meias compridas brancas e sapatos da mesma e imaculada alvura.

Quando Nely desceu do trem, a banda municipal explodiu com *Cachito mio* e a prima e sua mãe naufragaram num mar de abraços e vivas. Depois da saudação da banda, um grupo de moças do Clube Comercial cantou um hino feito especialmente para a ocasião, intitulado *Princesa da beleza*.

Papai tinha mandado lavar e encerar o velho Austin, mas, para desgosto seu e de mamãe, nossas parentes deixaram a estação no carro do prefeito, um flamante Pontiac 51 verde-claro. Tiveram de passar na prefeitura, onde Nely cortou a fita do novo gabinete do Secretário de Cultura e Lazer, e só no meio da tarde chegaram à nossa casa.

Maneco, filho do prefeito, acompanhou as visitantes até a sala e tomou um guaraná, servido em bandeja de prata. A dona da bandeja, Dona Bebé, estava presente – o que causaria, mais tarde, pequena discussão: mamãe dizia que não a convidara, que viera de enxerida, papai contrapunha que a pobre só queria cuidar de sua relíquia.

Muitas pessoas vieram conhecer a prima. O exator Mendes Castro disse que ela era "deslumbrante", e o poeta citadino, Herculano Sá, depois de beijar a mão de Nely, declarou que ali estava, "com todos os esses e erres", a progênie dos pecados de Adão.

Quando os estranhos se retiraram, Nely, finalmente, percebeu que eu existia:

– Jesus, como ele cresceu!

– Está um homenzinho – confirmou Tia Matilde.

– Vem cá dar um beijo na prima.

O rosto dela estava quente, úmido.

– Ai, parece um anjinho – disse ela.

Mamãe tinha posto um panelão no fogo, para esquentar a água do banho. Ajudei a transportá-lo e olhava, fascinado, para o lago fumegante que abraçaria o corpo da miss. Mamãe me puxou pelo braço:

– Vem, não podes ficar aqui.

Escurecia. Enquanto mamãe comandava seu pelotão na preparação da janta, troquei de roupa e fui ao pátio. Subi na laranjeira e de seu galho mais alto passei ao telhado da cozinha, que descia ao lado da janela do banheiro. Essa janela tinha oito retângulos de vidro. Os quatro inferiores eram foscos, os de cima transparentes e correspondiam ao ângulo em que me encontrava. Esperei, mordendo o lábio, ansiosamente ansioso, certo de que, nos próximos minutos, veria o que Adão viu.

E vi.

Ai, as nádegas da prima Nely, como duas metades de uma rósea melancia! Ai, as tetas da prima Nely, casal de rolinhas com bicos de goiaba! E aquele triângulo sombrio no vértice das pernas, misterioso, dando calafrios... Era a primeira vez que via uma mulher nua e jamais me passara pela cabeça que elas pudessem ser tão lindas, ao ponto de dar vontade de chorar.

Tia Matilde entrou no banheiro. Recuei, mas, ao ouvir barulho d'água, avancei outra vez e dei com os olhos justamente nos da tia.

— Tem gente espiando! — ela gritou.

Num átimo, antes da fuga, meu olhar também se encontrou com o olhar curioso da prima Nely, que estava com um pé dentro da banheira. Rolei até a borda do telhado, agarrando-me nos galhos da laranjeira, e enquanto descia ia ouvindo os gritos da velha bruxa:

— Um homem no telhado! Um homem no telhado!

Um rebuliço dentro de casa, vozes, passos, mas quando mamãe entrou na cozinha, armada de vassoura, eu estava abrindo a geladeira.

— Ah, estás aí? — e sem esperar resposta, saiu pela porta dos fundos. Voltou em seguida, sem a vassoura. — Subiste no telhado?

— Eu?

— Jura.

— Por Deus Nosso Senhor.

— E vocês, suas patetas — para as empregadas —, não viram nada? Ai, que vergonha, quantas vezes já pedi pra trocar esses vidros...

Depois veio papai. Me olhou, sorriu, passou a mão na minha cabeça, mas não disse nada.

Mamãe, à porta do banheiro, tranquilizava a irmã.

— Não tem ninguém, Matilde.

— Mas tinha, eu vi!

— Pode ter sido uma coruja...

O assunto, durante a janta, foi o espião, mas qualquer suspeita que houvesse a meu respeito foi dissipada pela prima, que fez a descrição do criminoso: velhusco, escabelado e de bigode tordilho.

Mamãe achou que esse retrato se adequava a certo Plínio, balconista da farmácia, ao que papai, com algum enfado, contrapôs que aquele Plínio, com sua perna mecânica, não podia subir em árvores. E arrematou:

– Amanhã mando trocar os vidros.

Naquela noite Nely e sua mãe foram ao baile, onde seria coroada a nova miss de nossa cidade. Levou-as Maneco, todo campante em seu Pontiac.

O baile não terminava nunca. Na cama, atento a todos os ruídos, eu esperava. Adormecia, despertava, e a cada vez que despertava pensava que ia morrer de dor no peito. Deitava-me de costas, mãos cruzadas na barriga, como me lembrava de ter visto meu avô morto. E esperava. E a prima Nely não voltava e eu não morria. Já madrugava o dia quando, exausto, olhos ardidos, respiração pequena, ouvi o ronrom do Pontiac. Uma porta bateu e depois a grande sombra de Tia Matilde deslizou pelo corredor. Da prima, nada. Levantei-me e, pé atrás de pé, atravessei a casa até a porta da frente, que dava para um sacadão de balaústres com uma escada lateral.

Nely e Maneco conversavam no portão. Deitei-me no piso da sacada e, entre os balaústres, vi quando ele a beijou. Em seguida ouvi Nely dizer: "Assim não, me solta". Maneco a soltou e, ao entrar no carro, bateu a porta com força.

A dor era tanta que me paralisava.

– Anjinho – assustou-se Nely –, o que estás fazendo aí?

Sentou-se no chão, me deu um beliscão no queixo e me puxou, apertando meu rosto contra o peito.

– Me esperavas, não é?

E me acariciava o rosto, o pescoço, e ofegava, eu sentia sua respiração em meus cabelos. "A priminha também te ama" e conduzia meu rosto de um seio ao outro seio.

– Gostaste de me ver no banho?

Fiz que sim e ela tirou o casaquinho, baixou a alça do vestido.

– Queres?

Se eu queria? As rolinhas da prima Nely! Os biquinhos! E ela me embalava para frente e para trás, como se embalam os bebês. Sua axila tinha um cheiro delicado de suor e água de rosas.

– Agora temos dois segredos – ela disse. – Aquele e este.

Mas haveria outro.

Nely começou a namorar o filho do prefeito. Não ficou em nossa casa dois ou três dias, como estava previsto, foi ficando e ficando, mesmo depois que Tia Matilde voltou para Itaqui. À noite, costumava esperá-la na sacada e ela dizia ao namorado: "Vê que gracinha, ele me cuida..."

Nely e Maneco se casaram e foram morar no edifício mais alto da cidade. Quando Maneco viajava – e isso acontecia com frequência, pois seguia os passos do pai na política –, a prima, que não gostava de ficar sozinha, pedia ao marido: "Traz o anjinho pra me fazer companhia".

Sermão da montanha

Em nossa rua o chamavam de Babá. Não era mais travesso do que outros piás da mesma rua, mas se destacava por ser muito inventivo. "Esse guri vai longe", diziam, sem apontar em que direção. Um que outro podia achar que Babá era um trapaceiro, mas ninguém tinha certeza disso.

Arauto das novidades, com um repertório propenso ao invulgar, frequentemente nos assombrava com o relato de suas experiências. Certa vez disse ter feito um foguete com pólvora de cartucho. Outra vez apareceu com um fotograma ginecológico e fez na terra o desenho do projetor que pensava construir com cartões, lentes e espelhos. Não chegamos a ver o projetor, mas durante muito tempo aguardamos, ansiosos, o dia da inauguração.

Babá era filho do latoeiro. O latoeiro era gago. Quando perguntavam seu nome, o Romildo saía a jato, mas o Bassani demorava um pouco e por isso se tornou conhecido como Seu Babá. Tinha dois filhos, Pedro Paulo e Ricardinho. O primeiro herdou o apelido do pai, e o segundo, que era meio doente e dengoso, ficou sendo o Outro.

Católico, frequentador da missa, Romildo Bassani levou o filho maior para o catecismo. E Babá já não falava de outra coisa, só de sua instrução religiosa. Era assustador o que aprendia no soturno casarão ao lado da igreja. Como aquela história de que, morrendo, as pessoas não morriam completamente.

– Suas almas vivem – explicava.

Éramos quatro no monte de areia, à frente de uma casa em obras, os filhos do sapateiro, Acacinho e eu. E como me parecesse que Babá esperava um comentário, arrisquei:

– É por isso que existe alma penada.

Babá me corrigiu:

– Dizer que existe alma penada é ignorância. Se o corpo morre, a alma voa para o céu.

– Como é que sabem? – perguntou Acacinho.

– Viram.

Acacinho não se convenceu.

– Não sei de ninguém que tenha visto alma voando.

– Mas o céu está assim de almas que vão prestar contas dos atos praticados por seus corpos na terra. Como é que elas chegam lá?

– Prova.

– Não posso, ainda não me ensinaram todos os mistérios. Mas a voz do padre é a voz de Deus e ele garantiu: as almas voam para o céu.

– Isso mesmo – eu quis ajudar. – Por que, nos velórios, deixam o caixão aberto? É pra alma poder sair.

– Pura ignorância – corrigiu novamente Babá. – A alma sai do corpo na hora da morte.

– Tá, sai, mas por onde – insistiu Acacinho.

Babá pensou um pouco.

– Só pode ser pelos poros, como o suor. E evapora no ar. No ar não, na atmosfera.

– Eu não quero evaporar – reclamou o Outro.

– Não há perigo – disse Babá. – É só tua alma, e isso daqui uns noventa anos.

– Ah, bom.

– Duvido – tornou Acacinho. – Como é que a gente vai acreditar numa coisa que não vê?

– Ora, há muita coisa que a gente não vê e acredita.

– Diz uma.

Babá pensava outra vez e acorri em seu auxílio.

— O pum.

Ele deu uma risada, mas Acacinho não gostou do exemplo.

— Esse não serve. A gente não vê, mas sente.

— Com a alma é a mesma coisa – disse Babá. – A gente sente e com fé acaba vendo. A fé remove montanhas.

— Até uma montanha de areia?

— Não, só montanha de verdade, como o Everest e o Pão de Açúcar. Mas é preciso ter fé. Sem fé, não se levanta um palito.

— Um palito eu levanto.

— Porque acreditas que podes levantar. É assim com as montanhas e o resto, foi o que o padre disse. Com fé, a gente enfia um camelo no buraco de uma agulha.

— Um camelo de verdade, com calombo e tudo?

— Camelo ou dromedário? – eu quis esclarecer. – Porque o camelo tem dois calombos e...

— Não interessa – cortou Babá. – Com fé passa tudo, até girafa em pé. Com fé a gente vê a alma voar.

— Prova, prova – exigiu Acacinho.

— Como é que vou provar? Matando alguém? Antes, a alma não aparece, está guardada, e depois não está mais ali, já subiu.

— Guardada! Guardada onde?

— No cerebelo – acudi.

— Pode ser, sim, no cerebelo – disse Babá, e pude sentir no rosto, finalmente, o rubor de uma vitória. Que não chegou a ser completa, pois ele acrescentou: – Mas na maior parte das pessoas a alma está guardada no goto. Por isso que, quando entra um farelinho, a gente tosse. A tosse é a voz da alma.

— Isso – confirmei. – Meu avô morreu tossindo.

Mas eu tinha errado outra vez.

— Tosse de doença é outra coisa. Teu avô morreu tuberculoso.

Acacinho, que por momentos estivera quieto, absorto, acordou-se.

— Olha lá aquele frango. Vamos pegar.

— Pra quê? – assustou-se Babá.

— Tá com medo? Vamos matar o frango e ver a alma dele voando para o céu.

— Não sei se frango tem alma.

— A gente experimenta.

Babá relutou, mas não pôde recusar.

— Tá bem, mas sem fé a gente não vai ver porcaria nenhuma.

— A gente tem fé — animou-se Acacinho. — A gente pensa na fé com força... assim... — e espremeu-se todo.

Ao grito de pega saltamos os quatro atrás do frango, que fez um escândalo, dando pinotes e cacarejos até que o encurralamos num vão de porta. Acacinho o agarrou. Voltamos à nossa pequena montanha, dissimulando e de olho na rua. Mas não havia ninguém na rua. O sol continuava alto e ainda não chegara a hora em que as famílias punham cadeiras na calçada para conversar e ver o trem de Quaraí passar no cruzamento.

Acacinho reclamava das bicadas e me apressei em cavar a sepultura. O frango pulava, enlouquecido, mas não resistiu aos quatro pares de mãos que o empurraram cova abaixo e o cobriram de areia. Ouvimos um ruído surdo, um estranho quê, um frêmito sob nossos pés que se prolongou por alguns segundos e depois silêncio, a quietude da areia quente e nossos corações aos saltos. Mas nossos olhos estavam cegos, era pequena a nossa fé.

Babá desenterrou o frango. Acacinho, nervoso, queria embrulhar o corpo num papelão que não dobrava. E o Outro a choramingar:

— Ele disse quê, ele disse quê...

— Vamos botar lá nos trilhos — disse Babá. — Daqui a pouco passa o trem e vão pensar que morreu atropelado.

Na volta, vínhamos cabisbaixos e olhando de viés para os primeiros moradores que abriam suas preguiçosas.

— Se é verdade que as almas prestam contas no céu — disse Acacinho —, as nossas vão pro inferno.

– Eu não quero ir pro inferno – gemeu o Outro, e olhava para o fim da rua, como se de lá viesse o diabo à sua procura.

Mas o diabo estava noutro lugar.

– Ninguém vai pro inferno – disse Babá. – Quem mata um frango empresta a Deus.

Respiramos, aliviados. Estávamos livres do castigo divino e, sem demora, estaríamos livres do castigo dos homens: o sol já ia caindo, a rua estava repleta de cadeiras e ouvíamos, perto do cruzamento, os apitos do trem de Quaraí.

Uma casa ao pé do rio

Tentei escapar pelo portão com o embrulho debaixo do braço, dei com meu pai que saía na porta. Ele fingiu levar um susto.

— Ué, não era tu que andava na cozinha atrás de pão?

Entardecia. A única loja da rua já fechara sua única porta. Nessa hora as famílias da rua punham cadeiras na calçada, para conversar e ver quem entrava na igreja para o ângelus.

O pai armou a preguiçosa, e enquanto se acomodava ia me lançando olhares.

— Quer dizer que vai levar pãezinhos pra vovó? Que netinho camarada.

Temi que começasse com questões, ele era muito abelhudo e debochado, mas apenas piscou o olho.

— Vê se não fica até de manhã, faz favor.

— Onde é que esse menino vai? — perguntou minha mãe, que também chegava com a cadeira.

Fui saindo e cruzei a rua. O pai ficou me espiando, e quando eu olhava para trás ele gritava "dá um beijo na tua avó que eu mando", me abanava com o chinelo e dava gargalhadas.

Adiante um gato desceu de um muro e subiu no pilar de um portão. Longe, na várzea, um boi mugiu. Atrás do muro em que estivera o gato havia um quintal. Atrás do quintal, um canavial e o rio. O caminho para lá, estreito e sujo, não fora aberto por enxada ou rastilho e sim pelos pés clandestinos dos homens e rapazes da cidade. No fim do caminho morava Zoé.

O penteador de madeira crua com banqueta, a cama funda, um baú, fotos de Clark Gable iluminadas, assim era o quarto de Zoé na casinha ao pé do rio. Você podia bater a qualquer hora do dia ou da noite, bastava presenteá-la com uma réstia de cebolas, ovos e até com menos, Zoé era gente boa.

Um ventinho brando retouçava no canavial, não se ouvia mais a bulha dos pardais na terra nem a chamação das rolinhas desgarradas. Era quase noite. Zoé me fez entrar e guardou no penteador os pãezinhos, menos um, que deixou em cima. Quis saber meu nome e apontou num caderninho sujo que trazia no bolso do chambre.

– Que idade tu tem, amor?

Começou a se desabotoar. Menti que passava dos quinze e ela fez uma careta.

– Vai ficar aí sentado vendo eu me pelar?

Fiquei em pé, de costas, Zoé deu uma risada, me envolvendo na atmosfera amarga de seu hálito.

– Não, burrinho, vem cá, me ajuda.

Dobrei o chambre na banqueta. Só de combinação, ela se enfiou debaixo da colcha até o pescoço.

– Assim tu não fica com vergonha.

Era apenas um truque. Em seguida afastou a colcha, num gesto teatral que me esmagou. O peito nu, o umbigo raso, o tufo de pelos ruivos e profusos... e ela sorriu, faceira com meu assombro.

– Vem.

Me deu um abraço, um beijo sufocante. Seus dedos ágeis desprenderam os botões da minha camisa.

– Não vai tirar o sapatinho, amor? E o meu lençolzinho branco?

Repousei a cabeça no ombro dela. Tinha planejado pensar no diabo com força para fechar uma corrente de coragem, mas não estava dando certo. A corrente que fechava era com minha mãe, a pobre decerto na janela, vá preocupação, onde será que se meteu esse menino com os pãezinhos?

– Então vai de sapatinho mesmo. Quer que apague a luz?

Apagou-se a lâmpada de cima ao mesmo tempo em que se acendeu a de um Clark Gable na parede, bem vermelha. Outro truque de Zoé.

Ela passou a mão nos meus cabelos, e como a adivinhar meus pensamentos pôs-se a me fazer carinhos. Era mansa, Zoé. Às vezes me dava um beliscãozinho, e ria, às vezes me beijava os olhos, murmurando palavras de amor que nunca mais ouvi. Minha cabeça descansava em seu peito, que subia e descia num compasso calmo. Depois ela comeu o pãozinho, depois ainda adormeceu. Em volta de seus olhos havia manchas escuras. Seus lábios estavam entreabertos e no canto da boca restava um farelinho do meu pão.

Quanto tempo ficamos assim?

Já amanhecia, Zoé se moveu. No sono ainda, pôs a mão no meu pescoço e me conduziu até o bico do peito magro. Sussurrava uma toada de ninar, Zoé, e eu tinha certeza de que, nesse momento, não havia truque algum.

Guerras greco-pérsicas

Essa Cláudia de quem falo, por causa dos gregos, era repetente, e a mãe dela vivia se queixando para a minha: "Ai, a Cláudia". E não era só a mãe. Professores, colegas, bastava alguém mencioná-la e todos suspiravam: "Ai, a Cláudia". Porque ela era muito esquecida, tonta, e se não conseguia guardar nem os nomes das cidades gregas, como poderia lembrar-se de algo como "Viajante, vai dizer em Esparta que morremos para cumprir suas leis"?

Aproximando-se os exames de fim de ano, aumentava o desespero da mãe dela. "Dona Glória, eu não sobrevivo", ela gemia, debruçada na cerquinha de taquaras. Tanto se lamentou que minha mãe, solidária, ofereceu o filho.

– Quem sabe ele ajuda.

Dona Cotinha arregalou os olhos.

– Ele? Aquele ali?

Duvidosa, franzia a testa e o nariz. A mãe riu, ai, vizinha, a senhora é de morte, e foi buscar meu boletim. Veja só, agosto dez, setembro dez, outubro nove, a História, como se diz, ele já pealou de volta.

Dona Cotinha me olhava, admirada.

– Que é que ele tá fazendo ali?

– Operando um sapo.

– Virgem!

No dia seguinte começamos a lutar com os gregos. No fundo do pátio havia um taquaral, era um lugar sombroso, quieto, nós nos sentávamos no chão com os livros no colo, à nossa volta os outros materiais do estudo: tiras de papel, goma-arábica e linha.

E toca a fazer rolinho.

Um país montanhoso, a Grécia, precioso o seu litoral cheio de enseadas, cabos, ilhas. Um país romântico. Páris fugindo com Helena, os amores de Ares e Afrodite, a deusa Tétis entregando-se a um mortal, e um pequeno sacrifício, um intervalo, afinal, para coisas horríveis como Hilotas e Periecos.

Ainda na primeira semana descobri que Cláudia usava sutiã e raspava as axilas. Uma surpresa atrás da outra, pois descobri também, no susto, como Cláudia era bonita.

Na véspera do exame vieram as guerras greco-pérsicas. Tínhamos dois rolinhos prontos e o resto da matéria ia nas pernas dela.

– Não pode tomar banho – avisei.

Com pena e nanquim, ora escrevia ela, ora escrevia eu, e eu, a Pérsia desvairada, eu tomava a praia Maratona, suas dunas morenas, seus pastos dourados, mas tomava e a perdia em avanços e recuos de incerta glória, porque à frente se me opunham dez mil atenienses e os mil voluntários de Plateia, ciosos de seu passado invicto. E se intentava um caminho inverso, pobre Xerxes, lá me defrontava com Leônidas e seus trezentos espartanos loucos. Um impasse e Cláudia me olhou, vermelha.

– Chega, esse ponto pode não cair.

– E se cair...

Comecei a escrever: "Ao norte da Grécia, entre os montes...". Ela encolheu-se, levantou-se e foi embora.

Cláudia passou no exame, mas não apareceu para contar. Eu o soube por Dona Cotinha, que fez um alvoroço no quintal. "Fenômeno", gritava, e ao agradecer, exultante, a colaboração da vizinha, lascou:

– Dona Glória, a senhora é uma mulher de sorte. Uma boa casa, um marido que não é putanheiro e um filhote que não se arrenega, chiquitín pero cumplidor.

Minha mãe sorriu, modesta. Perguntou pela Cláudia, está feliz a pobrezinha? Imagine, Dona Glória, está no céu, mas... E confessou que Cláudia andava quieta, arredia, decerto era fraqueza pelo esforço feito.

— Que nada – disse a mãe. – Ela já...?

— Já.

— Então é isso. Dá anemia.

No outro dia, finalmente, Cláudia veio ao pátio.

— A tinta não saiu – e olhava para o chão.

Perguntei se tinha esfregado. Tinha. Então tem que ser com sabão especial, eu disse, de mecânico.

— Na oficina eu não vou.

Achei graça, não é isso, é um sabão cor-de-rosa que se compra no armazém. Ela riu também. Como era bonita, a Cláudia.

À tardinha fui encontrá-la no taquaral, levando balde, esponja e o sabão. Ela sentou-se, ergueu a saia. Eu molhava, ensaboava, esfregava, molhava de novo, ai, a Cláudia, quase no fim, ofegando, ela apertou minha mão com as pernas.

— Falta muito?

— Só as Termópilas.

— Então limpa – murmurou, fechando os olhos.

Ao norte da Grécia, entre os montes, havia um desfiladeiro que era preciso atravessar para consumar a invasão. Era uma passagem muito estreita, quase inacessível, mas o dedo de um traidor guiou o inimigo por um caminho secreto da montanha.

Quatro gringos na restinga

Pedro e seu irmão foram tomar banho na restinga, que distava uns quatrocentos metros da última casa da cidade, já na vizinhança dos potreiros do regimento. Eles costumavam banhar-se no rio, sob a ponte ferroviária – o lugar preferido dos moradores do centro –, mas Pedro, o mais velho, envergonhava-se de jamais ter ido à restinga, reduto da gentalha suburbana e, sobretudo, dos Cobras, assim chamada uma súcia de irmãos de olhos puxados que, com alguns agregados, volta e meia surravam a gurizada de outros bairros. No centro, quem evitava a restinga era considerado um cagarolas.

Pedro levou um canivete automático, surripiado da mochila de pesca de seu pai. Não tinha nenhuma intenção de usá-lo, era só um estímulo à coragem.

A restinga, que na parte mais funda mal cobria o umbigo de um guri, estava repleta de deselegantes banhistas: a miuçalha de calça curta ou desnuda; o mulherio, umas poucas de maiô e a maioria de *short* com sutiã; os marmanjos mais atrevidos, ou mais pobres, entravam n'água em cuecas. Pedro se assombrou ao ver um deles cuja cueca branca, grudada ao corpo, mostrava o volume do pênis e a sombra de seus pelos.

Para não se encontrar com os temidos quadrilheiros, escolheram um lugar afastado, onde se banhavam quatro gringos, recrutas da cavalaria[14] que Pedro reconheceu pelo corte do cabelo.

Pedro e seu irmão se despiram, exibindo os bonitos calções. Os gringos cochicharam e um deles levantou-se. Estava nu.

---

14. As guarnições da fronteira, anualmente, incorporam conscritos da zona colonial para completar o efetivo local. (N.E.)

– Aqui só pode tomar banho pelado – e apontou um dos outros: – Ordem do capitão.

Os irmãos se olharam.

– Não quero tirar o calção – disse o menor.

– Ou tira ou não entra.

– Vamos tirar – disse Pedro.

Os gringos jogaram água em Pedro e este, embora sem vontade, retribuiu a brincadeira. Seu irmão afastou-se um pouco, sentando-se, e a água dava em seu pescoço. O capitão o chamou:

– Chega pra cá, guri, a gente tá fazendo um torneio pra ver quem tem o pau maior.

O irmão de Pedro não se moveu.

– É teu irmão?

– É – disse Pedro.

– Convida ele pra entrar no torneio.

– Ele não quer.

– Convida.

– Vem cá – disse Pedro.

O outro se aproximou, mas não muito. O capitão ergueu o regaço.

– Já viste deste tamanho?

– Já – disse o menino.

– De quem era?

– Do meu pai.

– Eu digo sem ser parente.

– Vi uma vez, do professor de Educação Física.

– E não deu vontade de sentar?

– Não.

– Ele não é veado – disse Pedro.

– E eu falei que ele era? Falei?

Pedro não respondeu.

– Eu chamei ele de veado? Responde!

– Não, não chamou.

— Ele só fez uma pergunta — disse o primeiro gringo.

— Isso, uma pergunta — confirmou o capitão. — De vez em quando alguém pode ter vontade de sentar numa coisa dura e isso não quer dizer que seja veado. E então, maninho, deu vontade ou não deu?

— Não.

— Nem de pegar um pouquinho?

— Para com isso — pediu Pedro. — Ele é pequeno.

— Pesa mais de trinta quilos — disse o terceiro gringo, que até então se mantivera calado.

Os gringos riram, menos o quarto, que não falava, não ria e visivelmente se masturbava. Pedro viu que o irmão estava vermelho, de olhos baixos.

— Faço um trato — disse o capitão. — Ele pega o meu e depois o tenente pega o dele. Certo, tenente?

— Certo — disse o primeiro gringo.

O irmão de Pedro olhou para Pedro. Pedro sentiu-se tentado a dizer sim, para acabar de vez com aquilo, mas o menino, ou porque lhe adivinhara o pensamento, ou porque chegara ao limite de sua resistência, começou a chorar.

— Deixa ele — pediu Pedro uma vez mais.

— Qual é o problema? — tornou o capitão, empurrando-o com alguma violência. — Não entendeu que é pra calar a boca?

— A gente já vai embora.

— Não vai coisa nenhuma. E tu, guri — chamando o menino com o dedo —, me dá tua mão.

Pedro levantou-se.

— Onde é que tu vai, bundinha?

— Já volto.

Remexeu no monte de roupa e pegou o canivete.

— Olha só. Automático.

Apertou o botão e a lâmina saltou com um estalo. Os gringos olhavam para o canivete, menos o quarto, que não olhava para nada.

— Onde é que tu conseguiu isso? — quis saber o capitão.

– O Cobra me emprestou.

– Cobra? Quem é o Cobra?

– O chefe da quadrilha que manda aqui no bairro. Ele já feriu um homem com esse canivete.

– Deixa ver.

O capitão fez a lâmina recuar e a acionou novamente.

– Bacana. Me dá?

– Não posso.

– Pode sim, por que não?

– Tá bem – disse Pedro. – Depois explico ao Cobra que precisei dar de presente a um capitão. Agora a gente pode ir?

– Certo – disse o capitão. – Amigos?

– Amigos – respondeu Pedro, puxando o irmão.

Vestiram-se e enveredaram, a passos ligeiros, pelo matinho que orlava o sangão.

– Viu como ficaram com medo de mim?

– Não – disse o menino.

– Mas ficaram. Se eu não estivesse aqui, nem sei o que te aconteceria.

Ainda estavam longe da primeira rua e Pedro sentiu o coração disparar. Pela mesma trilha vinha o Cobra, o nº 1. Atrás dele, outro que Pedro não soube identificar se seria o nº 2 ou o nº 3. O líder era um guri amulatado, cara de índio, músculos fortes e socados.

– Como é que tá a água? – perguntou, de passagem.

– Boa – disse Pedro.

O irmão de Pedro seguiu caminhando, mas Pedro se deteve para olhar o quadrilheiro, com admiração e respeito.

– Cobra – gritou, rouco.

O Cobra parou adiante, voltando-se.

– Roberto. Cobra quem me chama é inimigo.

Pedro o alcançou.

– Roberto... – e teve um acesso de choro.

– Calma – disse o Cobra, olhando-o com simpatia.

– Meu irmãozinho... eles queriam pegar à força...
– Eles quem?
– Os gringos! Roubaram o canivete do nosso pai...
– Onde é que eles estão?
– Atrás daquele umbu.
– São muitos?
– Quatro.
– Espera aqui.

Assobiou para o parceiro, que se distanciara, e tomou a direção indicada. Pedro enxugou o rosto na camisa e chamou o irmão.

– O Cobra vai lá.
– Vai?
– Mandou esperar aqui.

O menino sentou-se numa pedra e ficou observando Pedro, que caminhava de um lado para outro e fungava e não tirava os olhos do matinho da restinga.

Minutos depois voltou o Cobra com o canivete.

– Obrigado, Cobra – disse Pedro.
– Roberto.
– Obrigado, Roberto, por esse grande favor.
– Não foi nada.
– Podemos ser amigos, não podemos?
– Claro – disse o Cobra. – Apareçam lá na praça.

Pedro e seu irmão iam retornando para o centro.

– Ele nos convidou pra ir na praça deles – disse Pedro.
– Eu ouvi.
– Ninguém vai acreditar. O Cobra! O nº 1!

O irmão de Pedro o olhou.

– Se o Cobra te pedisse pra pegar no tico dele, tu pegava?
– Que pergunta – disse Pedro.

Não chore, papai

Embora você proibisse, tínhamos combinado: depois da sesta iríamos ao rio, e a bicicleta já estava no corredor que ia dar na rua. Era uma Birmingham que Tia Gioconda comprara em São Paulo e enlouquecia os piás da vizinhança, que a pediam para andar na praça e depois, agradecidos, me presenteavam com estampas do Sabonete Eucalol.

Na hora da sesta nossa rua era como as ruas de uma cidade morta. Os raros automóveis pareciam sestear também, à sombra dos cinamomos, e nenhum vivente se expunha ao fogo das calçadas. Às vezes passava chiando uma carroça e então alguém, querendo, podia pensar: como é triste a vida de cavalo.

Em casa a sesta era completa, o cachorro sesteava, o gato, sesteavam as galinhas nos cantos sombrios do galinheiro. Mariozinho e eu, você mandava, sesteávamos também, mas naquela tarde a obediência era fingida.

Longe, longíssimo era o rio, para alcançá-lo era preciso atravessar a cidade, o subúrbio e um descampado de perigosa solidão. Mas o que e a quem temeríamos, se tínhamos a Birmingham? Era a melhor bicicleta do mundo, macia de pedalar coxilha acima e como dava gosto de ouvir, nos lançantes, o delicado sussurro da catraca.

Tínhamos a Birmingham, mas era a primeira vez que, no rio, não tínhamos você, por isso redobrei os cuidados com o mano. Fiz com que sentasse na areia para juntar seixos e conchinhas e enquanto isso eu, que era maior e tinha pernas compridas, entrava n'água até o peito e me segurava no pilar da ponte ferroviária.

Estava nu e ali me deixei ficar, a fruir cada minuto, cada segundo daquela mansa liberdade, vendo o rio como jamais o vira, tão amável e bonito como teriam sido, quem sabe, os rios do Paraíso. E era muito bom saber que ele ia dar num grande rio e este num maior ainda, e que as mesmas águas, dando no mar, iam banhar terras distantes, tão distantes que nem Tia Gioconda conhecia.

Eu viajava nessas águas e cada porto era uma estampa do cheiroso sabonete.

Senhores passageiros, este é o Taj Mahal, na Índia, e vejam a Catedral de Notre Dame na capital da França, a Esfinge do Egito, o Partenon da Grécia e esta, senhores passageiros, é a Grande Muralha da China – isso sem falar nas antigas maravilhas, entre elas a que eu mais admirava, os jardins suspensos que Nabucodonosor mandara fazer para sua amada, a filha de Ciáxares, que desafeita ao pó da Babilônia vivia nostálgica das verduras da Média.

E me prometia viajar de verdade, um dia, quando crescesse, e levar meu irmãozinho para que não se tornasse, ai que pena, mais um cavalo nas ruas da cidade morta, e então vi no alto do barranco você e seu Austin.

Comecei a voltar e perdi o pé e nadei tão furiosamente que, adiante, já braceava no raso e não sabia. Levantei-me, exausto, você estava à minha frente, rubro e com as mãos crispadas.

Mariozinho foi com você no Austin, eu pedalando atrás e adivinhando o outro lado da aventura: aquele rio que parecia vir do Paraíso ia desembocar no Inferno.

Você estacionou o carro e mandou o mano entrar. Pôs-se a amaldiçoar Tia Gioconda e, agarrando a bicicleta, ergueu-a sobre a cabeça e a jogou no chão. Minha Birmingham, gritei. Corri para levantá-la, mas você se interpôs, desapertou o cinto e apontou para a garagem, medonho lugar dos meus corretivos.

Sentado no chão, entre cabeceiras de velhas camas e caixotes de ferragem caseira, esperei que você viesse. Esperei sem medo, nenhum castigo seria mais doloroso do que aquele que você já dera. Mas você não veio. Quem veio foi mamãe, com um copo de leite e um pires de bolachinha maria. Pediu que comesse e fosse lhe pedir perdão. E passava a mão na minha cabeça, compassiva e triste.

Entrei no quarto. Você estava sentado na cama, com o rosto entre as mãos. "Papai", e você me olhou como se não me conhecesse ou eu não estivesse ali. "Perdão", pedi. Você fez que sim com a cabeça e no mesmo instante dei meia-volta, fui recolher minha pobre bicicleta, dizendo a mim mesmo, jurando até, que você podia perdoar quantas vezes quisesse, mas que eu jamais o perdoaria.

Mas não chore, papai.

Quem, em menino, desafeito ao pó de sua cidade, sonhou com os jardins da Babilônia e outras estampas do Sabonete Eucalol, não acha em seu coração lugar para o rancor. Eu jurei em falso. Eu perdoei você.

Majestic Hotel

Para Paulo Hecker Filho

Entre cadernos velhos e brinquedos, na cômoda, encontrou um soldadinho de chumbo que dava por perdido. Pegou-o rapidamente, com receio de ter-se enganado, mas era ele, sim, aquele que trouxera de Porto Alegre, e que lindo soldadinho, com capacete de espigão, boldrié, mochila e espingardinha.

Fazia tanto tempo aquilo...

Não, nem tanto tempo assim, quatro ou cinco anos, talvez, ainda se lembrava do trem sacudindo e apitando, da buliçosa gare da estação, do carro de praça e, com mais nitidez, das sacadas que uniam os dois blocos do Majestic Hotel, onde o velho despenteado lhe dera um puxão no braço.

Nunca lhe disseram e tampouco perguntou por que tinham feito aquela viagem. Decerto era para consultar um médico, que outro motivo levaria à capital uma jovem mulher e seu filhinho? Também nunca soube por que, no hotel, ela não o levara uma só vez ao restaurante. Ficava no quarto, de repente ela aparecia com um pratinho encoberto por um guardanapo. Achava que estava doente, por isso não ia ao restaurante. Mas num daqueles dias ela o levou a uma rua comprida, cheia de gente, e ele supôs, contente, que talvez já estivesse curado.

Que rua grande, que rua enorme e era preciso caminhar, caminhar... teriam ido ao médico? Não se lembrava. Mas lembrava-se muito bem da volta ao hotel, os dois de mãos dadas e ele orgulhoso de estar ao lado dela, tão bonita e cheirosa que ela era.

Passaram depois numa praça com um laguinho e um cavalo de pedra e também ali havia pessoas demais, só que sentadas e pareciam de pedra como o cavalo do laguinho. E outras em pé, paradas, e outras movendo-se lentamente pelos caminhos da praça, e outras dormindo sobre jornais nos canteiros, e no meio desse exército de caras pôde notar que um homem os seguia e os olhava.

Não que os olhasse.

Olhava para ela.

Assustado, segurou a mão dela com força. Continuaram andando, e depois da praça olhou para trás e lá estava o mesmo homem, destacando-se dos outros, como um general à frente daquele exército. Queria apressar-se, puxando-a, mas a mão dela resistia e seus próprios pés, como nos pesadelos, grudavam no chão.

Quando, por fim, chegaram no hotel e pediram a chave, ficou espiando a porta e viu, com a respiração suspensa, que o homem entrava também e ainda olhava para ela. Teve a impressão, não a certeza, de que ela sorria levemente. Queria avisá-la, cuidado, ele quer te roubar de mim e de papai, mas não se animava, receoso de que sorrisse novamente aquele sorriso perigoso.

Subiram.

No quarto, vigiava-a. Ela se ausentou por uns minutos, retornou de banho tomado e começou a vestir-se para sair outra vez. Vou buscar tua comidinha, amor. Penteou-se, perfumou-se e calçou o sapatinho alto, de tiras pretas, que mostrava seus dedinhos delicados – tão delicados que, só de vê-los, aumentava sua inquietação. Não sabia que horas eram, achava que era dia e no entanto ela o fez deitar-se e que ficasse bem comportadinho, não abrisse a janela nem a porta e muito menos fosse àqueles sacadões altíssimos.

Deitado, esperava, e ouvia vozes no corredor e portas que batiam e ouvia também arrulhos de pombas e, às vezes longe, às vezes perto, a correria dos bondes a rinchar. E tinha medo, fome, tinha falta de ar e ela não voltava. A cama conservava o cheiro dela e ele, abraçado ao travesseiro, suplicava: "Volta, mamãe". E ela não voltava. E quando lhe ocorreu que ela poderia não voltar, desceu da cama, abriu a porta e seguiu pelo corredor, na esperança de avistá-la das sacadas. Subiu na grade e, sem entender, viu que era noite. Depois pensou que talvez tivesse dormido sem sentir, ou talvez já fosse noite antes e, por causa das luzes, pudesse ter pensado que era dia.

Foi então que apareceu o velho de cabelo em pé e quis pegar seu braço. Correu para o canto da sacada, ia gritar, mas o velho foi embora e em seguida veio um empregado do hotel, que o levou de volta ao quarto e permaneceu junto à porta aberta, sentado num banquinho, conversando, rindo, dizendo que tinha um filho de seu tamanho chamado José Pedro.

José Pedro, isso.

O pai de José Pedro só se retirou quando ela chegou com o pratinho da janta, preocupada, esbaforida, e depois de abraçá-lo, um abraço tão apertado que quase o sufocou, tirou da bolsa um embrulhinho e olha o que eu trouxe para o meu mimoso.

Não quis abrir, sentido, e ela mesma o fez. Gostaste, amor? Ele olhou e já não estava mais sentido. Estava feliz. Afinal, ela tinha voltado e com ela não viera um general, só aquele soldadinho envolto no perfume dela, tão bonitinho, o mesmo que agora ele apertava na mão e que, entre as lembranças do Majestic Hotel, era sua única certeza.

Doce paraíso

No último ano do ginásio meu pai me levou a morar com Tia Morena, a letrada da família. Para que tomasse gosto pelo estudo, dizia. Me queria médico, engenheiro, advogado, qualquer coisa que desse dinheiro, posição social e, enfim, uma vida mais acomodada do que a dele.

Tia Morena era professora de latim, solteirona. Sempre que se falava nisso, que não se casara, desandava em explicações sobre a absorvência da ação educativa. E todos acreditavam, pois feia ela não era. O que a prejudicava era a severidade no vestir, no andar, no tratar com as pessoas. Havia em torno dela uma muralha de respeitabilidade que ninguém ousava atravessar.

Morávamos perto do colégio. Era uma casa pequenina, mas tinha um quarto de estudos e era nele que eu dormia. Além da cama, havia uma estante com livros e uma escrivaninha, cujas gavetas muito me intrigavam: viviam trancadas e a chave ela trazia pendurada no pescoço, como um medalhão.

O quartinho era a minha prisão de todas as manhãs. Quando eu voltar quero o hino na ponta da língua, entendido? Sozinho, eu me punha a cantar:

> *Audierunt Ypirangae ripae placidae*
> *heroicae gentis validum clamorem,*
> *solisque libertatis flammae fulgidae*
> *sparsere Patriae in caelos tum fulgorem.*

Sem demora me enfastiava e matava o tempo desenhando no caderno, treinando chutes de botão, às vezes procurando um meio de chegar, sem deixar marca, ao conteúdo das gavetas. Era chato, mas a gente ia vivendo. Ela cozinhava para mim, ouvia comigo pelo rádio *O direito de nascer*, me acompanhava ao cinema se a fita era de amor, só virava bicho quando eu passava pelado do banheiro para o quarto. Que falta de vergonha, exclamava, a ruborizar.

Foi numa dessas manhãs latinas que aconteceu aquilo que, um dia, teria de acontecer: Tia Morena esqueceu-se de chavear a escrivaninha. Com o coração aos pulos comecei a vasculhar suas gavetinhas misteriosas. Fotografias antigas, cartas de amigas, joias baratas, diplomas, nada havia que justificasse tamanha vigilância e eu me decepcionava, já repunha no lugar aquela barafunda de saudade quando, num saquinho plástico, descobri seu tesouro: um álbum pequeno, daqueles que as meninas usavam para copiar sonetos de J. G. de Araújo Jorge. Era o diário dela. E que espantosa descoberta! Noventa páginas de solidão, fome, desespero de amor, que li e reli de cabelo em pé.

À tarde, no colégio, o diário não me saía do pensamento. Incrível que Tia Morena, ao menos a que eu conhecia, tivesse escrito aquelas loucuras todas num papel. Incrível que passasse a noite em claro, gemendo, ansiando por um homem. Me confundia, sobretudo, a revelação de que era assim tão vulnerável. Havia uma anotação sobre um pintor de paredes que a vira mudar de roupa. Outra relembrava um sonho, no qual era violentada por um tal de Amaury. E outras, muitas outras, e a que mais fundo me calou: fogosa página sobre minhas corridas do banheiro para o quarto.

Ao voltar para casa, encontrando-a no banho, não pude resistir à tentação de espiá-la. Larguei a pasta no quartinho e pé por pé, no corredor, ia ouvindo o barulho da água, imaginando os movimentos que ela, nua, havia de fazer ao se ensaboar, imaginando a água em seus cabelos, no pescoço, no rego entre os seios. Tentava enquadrá-la no buraco da fechadura quando ela abriu a porta.

— Meu Deus, que é isso – gritou, horrorizada. – Já pro teu quarto, sem-vergonha!

Na cama, chorando, pensava em me matar. Como olhar nos olhos dela, depois daquela cena? Havia de me matar, naturalmente. Antes a vida era tão boa, pensava, por que meter o nariz no que não era da minha conta? Por quê? E soluçava, abraçado ao travesseiro.

Na hora da janta, já estava escuro, a porta do quarto se abriu e Tia Morena, de camisola, mão no trinco, ficou parada ali, recortada na luz da sala. Virei o rosto. Na parede a sombra dela começou a crescer, agigantou-se, ela estava ao lado da cama, decerto me olhando, me odiando, amaldiçoando a hora em que me aceitara em sua casa. Encolhi as pernas à espera do castigo.

— Há certas coisas que precisas aprender – disse ela. E sua voz, não, nenhum sinal da dureza costumeira. – Estás ouvindo?

Voltei o rosto e ela, sentando-se, me beijou. Já és um homenzinho, sabe? Outro dia te vi sem roupa, não é verdade que já tens muitos cabelos? Tomou-me as mãos entre as suas e assim permaneceu, quieta. Respirava forte, os seios visíveis sob a camisola, e jamais me passara pela cabeça que os tivesse tão bonitos e redondos.

— Alguém precisa te ensinar – ciciou, como em segredo.

Apertava minha mão e pôs-se a conduzi-la suave e lentamente, como receando me assustar, mas no momento em que disse "não conta pra ninguém", transformou-se, abandonou-se sobre mim e ao seu langor, murmurando palavras que eu não compreendia, entrecortadas de ais e de suspiros.

No dia seguinte levantou-se tarde, pálida, com olheiras.

— Queres conversar sobre o que aconteceu conosco? – perguntou, sem me olhar.

Esperou minha resposta e esperou em vão, eu não falava, eu me engasgava. Ela então me olhou, um olhar machucado, ficou depois olhando o chão e eu fui saindo, quase fugindo para não chorar.

Andei pela cidade sem destino, andei e andei e por onde andava ia carregando aquela dor intensa. Mas não era uma dor comum, eu a gozava e a bebia e me sentia diferente, com o corpo até pequeno para os sentimentos de seu novo habitante. Então decidi, resolvi que chegando em casa diria exatamente isso, que me doía e era bom que doesse, e que eu não queria que essa dor passasse.

Encontrei-a sentada no sofazinho da sala, descalça, abraçando os joelhos erguidos. Me aproximei, ela ergueu o rosto. Estava séria, mas desaparecera por completo, talvez para sempre, a severa face da mestra de latim. Havia uma doçura profunda em seu olhar, decerto a que teriam os olhos de Eva no Paraíso, depois de seu pecado.

– Voltaste – foi tudo o que conseguiu dizer.

– Voltei – foi tudo o que eu disse.

A touca de bolinha

Certa vez eu voltava para casa numa noite de névoa e frio, arrastando pela calçada suburbana meu corpo aquecido pelo vinho. Trazia na mão, a picar nas pedras, minha bengala de rengo, na outra um pequeno embrulho com as sobras da janta num bar enfumaçado. À curta distância do sobrado onde morava avistei um vulto na soleira de uma porta, como um cão que dormisse ao relento, vulto que não se movia e que em dado momento se me afigurou como apenas uma mancha nas tábuas da porta. Ao confrontá-lo no passeio oposto me aconteceu ouvi-lo e eu jamais soubera que cães vadios pudessem soluçar.

Atravessei. Na soleira, encolhida, estava uma criança. Com as picadas da bengala ela ergueu apressadamente o rosto, descobrindo-o para a tênue claridade da luminária distante. Era uma menina. Daquelas meninas que às vezes você vê na rua e que te abordam, te tocam no braço, "dá um troquinho, tio" e aparecem e desaparecem misteriosamente, como os cães vadios.

Naquele bairro e naquela rua viam-se com frequência adolescentes extraviados e até crianças que vinham esmolar na porta do cinema. Eu nada podia fazer por eles, nada era, nada tinha senão aquele sobrado que fora do meu avô e agora estava em ruínas, pertencendo mais aos ratos do que a mim. Nada podia fazer, exceto vê-los e me compungir e depois vê-los de novo, todas as noites, na frente do cinema ou a perambular em grupos pelas ruas escuras. Mas há uma diferença entre ver crianças a vagar como sem destino e ouvir uma garotinha a chorar no teu caminho, sozinha na noite e como à tua espera.

Me aproximei, toquei no seu braço e ela recuou no degrau, triste e desengonçada figurinha: sapatos sem meias, rotos, perninhas juntas, vestidinho fino, cabelos escorrendo da touca de bolinha e olhos muito abertos que tinham medo e faziam perguntas.

– Não – eu disse, mansamente –, não precisas ter medo, não vou te fazer mal.

E disse-lhe ainda que gostaria de ajudá-la. Por que chorava? Por que estava sozinha numa noite como aquela? E acaso pretendia dormir ali, num degrau de porta? Fitava-me, e quando respondeu o fez timidamente, quase a sussurrar. Sim, ia passar a noite ali e estava bem, a porta era funda.

– Não podes fazer isso – tornei –, vais adoecer e é perigoso. Por que não vens comigo? Eu moro naquele sobrado, é grande e tem lugar bastante.

Ela olhou para o sobrado, adiante, no outro lado da rua, e sem querer olhei também. Reconhecia que o convite não era muito sedutor. A parede já guardava poucos sinais do antigo reboco, e se as janelas do segundo piso ainda tinham alguns vidros, as do térreo eram apenas esqueletos com buracos negros. Ao lado, o portão quebrado, o macegal, um monte de caliça, um tonel virado. Mas a menina não se assustou com aquela imagem da ruína e aceitou partilhar comigo uma noite de destroços.

Estendi a manta na peça que um dia fora a sala e agora era depósito da farmácia que havia defronte, o magro aluguel que me sustinha. Dei-lhe a merenda que trazia e ela comeu vorazmente antes de deitar-se. Estava frio ali, estava úmido, e perto das janelas, então, era como andar na rua. Tentei cobrir os buracos com papelão de caixas vazias, mas não havia bastante e aqueles que eu colocava logo se desprendiam. Desisti, pensando que ao menos ela tinha uma coberta e estava dentro de uma casa.

Subi. Passava das onze e eu estava exausto, com dores na perna enferma. Deitei-me na cama de casal que pertencera a meu avô, cobri-me com uma velha colcha e sentia tanto frio que não podia dormir.

Devia ter tomado mais vinho, pensava, e me encolhia e tiritava debaixo da colcha, quase arrependido de ter cedido a manta. E pensava na menina e num resto de aguardente que havia na cozinha, e pensava na manta e num cobertor de uma vitrina, e pensava noutras coisas e pensava só por pensar, para enganar o frio, e apertava os dentes e esfregava os pés quando ouvi um estalido de madeira, depois outro, suaves barulhinhos cada vez mais próximos e muito delicados naquele lugar onde o silêncio, não raro, era rompido por desastradas correrias de ratos. Eram passinhos na escadaria, pezinhos descalços e receosos galgando os mesmos degraus que meu avô costumava golpear com suas botas de taco ferrado. Esperei, e como nada mais ouvisse, liguei a luz. Minha hóspede estava parada na porta do quarto, com a manta nos braços.

– Não dormes?

Fez que não e continuou imóvel. Se queres, tornei, podes ficar aqui, não me importo, e logo imaginei acomodá-la ao lado da cama, talvez deixar a luz acesa, e pensei depois que não, que aquela manta me fazia muita falta e não havia mal algum que ficássemos juntos, lutássemos juntos contra a noite terrível.

– Vem deitar comigo, assim dividimos a manta. Tu não sentes medo e eu não sinto frio.

– Não tenho medo – disse ela.

– Melhor.

Aproximou-se e me entregou a manta, que estendi com cuidado em toda a largura da cama. Me deitei outra vez.

– Vem.

Sentou-se sem erguer a coberta, olhava para o mobiliário escasso e algumas roupas que estavam espalhadas.

– O senhor não tem mulher?

Não, eu não tinha mulher.

– Nem filho?

Também não tinha.

– Eu também não sou casada – disse ela.

Dei uma risada, ela voltou-se, surpresa.

– Que coincidência – tratei de remendar –, eu sem mulher e encontrar logo uma moça solteira... Mas agora vem deitar, te deita, essa manta parece fina mas é bem quentinha.

Ela pegou meu relógio na mesinha.

– Quantos relógios tens?

– Só esse.

– É de ouro?

– Ouro! Relógio de ouro eu vi uma vez, numa revista.

– Mas é bonito.

– Gostas?

– Gosto, é tão bonito.

– Podes ficar com ele.

Ela me olhou, não acreditando.

– Verdade – eu disse. – Se gostas, podes ficar com ele.

– E tu?

– Eu? Eu não preciso e até nem gosto desse relógio, é feio.

– Não é feio, não, parece um relógio de ouro.

Colocou-o no pulso.

– Obrigada.

– De nada. Agora te deita.

A gaveta estava aberta e ela pegou um livro, folheou, largou na mesinha.

– Por que tu guarda essa papelama na gaveta?

– São cartas.

– Cartas? Tem gente que te escreve?

– Não, ninguém me escreve. São cartas velhas, quase todas da minha mãe.

– Tu tem mãe?

– E tu, tens?

Não respondeu. Tinha apanhado algumas cartas e as olhava.

– Posso ver?

– Claro.

— Qual é que é da tua mãe?
— Quase todas.
— Essa é?
— É.
— E essa aqui?
— Também. Todas as que têm letrinha redonda são dela. Sabes ler?

Largou o maço de cartas sobre o livro, arredou a coberta, deitou-se tão longe quanto a cama permitia. Esperei algum tempo e apaguei a luz. A maldita perna ainda me doía, eu continuava com frio e estava com os pés gelados.

— Teu pé é quente?
— É.
— Deixa eu encostar o meu pé nele?
— Deixo.
— Obrigado.

Encostei os dois e me felicitei pela ideia. A manta, os pés que logo se aqueceriam, era só dormir.

— Tu tá acordado?
— Estou.
— Se eu te pedir uma coisa, tu faz?
— Depende.
— Lê uma carta pra mim.
— Quê?
— Lê uma carta.

Numa hora daquelas, com um frio daqueles e com aquele cansaço, o travo do vinho e a fome – porque ela comera a minha panqueca –, que diabo ela estava pensando?

— Está bem – eu disse, ligando de novo a luz. – Me alcança uma daí.

Comecei a ler. Era uma das cartas mais antigas. Minha mãe pedia notícias, perguntava se eu deixara de fumar, "o cigarro vai acabar com a tua saúde" e recomendava que não deixasse de procurar o Dr. Álvaro, que podia me arrumar um emprego melhor. Já fazia muitos anos que não lia aquela ou qualquer outra das cartas que guardava, e enquanto lia considerava que não era bom ler velhas cartas de pessoas queridas. Era quase como reencontrá-las, mas dava uma saudade... Ai, mãe... Quando lavares tua camisa branca, não esfrega demais o colarinho, que está desgastado e acaba se rasgando. Deixa de molho à noite, no outro dia é só esfregar de leve e enxaguar. E não te esquece do meu conselho, quando saíres à noite põe o cachecol que te dei, por causa da garganta. Ai, mãe. Passados tantos anos eu já não sabia se tinha deixado a camisa de molho, que cachecol era aquele, e pela vida afora vinha pegando vento na garganta e fumando e sempre com minha tosse seca, meus pigarros, minha falta de ar. E o Dr. Álvaro, que fim tinha levado o Dr. Álvaro? Só queria ver a cara da minha mãe se soubesse do estado dessa perna, se me visse com o bordão, já feito um velho e sem ninguém, um fantasma da casa que a vira crescer e agora me via desmoronar, tão maltratado quanto suas paredes, suas janelas, sua escadaria. A carta terminava com "muitos beijos da mãe que te adora e reza por ti".

– Acabou?

Ela estava com os olhos cheios de lágrimas.

– Ora – eu disse –, é apenas uma carta de mãe e é uma carta tão velha... Não vamos pensar em coisas tristes. Te encosta em mim que estou com frio, se quiseres um travesseiro eu espicho o braço.

Me deu as costas, tapou-se até o pescoço. No começo ficou longe, mas logo se aproximou um pouco, depois outro tanto, encostou os pés nos meus e adormeceu com a cabeça no meu braço. E ressonava, às vezes roncava e me despertava, eu a sacudia de leve para que não fizesse tanto ruído. E tentava dormir de novo e me demorava, então viajava naquele mundo caricioso e bom que a carta me trouxera de volta, de repente me dava conta de que aquela menina que dormia comigo, tão pequena, era sozinha como eu, tão mais velho do que ela, tão vivido, tão gasto. E sentia uma ternura imensa por aquela companheirinha, aquele pedacinho de gente que já sofria, sem compreender direito, as solidões e as amarguras da vida.

Na manhã seguinte, ao despertar, não a encontrei. E me senti fraudado, desiludido, triste: por que não se despedira de mim? Me sentei na cama, uma leve dormência repuxando o braço. Ao procurar os cigarros notei o relógio na cadeira. Por que não o levara? Nem o relógio nem qualquer outra coisa, que eu notasse. Eu tinha uma caneta prateada e ela estava na escrivaninha, em seu ninho de poeira e papel velho. Eu tinha um rádio de pilha e ele também estava ali, ao lado da carteira. Mas quando olhei para a mesinha, quando vi a gaveta aberta...

Ela deixara na gaveta, dobrada, a touca de bolinha, e levara todas as cartas da minha mãe.

Neste entardecer

É tão estranho, eu chego, olho, fico com a impressão de que me perdi e estou voltando à casa errada. São poucas as coisas que restaram. No topo da escada um guarda-louça está se abrindo ao peso dos camoatins. Mas da escada nem sinal, talvez aquele bronze ali tenha sido outrora o corrimão. É tão estranho, é algo tão fundo que trago em meu peito. Ando e sob minhas botinas estalam cacos do antigo lustre de pingentes. Tijolos soltos da lareira, sobre eles a viseira de um elmo e uma lança de ferro, vestígios de uma panóplia que já não lembro. Um busto mutilado do Major Verardo, candelabros cor de chumbo, latas velhas e os grilos estão cantando. Sim, esta é a casa. Vês? Aquela sombra na parede parece Vovó Rosário procurando suas agulhas de tricô.

Da janela hoje sem vidros ainda se avista o sítio até que desça para o rio, mas não se enxerga mais o rio. O mato cobriu o sítio e até os caminhos que papai cruzava com a rede às costas e sua linha de traíras. Cresceu ao redor de nossa casa, minou-lhe os alicerces com raízes, vai rachando as paredes e entrando dentro dela. O mato cobriu tudo. Com o mato vieram os ratos, as formigas, e é um milagre que a casa esteja ainda em pé.

Nossa casa, nosso sítio, parece mentira que isto outrora foi um paraíso ao pé do rio, um canto do mundo entre pomares, fontes, caminhos de saibro e plátanos seculares, o reino em que tu reinavas com um sorriso nos lábios e a mãozinha gorducha a pedir sempre mais. Na madrugada batiam os tarros do leiteiro, passava o padeirinho anunciando o pão. Mamãe ficava à espera na varanda, escuro ainda, e lá em cima as estrelinhas a piscar, Vovó Rosário garantia que elas faziam plim-plim, plim-plim, chamando a gente, e aquele que fosse nunca mais voltava.

Rapadurinhas, queijo, suco de maracujá, em breve sairias a campo para as pequeninas crueldades matinais. Aqui era a empalação do caracol num pau de fósforo. Ali confundias as pobres formiguinhas com o dedo atravessado no carreiro. De vez em quando um maranduvá te queimava o lombo e era uma correria dentro de casa com talcos e pomadas. Não, tu não tinhas passado nem futuro. Para ti, Vovó Rosário tinha nascido de cabelos brancos e com dores reumáticas, Major Verardo era apenas um busto negro cuja vida e cuja obra não tinham sido deste mundo. A morte, para ti, não passava de uma moléstia das gentes pobres, que não se vacinavam no posto de saúde, e mesmo assim era uma ausência temporária. Em seguidinha, talvez no domingo, na retreta, no balcão da confeitaria ou na matinê, a gente encontraria o morto cheio de novidades, como quem viesse da Europa.

Sim, esta é a casa.

Esta é a casa e também é verdade que a casa é outra. Tudo mudou e das pessoas então nem se fala. Vovó Rosário partiu sem demora, um vento frio que pegou nas costas. O padeirinho desapareceu, sumiu, e o leiteiro, que fim teve o leiteiro? Mamãe, papai, também eles foram buscar sua fatia de luz na estrelinha plim-plim.

Tudo mudou e deves ter notado que eu mudei também, quem não mudaria? A vida é assim. De repente tu te olhas num espelho, no mesmo espelho em que te olhaste noutras manhãs na vida, e de repente tu te assombras. Aquela rugazinha ali, de onde é que veio? Teus cabelos começam a cair, e teus dentes, ah, já não podes trincar rapadurinhas. Pouco a pouco vais ficando como o vovô do busto negro, com as feridas da revolução.

Não, não desespera.

Não desespera, eu te peço, nem tudo está perdido, sempre resta a esperança de que a gente encontre o caminho que leva ao reverso das coisas, e então pode ser que tudo, tudo mesmo comece de novo.

Te garanto que nalgum lugar a vida continua. Me dá tua mão, passeia comigo pela casa. Os grilos estão cantando num ritornelo que vem desde o rio. Vem. Vou te mostrar como a casa ainda é bela neste entardecer. Pequenas avezinhas se aninharam nas janelas, e um boi está pastando em nossas ruínas.

TERCEIRA PARTE

Um destino para o fundador

Um dia um funcionário de uma grande empresa, depois do lanche da tarde, não conseguiu retornar à seção em que trabalhava. Era um dia sombrio, tão sombrio quanto o comum dos dias na grande cidade. Era um dia enfumaçado, com cheiro de carvão, mofo, água parada, uma tarde igual ao comum das tardes, e depois do lanche ele tomou o elevador, o mesmo que tomava sempre, todas as tardes. Como sempre, acionou o botão que correspondia à sua seção. Como sempre, o elevador moveu-se para cima. Mas ao abrir-se a porta deparou-se com um lugar que não tinha visto nunca.

Sua primeira reação foi de surpresa, admiração. Velho empregado, integrante do grupo que a diretoria, carinhosamente, denominava Fundador, conhecia como poucos o difícil mapa do edifício, seus corredores estreitos e esquinas abruptas, suas portas falsas e salas secretas. Mas por mais que exigisse da memória não conseguia recordar-se de algum dia ter andado naquele terraço ou mesmo ter ouvido falar dele.

Pois era um terraço, e como todos os terraços, parecia situar-se pertinho do céu. Céu gasoso, pardo de sujeira, onde esvoaçavam lá no alto, quase a pairar, finos, esguios, donairosos como garças, grandes pássaros em bando. Um terraço, mas não o do edifício, aquele com piscina, mesinhas, bar, privativo dos diretores e das belas secretárias que eles levavam para lá. Um lugar que não tinha visto nunca. Altos muros o delimitavam, e no centro do lajedo escuro, atarracada e compacta, uma torre circular.

Uma casa de bombas não constante das plantas? Uma seção ultrassecreta? Não, pensou, não havia mal algum que ele, um Fundador, percorresse o lugar, observasse aquela torre estranha. Confessaria depois ao diretor os lances da aventura e ririam os dois, satisfeitos com o progresso da empresa, tão vertiginoso que escapava ao controle de seus velhos guardiões.

Deu os primeiros passos devagar, com cautela, olhando em torno para apreender algum dado, alguma referência. Nada. A torre plantada no centro, o lajedo escuro, os muros e além deles a cidade, os ruídos antigos da cidade. Sirenas, longínquas buzinas, britadeiras, arrancos de escavadeiras e no fundo o surdo rumor da multidão se arrastando pelas ruas. Mas a cidade, esta ele não via. O horizonte do muro só lhe concedia fumo de chaminés, reflexos de um avião ao longe, os pássaros agora mais próximos, circulando, circulando.

Que faziam naquela área da cidade?

Lembrou-se dos papéis da empresa, uma águia no canto superior esquerdo, asas abertas, tensas, olhar perscrutador. Aquele passarão queria significar que a empresa estava sempre lá no alto, acima dos interesses rasteiros de cada um, até porque, de lá, olharia pelos interesses de todos. Por trinta anos acreditara nessa ideia e não se arrependia. Nesses trinta anos recebera promoções, prêmios, pudera constituir família, comprar uma casinha, em breve seria aposentado. Com certos privilégios, claro. Privilégios de Fundador. Que lhe facultavam muitas coisas em qualquer tempo, até mesmo bisbilhotar num terraço novo em hora de expediente.

Mas já entardecia e ele não chegara a nenhuma conclusão. De que lado era a porta do elevador? Deu um giro na torre e parou, indeciso. Retornou, andou sobre seus passos, não pôde identificar o ponto em que estivera antes, era tudo igual. Achou graça o funcionário, deu outra volta, e outra, mais outra, nada, nenhum indício de que jamais tivesse havido ali uma porta e menos um elevador. Que história era aquela? Pensou em chamar alguém, mas seria o caso de pôr-se a gritar como um maluco no teto da empresa? Andou ainda, para diante e para trás, apalpando a torre, o muro, procurando um sinal no lajedo, não podia negar que estava um pouquinho assustado.

Uma porta sumir assim, simplesmente, e no entanto passara por ela, ninguém delirava depois de um chá com bolachinhas. Tinha certeza. Ao abrir-se a porta, bem que desconfiara. O lajedo, a torre, o muro, um lugar que não tinha visto nunca... Agora, para completar, uma porta invisível. E se espiasse atrás do muro? Ah, já não estava em idade de içar-se feito um guri. Tornou ao chão, ofegante, sem ter visto nada além dos pássaros. Que faziam naquela área da cidade? Circulavam, circulavam, e era isso que faziam.

Nem cogitar de uma brincadeira, seria imprópria, e essas leviandades, de resto, não eram permitidas. Por distração errara o caminho, perdera-se, e infortunadamente viera dar num terraço esquecido cuja porta... Não, quase não acreditava. Perdido num terraço da empresa, logo ele, era muito azar. Numa empresa como aquela, gigantesca, ninguém se lembraria de que saíra para o lanche e não voltara. Passaria a primeira hora, a segunda, passaria o primeiro dia... não, o pessoal ia dar logo pela falta e seria socorrido, a não ser – e teve um calafrio – ...a não ser que não estivesse na empresa, como ter certeza? Era loucura pensar noutro lugar, mas não era loucura maior ter de admitir que uma porta desaparecera sem deixar vestígios?

Filtrado pela poeira, solferino, descera o sol atrás do muro. Hora de estar com a família, lendo o jornal na preguiçosa, ouvindo a bulha dos netos e os resmungos da mulher, não, não ia chorar, isso não. Estava assustado, mas não ia chorar logo agora, não podia deixar que o coração piorasse as coisas. Tentou dominar-se, pensar direito, recapitular seus passos desde o bar, confundiu-se ao ouvir um ruflar de asas. Os pássaros voavam em torno do terraço e ele estremeceu. Não eram tão finos, esguios, não se pareciam com garças e até davam a impressão de estar a rondar, retorcendo as cabeçorras para baixo e para o lado. Horríveis. Pareciam-se, no duro, com o passarão da empresa, bico torneado, olhos afiados de punhal. Gritou, gesticulou para afugentá-los, em vão, eles circulavam, circulavam, e era isso que faziam. Amedrontado, agachou-se ao pé do muro. Dali não os via.

Já ia longe a tarde, os laivos do poente encobertos pelo muro e o vento da noite a insinuar, dolente, seus lamentos de lobo. Encolhido, sentia frio. Puxou as pernas mais de encontro ao peito, pousou a cabeça nos joelhos. Chorava baixo, consternado, então não se lembravam mais dele? Não se davam conta da cadeira vazia? Já se cansara de gritar, bater com os punhos na torre, e agora olhava, como à espera de um milagre, aquela sombra imóvel, a torre misteriosa, escarranchada no piso como um grande sapo. Não viu quando as águias, num bater sonolento de asas, pousaram no muro. E só despertou de sua vã esperança quando o bando todo veio ao chão, rilhando as garras no lajedo. Um sobressalto, um grito, era tarde, muito tarde, trinta anos já se haviam passado.

Dia dos mortos

Os dois jovens iam devagar, como todos, e em silêncio, como quase todos. Quem falava, fazia-o em voz baixa, cautelosa. Acima do murmúrio só a voz do pipoqueiro, seu pregão monótono: "Olha a pipoca, tá gostosa e salgadinha". Empurrava o carrinho, parava, tornava a rodar e ainda assim ia ultrapassando a maioria. Olha a pipoca, tá gostosa e salgadinha e sob essa voz de estridência fastidiosa, quase petulante, como rejeitando-a e ao mesmo tempo sustentando-a desde canais subterrâneos, o rumor dos passos, milhares, milhões, trilhões de passos, todos na mesma direção pela Rua São Francisco Xavier. Aonde iriam? Aonde chegariam com tão vago andar? Nalgum lugar, sem ofensa ao silêncio, automóveis buzinavam sem parar.

— Vamos num bar – disse Neco.

— Não – disse Maninho –, o pai recomendou que voltássemos pra pensão.

— Mas eu queria ir num bar, estou precisando.

Já haviam perdido de vista o pipoqueiro e agora os ultrapassavam, com pressa, negros de uma escola de samba. Pelos bonés Maninho e Neco os reconheceram, eram aqueles que, na saída do Portão 18, tinham iniciado uma incoerente batucada. Um dos negros vinha amparado pelos companheiros, que o faziam dar passos trôpegos no chão, outros no ar. Sua cabeça pendia para a frente e para os lados, o rosto lívido, parado.

— Eu também queria tomar um porre – disse Neco.

— A essa hora?

— Que horas são?

— Cinco.

— Imagina, cinco, e dizer que está tudo terminado.

Persistiam as buzinas ao longe, lembrando clarins sombrios na emoção de um cemitério. Já se distanciavam os sambistas, sempre com pressa, sempre carregando aquele corpo abúlico.

— Bacana – disse Maninho, apontando.

— Que é que há lá?

— A bandeira, não vês?

— Bandeira... Do portão pra cá pisamos em dezenas.

— Mas aquela está de pé.

Quem a segurava era um Rei Momo embriagado, um gordo que se fantasiara para o carnaval da vitória. Não andava, apenas movia os pés sem sair do lugar e agitava seu pavilhão, como cumprindo um papel que, afinal, alguém tinha de cumprir: esperar a passagem da boiada e cutucar-lhe os brios.

Mas o gordo não dava conta do papel, não era o homem certo. Naquele dia, no Rio de Janeiro, *a las cinco en punto de la tarde*, não havia homens certos, não havia nada certo, a própria vida era um erro que só agora as pessoas descobriam, sem querer acreditar. Triste gordo. Seu rosto parecia ter cristalizado nalgum momento antes das cinco de la tarde e ele trazia na face, nos olhos, uma expressão que era um misto de pasmo e estupor.

Passavam Maninho e Neco quando o gordo caiu. Tentou erguer-se, mas ao levar o braço para retomar a bandeira, novo tombo o pôs sentado sobre a perna, gemendo, a bandeira outra vez no chão.

— É o fim – disse Neco.

— Fim de quê? O Brasil não acabou, nem Porto Alegre e amanhã a gente embarca pra lá. Já pensaste nisso? Quanta coisa bonita temos pra contar?

— Gosto é gosto.

— A marchinha do Lamartine Babo não é tranchã? O povo cantando, dançando. Lembra aquela mulata de chapéu de palha e cinturex?

— Isso foi antes.

— Depois teve a volta olímpica, foi emocionante.
— A volta olímpica *deles*.
— Mas o povo aplaudiu.
— Chorando. E foi saindo em silêncio, como nos enterros.

Um silêncio de 200.000 bocas.
WILLY MEISL

Na parada dos bondes a aglomeração era excessiva. Quedaram-se os dois meio afastados, vendo partir, apinhado, o bonde para Vila Isabel.
— No Império está levando *Escravo da ambição*, com Glenn Ford – disse Neco.
— Onde fica esse Império?
— Não sei, li no jornal. Tem também uma revista...
— Lá vem o nosso!
— Nosso nada, é o Aldeia Campista – e segurou Maninho pelo braço: – *Cutuca por baixo*, com a Luz del Fuego.
— Ih, só imagino.
— Não, não imaginas. O Rio é outro mundo. Sabe que aqui as gurias dão?
— Dão?
— Fácil, é só pedir.
— Não acredito. Quem te falou?
— O Gentil.
— Logo quem...
— Ele comeu uma franguinha do edifício onde mora a tia dele, em Copacabana. Uma tal Jandira, guria família.
— E não era cabaço?
— Cabaço? No dia que passar um cabaço perto do Corcovado o Cristo cai de costas.
— Mentira – tornou Maninho. – O Gentil mente mais do que o Candinho Bicharedo.[15]

---

15. Figura do populário rio-grandense, célebre por suas mentiras. (N.E.)

— Ele provou, me deu a mão pra cheirar. Disse que já ia uma semana sem lavar porque tinha o cheiro da morcega dela.

— E tinha?

— Tinha.

— De quê?

— Um cheiro esquisito, de bacalhau com mijo. Mas era bom.

Encostava o Lins Vasconcelos, atrás o Cascadura e o Engenho de Dentro.

— E o Malvino, nada?

— Eu queria tomar um porre — gemeu Neco. — Me lembro de ter visto um bar aqui por perto, o Tip-Top.

Maninho, que embora mais moço era mais alto, passou o braço pelos ombros do outro.

— Vamos pra casa, Necão, não é bom andar pelas ruas de uma cidade que a gente não conhece, num dia como hoje. É perigoso. No portão ouvi um homem dizer que sabia onde era a casa do Danilo e iam apedrejar.

Neco livrou-se do abraço, cuspiu no chão.

— Não tenho medo de carioca.

— É perigoso — insistiu Maninho. — E aquele negro que estavam carregando? Estava morto.

— Não, estava bêbado.

— Vi os olhos dele, estava morto.

Encostou o Piedade.

— E o nosso? Não tem outro pra Malvino Reis?

Maninho via partir o bonde como se arrastando, equilibrando-se nos trilhos.

— Vais votar no Getúlio? — disse Neco.

— Eu? Eu não voto.

— Eu vou.

— Que bom.

— Não debocha. Isso é coisa séria, voto popular.

— Não estou debochando, só disse que bom.

— É bom mesmo — e ergueu o dedo —, vou ganhar a eleição.
— Que isso tem a ver com o nosso *scretch*?
— A gente precisa ganhar alguma coisa pra não desistir de tudo.
— Ora, podemos ganhar em 54, a Suíça é um país neutro.
— Quem garante? Só uma coisa é certa: essa de agora...

Nunca mais... Nunca mais...
GAZETA ESPORTIVA ILUSTRADA
Julho, 1950

Passou por eles um grupo de alegres uruguaios, com bandeiras. Obdulio, gritavam, Uruguai, Obdulio. E as pessoas os olhavam como preocupadas, como querendo avisar que houvera um grande engano, daqueles que não devem ocorrer porque vão envenenar a história e a vida de todo mundo. Mas os uruguaios não ligavam. Obdulio, gritavam, Uruguai, Obdulio.

— São uns folgados — disse Neco.
— São boa gente. Não viste o Máspoli consolando o Augusto?
— Aqui, ó. No primeiro tempo o Obdulio deu um bife no Bigode.
— Isso eu não vi. O que eu vi foi ele passar a mão na cara do Bigode, como quem diz sossega leão.

Obdulio, gritavam os uruguaios, afastando-se. Uruguai. Obdulio.

— E a gente só pode olhar, ficar se remoendo.
— Vamos gritar também — disse Maninho.
— Gritar o quê?
— Getúlio, Brasil, Getúlio.
— Não é a mesma coisa.

Parte da multidão ia quedando à espera dos bondes, a maioria seguia em frente ou enveredava por ruas laterais, para a Tijuca, à esquerda, para a Vila Isabel, na direção oposta. Passou o Malvino Reis com os estribos crivados de pingentes e então eles resolveram andar, juntar-se ao lento cortejo, tentar, quem sabe, descobrir um ônibus, em última instância recorrer ao trem da Central. Em última instância: para as bandas da via férrea, num lugar que não sabiam ao certo onde era, erguia-se a Favela do Esqueleto. E o pai recomendara: "Cuidado com a Favela do Esqueleto".

Andaram duas quadras.

– Olha o Tip-Top – disse Neco, animado.

No mesmo instante viram, diante do bar, o pipoqueiro que os ultrapassara na primeira quadra da Rua São Francisco Xavier. Sentado no meio-fio, encolhido, fungando, o homem olhava os saquinhos rasgados, as pipocas espalhadas pelo chão e os restos de seu carrinho destroçado.

– Que horror – disse Neco. – Por que fizeram isso com ele?

– Eu te avisei...

– Pobre homem.

– Vamos ajudá-lo – disse Maninho. – Vamos comprar todas as pipocas dele, até as do chão.

Neco aproximou-se do homem e tocou em seu ombro. Ele voltou-se, possesso, ergueu-se e já trazia na mão uma comprida faca. Esfaqueou Neco no ventre, uma, duas, três vezes, e quando Maninho começou a gritar ele saiu correndo rua afora, dando gambetas[16] nos transeuntes como num brinquedo de pegar. Formou-se um pequeno grupo ao redor do rapaz agonizante e do outro que gritava, mas o grosso da multidão não parava, não olhava, não ouvia, e a procissão continuava, esparsa e tarda, na busca incerta de um outro e longínquo Maracanã.

---

16. Coincidentemente (ou não), chamava-se Gambetta um dos jogadores do Uruguai, na partida final contra o Brasil, na Copa do Mundo de 1950. (N.E.)

Pessoas de bem

Para Luiz de Miranda

E mais uma vez, a enésima, Tomás pedia que o socorresse. Recém chegara de Montevidéu e encontrara uma correspondência judicial, intimando-o de uma ação de despejo. Devia três meses de aluguel.

— É muito, não tenho — eu disse —, mas o advogado te consigo.
— Achas que é preciso?
— É indispensável.
— E os honorários? Como vou pagar?

Eu trabalhava num órgão governamental frequentado por muitos advogados. Dei o nome de um deles, que me devia um favor e nada cobraria, e marcamos um encontro para segunda de manhã.

Antes de nos despedirmos, Tomás me contou sua última aventura. Conhecera uma uruguaia no avião, casada, funcionária de uma estatal, e passara a tarde com ela em seu apartamento. As uruguaias são insaciáveis, ele disse, e aquela o deixara com taquicardia.

— Pensei que ia morrer.

Éramos amigos desde a juventude e eu ainda guardava um de seus primeiros quadros, um autorretrato em que se parecia com Shakespeare. Era boêmio e mulherengo, como Shakespeare, mas, ao contrário do inglês, que após a farra trabalhava com afinco, Tomás considerava a subsistência uma amolação e refugiava-se num aforismo do próprio Cisne: "Onde não há prazer não há proveito". Dificilmente vendia seus retratos, dificilmente os terminava: a regra era ter um caso com a retratada e deixar a obra pela metade. Se conseguia um emprego, trabalhava uma semana e, ao receber o primeiro pagamento, sumia. Quem o procurasse, certamente o encontraria num dos bares da moda, na companhia de uma mulher. Às vezes desaparecia por mais tempo, semanas, meses, e de repente estava chegando de Paris ou Asunción, para onde fora sabia-se lá com que meios e de onde voltava, claro, sem meio algum. Eu costumava ajudá-lo. Alguns amigos comuns reprovavam tanto o seu comportamento como a minha solidariedade, e Erasmo, que era diretor de uma agência de publicidade, que era casado com a bela e insossa Cláudia e vivia metodicamente, ia mais longe: ajudar Tomás era estimular sua vida desregrada.

Na segunda-feira, Tomás não apareceu. Telefonei, não estava em casa. Fui trabalhar e somente à noite me lembrei de que ele não dera sinal de vida. Telefonei outra vez, em vão. Estava aborrecido com sua incúria e, ao mesmo tempo, já um tanto apreensivo.

Liguei para Erasmo.

— Este é o Tomás que conhecemos — disse ele.

— Não terá acontecido alguma coisa?

— O quê, por exemplo?

Contei a história da uruguaia, da taquicardia, do "pensei que ia morrer". Erasmo riu.

— Ele tem mais saúde do que nós. É um aproveitador.

Eu podia ter lembrado que, dez anos antes, Tomás o levara para a agência da qual agora era diretor. Mas não o fiz.

— Estou pensando em ir lá amanhã de manhã. Me acompanhas?

— Não posso, tenho uma reunião.

— Então depois da reunião, não quero ir sozinho.

— Não, não vale a pena. Esse cara é um sacana.

— É um amigo, Erasmo.

— Amigo? Que amigo? Ele goza e a turma paga a conta?

De manhã, a caminho da repartição, passei no apartamento de Tomás. Nenhuma resposta e o silêncio tornava mais estridente e ominoso o toque da campainha. Procurei o zelador.

— Falei com ele na sexta — disse o homem. — Me pediu pra comprar o jornal, quando fui entregar ele não estava ou não pôde atender.

— *Não pôde atender?*

— É, às vezes ele... está acompanhado.
— Claro. E quando viaja, costuma avisar?
— Ele? Não, não avisa nada, tem que adivinhar.
— E a correspondência? Não pegou?
— Que eu tenha visto, não.

Perto do edifício havia um orelhão. Era cedo, talvez ainda alcançasse Erasmo em casa. Tinha decidido entrar no apartamento.

Atendeu Cláudia, com a impessoalidade de uma gravação:
— Não se encontra.

Eu disse "que azar", ela quis saber o que havia e depois, curiosamente, mudou de tom.
— Eu posso ir lá contigo.
— Obrigado, não é necessário. Arrumo outra pessoa.
— Por que outra pessoa, se eu posso?
— Como quiseres, mas...
— Eu vou.

Erasmo não gostaria de saber que sua mulher estivera na furna do lobo, mas, se eu queria uma testemunha e ela fazia tanta questão...

Contratei um chaveiro nas imediações. O homem já estava trabalhando quando Cláudia chegou. Trazia uma saia curta, branca, que lhe ressaltava as pernas morenas. Chupava uma bala de menta e estava excessivamente animada – ou acelerada, dir-se-ia –, em oposição ao seu gênio habitual, reservado e distante. Recapitulei minhas preocupações, ela ouvia mordendo o lábio, testa franzida – parecia outra mulher.

Em dez minutos o chaveiro soltou a fechadura. Tomás, felizmente, não estava lá.
— E a porta – perguntei ao homem.
— É só bater.

Já reunia as ferramentas na caixinha.
— Missão cumprida – eu disse.
— Espera – disse Cláudia. – Vamos ver se ele viajou.

Paguei o chaveiro, que se retirou.

Cláudia pôs-se a examinar o apartamento, peça por peça, com um interesse que eu não lograva compreender. Sentei-me no sofá, aguardando que terminasse a vistoria. Esteve na área de serviço, abriu e fechou torneiras e as abriu e fechou também na cozinha, que investigou demoradamente. No quarto, sentou-se na cama de casal desfeita e farejou o travesseiro. Depois entrou no banheiro. Embora não a visse, percebi que ia usá-lo. Sem fechar a porta, baixou o assento do vaso e logo ouvi o jato de sua urina. Não deu descarga e, compondo a saia, veio sentar-se na mesinha à minha frente.

— Esse apartamento me dá cada arrepio... — e olhava os quadros de Tomás na parede da sala, alguns com nus frontais de homens e mulheres. — Tem cheiro de sexo. Não sentes?

Eu nada sentia e me perguntava se o núcleo dessa exalação não estaria nela mesma, a Cláudia que eu desconhecia.

Falava e olhava em volta, as narinas a fremir, e eu lhe relanceava as mãos de mimosas veias dorsais, os lábios bem marcados, como rins, o peito de súbitas arfadas com os mamilos aproejando na blusinha, e me deliciava, sobretudo, com as esplêndidas pernas, colunas sem nódoas de um mármore trigueiro. Aquilo era novo. Já a vira inúmeras vezes e embora sempre lhe gabasse, intimamente, o corpo desejável, tal conceito esbarrava em seu glacial "não estar" e acabava não diferindo daquele que faria de uma bela mulher que visse na rua ou numa foto de revista. Era um conceito de papel que, afinal, vinha cobrar sua carnadura.

— Ele deve ser feliz — tornou. — Faz o que quer.

— Acho que sim.

— *Achas?*

Ora, Tomás era livre, continuou, ao passo que nós — todos nós, os amigos dele — vivíamos restritivamente. Éramos pessoas organizadas, titulares de contas bancárias e cartões de crédito, adquiríamos bens e pagávamos nossas dívidas. Éramos pessoas de bem. E das grades dessa prisão, vigiados pelos mil olhos da moral, víamos com inveja, frustração e até com ódio o fluxo da vida em liberdade: o desejo, as aventuras, os atos irresponsáveis e prazerosos.

Eu nada disse e ela acrescentou:

– A lealdade também é uma prisão. Mas é só um nome, e a gente, por covardia, fica acorrentada a esse nome, como a uma condenação. Olha eu aqui, estou superexcitada e...

Me olhava e eram os olhos impacientes da urgência. Desviei os meus.

– Ouviste o que eu disse?

– Ouvi.

– Então... qual é o problema? Eu estou querendo. Eu quero.

Não me movi. Se antes já estava a desejá-la – muito antes, talvez, sem o saber –, agora a desejava mais ainda. Mas qual era o meu papel naquela peça lúbrica? Que nome eu tinha? Eu quero, dizia ela. Eu também queria e talvez Erasmo merecesse essa rasteira, mas, se nunca demonstrara ter por mim qualquer predileção, se eu nunca lhe dera motivo algum para que pensasse de outro modo, por que ela me escolhera? Era grátis? Um óbolo da deusa estremecida? Não me movi porque quis entender.

Ela tirou o sapato e travou o pé no meu regaço.

– Vamos logo com isso.

E enquanto se despia cheia de pressa, e a mim também queria despir com a mesma ânsia, intuí, mais do que compreendi, que minhas perguntas não tinham fundamento. Para Cláudia, não importava quem eu era. Era um papel sem nome. E nem era um papel, não era nada. Ela queria sua porção de vida – aquilo que entendia como tal –, mas quem se incorporava entre suas pernas, provendo-a da fruição redentora, não era eu, o personagem anônimo: era Tomás.

Perto do meio-dia, ao tomarmos o elevador, já voltara a ser a mulher que eu conhecia. Nos despedimos com o sensabor de sempre e ela se foi, a bela e insossa Cláudia, deixando um só vestígio de seu desafogo: o travo da menta em minha boca.

A bicicleta

Abriu com cuidado a porta do casebre. O interior estava às escuras e ele apertou os olhos, querendo apagar deles algum resto de luz. Nas imediações um vidro se partiu, logo um grito de mulher, mas ele não teve a curiosidade de voltar-se e entrou, encostando a porta. Apalpou a parede de tábuas até localizar o caibro que servia de tranca, mas não o pegou nem o moveu. Deu dois passos minuciosos, medidos, abaixou-se e tocou no colchão, na áspera manta, na criança que ela agasalhava. Passou uma perna por cima, depois a outra e sentou-se no chão, contra a parede. A seu lado, ocultando-o da porta que dava para a peça contígua, a superfície lisa e fria da geladeira.

Por um momento ficou imóvel, à escuta, em seguida acomodou as pernas, puxando-as de encontro ao peito. Ouviu um sonido na outra peça e encolheu-se, estremecido. Não era a primeira vez nem a segunda que, tarde da noite, entrava e se escondia, mas não se acostumava e nos primeiros minutos sempre tinha medo. Não, medo não, como poderia? Era algo sem nome que o fazia lembrar uma remota madrugada, quando despertara e vira, no colchão ao lado, o pai montado na mãe, galopeando a mãe. Seu coração galopeara junto, doloroso, amadrinhando aquela doma rude.

Ouviu novos ruídos, sobrepostos ao ressonar da criança, e agora os identificava, eram os arames do lastro, sons compassados, agudos, rangentes, às vezes cessavam, logo recomeçavam, depois cessavam outra vez e outra vez recomeçavam, como se jamais fossem cessar de todo.

Afrouxou o abraço que tinha dado às pernas e pensou, com irritação, que na próxima vez daria meia-volta e esperaria na rua, caminhando, fumando, bebendo em algum lugar. Como se isso fosse mudar qualquer coisa, instou consigo. E depois era perigoso, todo mundo sabia que era perigoso. Não havia noite em que, pela manhã, não se soubesse de um angu nas redondezas, roubos, brigas, tiros, de vez em quando até morte violenta, as contas que se ajustavam entre os traficantes. Não podia ficar caminhando à toa, arriscando-se.

E estava tão cansado, e era sábado, ansiava por deitar-se, dormir, tinha até um pouco de inveja da criança que dormia profundamente no quentinho da manta. Seu filho.

Meu filho.

Quisera aconchegar-se ali com ele, emendar um sono só até oito, nove da manhã. E despertar bem-humorado, lampeiro, vadiar o domingo inteiro no Parque da Redenção. Levariam um farnel. Isso. Um piquenique no Recanto Chinês. Uma volta no trenzinho, contornando o lago e vendo lá embaixo – que bonito – os namorados abraçados nos barquinhos de pedal. E alugar uma bicicleta, claro, o piá era taradinho por bicicleta e no último passeio já estava aprendendo a equilibrar-se. Figurou o rosto do menino, suarento, vermelho, triunfante, e logo mudou de ideia, não, não iria ao parque e tampouco a outro lugar: gastar logo agora, desesperar, se faltava tão pouco...

Pegou um cigarro no bolso da camisa e o pendurou nos lábios. Pegou também a caixa de fósforos, tirou um palito. Se passasse um carro, acenderia, escondendo o lume. O cigarro fazia falta, era um bom companheiro.

Melhor do que outros, pensou.

Lembrou-se com ódio do colega de serviço que se dizia seu amigo e andava com insinuações, cuidado, o fiscal do almoxarifado está de olho em ti, era tudo mentira, o fiscal não sabia de nada e se soubesse ia fazer boquinha de siri, ele também roubava peças de reposição. Todo mundo roubava. E todo mundo precisava roubar, não havia outro jeito. Ele mesmo, naquele momento, não estava sendo roubado? Imagine, chegar em casa e procurar a tranca. Dependendo do lugar em que a encontrava, tinha de ocultar-se, encolher-se atrás da geladeira, como um feto, enquanto o roubavam. E aguentava, precisava aguentar, ainda que o coração galopeasse e se partisse em mil pedaços.

Inês, a minha Inês.

Sem querer acendeu o cigarro, o clarão foi tão fugaz que nem chegou a ver o rosto de seu filho. Mas este, se desperto, teria visto os olhos de seu pai. O coração partido em mil pedaços.

Deu uma tragada funda, escondeu a brasa e mesmo assim a tênue claridade desvelou, por um instante breve, a face do menino. Ele estava deitado de bruços, o rosto voltado para onde estava o homem.

Meu filho.

Quando seu filho nasceu aquele homem chegou a fazer planos, como fazem todos os pais e é tão natural, tão necessário. Trabalhar duro para que o guri tivesse estudo, pudesse ser um guarda-livros, um fiscal. Hoje não tinha ilusões, já não planejava, não sonhava nada e só pensava nas necessidades mais próximas, concretas, a comida, o remédio, alguma roupinha. Ou no aniversário do guri, que era algo mais do que concreto: era sagrado.

Ia fazer oito anos.

Ruídos novamente, agora mais fortes. Ele apagou o cigarro no chão e encolheu as pernas, abraçando-as. Encostou-se na geladeira o mais que pôde. Ouviu passos furtivos, logo a porta da rua foi aberta e ele pôde ver a silhueta de Inês agarrando o trinco, o homem que se retirava. Era um tipo baixo, atarracado. Não houve diálogo entre os dois. O homem fez uma saudação, erguendo o braço. Inês fechou a porta.

Silêncio.

Ele ouvia o ressonar do menino e esperava.

— Estás aí?

Soltou as pernas, suspirando, procurou o toco do cigarro no chão. Ouviu Inês passar, em seguida a luz de uma vela iluminou a peça ao lado. Levantou-se, acendeu o cigarro. Deu uma olhada no filho, passou por cima dele e entrou no quarto.

Inês estava sentada na cama, na mesma posição em que pouco antes ele estivera, abraçando as pernas. Sentou-se também, tirou os sapatos, a calça, deitou-se de través.

– Adivinha aonde fui ao meio-dia.

– Ao centro?

– Sim – ele disse.

Os olhos dela, pequenos, sem brilho, estavam atentos.

– E viste?

– Vi. Uma vermelha, da cor do Inter.

Ela o fitou, temerosa, tocou no braço dele.

– E tu acha que nós... será que...

O homem sorriu, ou quis sorrir. A mulher viu que ele estava com os lábios trêmulos e jogou-se sobre ele, beijando-lhe a face, os olhos, a boca.

A dama do Bar Nevada

Na praça, à meia-tarde, vinham espairecer os velhos. Alguns punham-se a andar de esquina a esquina, passinhos miúdos e receosos, outros cavaqueavam em pequenos grupos ou jogavam damas nos tabuleiros de pedra, mas a maioria deixava-se quedar a sós nos bancos, olhando vagamente ao longe, como bois sentados. O rapaz contou trinta e dois velhos, trinta e três com o que estava ao seu lado, um tipo sombrio que juntava as mãos e fazia estalar as articulações dos dedos.

Atrás do banco alguém falava, a espaços interrompido por um coro de murmúrios. Ele captou fragmentos: "...as pernas dentro d'água até os joelhos... atua sobre os rins... revulsivo... a secreção da urina..." Não ouviu mais nada, voltou-se, os velhos tinham mudado de lugar e um deles o olhava, como ressentido.

O relógio do passeio marcou a temperatura, piscou, marcou as horas. Vou aguentar mais um pouquinho, pensou o rapaz, não adianta comer tão cedo e depois ter fome na hora de dormir. Para distrair-se contou de novo os velhos: vinte e sete, incluído o que estalava os dedos. E a cada vez contava menos velhos. Ao entardecer a humanidade da praça, lentamente, ia sendo substituída por espécimes de múltipla bizarria, que se acomodavam nos bancos e deixavam o corpo escorregar, como na poltrona do cinema.

Não, não podia esperar mais, não aguentava, o ar que engolia parecia transportar minúsculas agulhas que se alojavam, pungentes, na parede do estômago. Chega de tortura, disse consigo. Atravessou a rua e entrou no Bar Nevada. Ocupou uma das mesas e à garçonete de avental manchado pediu um sanduíche e meia taça de café.

– Estou com um pouco de pressa – acrescentou.

Na mesa do fundo um casal se acariciava, na outra, mais próxima, um homem acabara de jantar e lia o jornal, enforquilhando os óculos na ponta do nariz. Na balcão, bebia chope um japonês.

Na Praça da Alfândega, ao anoitecer, os velhos vão-se embora. Despedem-se uns dos outros, partem vacilantes, curvados, ombreando a solidão nas costas murchas. Ele os via pelos grandes vidros do Bar Nevada e logo já não mais, encobertos pelo avental manchado. Com licença e a garçonete o serviu como quem despeja um prato na pia da cozinha. Ele ficou olhando, assombrado: aquele era o sanduíche da casa? Tão magrinho? Pensou em reclamar, devolver, mas... e as agulhinhas? De mais a mais era preciso ter humor para não sucumbir às agruras cotidianas. Por exemplo: comer lentamente, mastigando os sólidos até que se liquefizessem. Prevenia úlceras. E se não enchia o estômago, cansava a boca, o que vinha a dar na mesma.

Pôs-se a comer e viu entrar no bar uma senhora idosa, daquelas senhoras que se pintam como as coristas, tentando recobrar no espelho os encantos de um tempo morto. Usava roupas modernas, de cores afrontosas, e ao aproximar-se trouxe uma onda de perfume nauseante. Não, ele protestou com os olhos, não vá sentar-se aqui e já ela pedia licença, delicadamente, não tinha escolha entre os namorados abraçados, o homem que abria o jornal na mesa e o outro que, parcimonioso, ruminava o pão para cansar a boca.

– Moça, por favor – e pediu chá com torradas.

Ele mastigava e parava de mastigar, embrulhado com o perfume e a grossa maquiagem do rosto dela. No balcão o japonês ainda bebia, cabeça pendendo, quase a tocar na pequena pilha de bolachas de chope. Na mesa ao lado o homem dobrara o jornal e tomava um cafezinho. Os namorados tinham ido embora.

Quando a garçonete trouxe o chá, ele pediu a conta. Pagou e a moça parada ali, com o dinheiro na mão.

– Tá faltando.

A velha o olhou, o homem do jornal também. A garçonete ia falar, ele se antecipou:

— É tão pouco, outro dia eu pago.
— Tudo bem.
A velha abriu a bolsa.
— Quanto está faltando?
— Por favor – ele protestou.
— Faço questão, onde já se viu fazerem cara feia por tão pouca coisa?
— Eu não fiz cara feia – reagiu a moça –, eu disse tudo bem.
— Ela não fez cara feia, minha senhora, ela disse tudo bem.
— Ela disse tudo bem, mas fez cara feia, sim, imagine, aqui está, pronto, pode ficar com o troco.

A garçonete hesitou, mas acabou por aceitar, visivelmente enfurecida.

— Não precisava a senhora se incomodar – ele disse. – Enfim, muito obrigado, amanhã eu...

Não continuou. No dia seguinte não a encontraria. Se a encontrasse, dificilmente teria como pagá-la. E se tivesse, quem procura alguém para pagar o valor de uma caixa de fósforos? Sem saber se ia embora ou ficava um pouco para retribuir a gentileza, deu com os olhos no homem da mesa vizinha, que desviou os seus.

— O senhor aceita um chá?
— Não, obrigado.
— Não gosta?
— Não, não é isso.
— Tem pressa?
— Não, mas...
— Mas?
— Está bem – disse ele. – Faço-lhe companhia.
Ela sorriu.
— É bom ter companhia. Moça, mais um chá, sim? O senhor não gosta de chá? Não tem o hábito? Esta é uma das poucas casas do centro que ainda servem chá. Antigamente havia cafés, confeitarias, a Rua da Praia era bonita. Agora é isso que se sabe. De dia bancos, de noite os assaltantes.

— É a luta.

— O senhor acha? Mas no fim eles se entendem. De dia os ricos roubam dos pobres, de noite os pobres roubam dos ricos. E os do meio? Os do meio são roubados pelos dois, de noite e de dia.

Ele achou graça.

— Estou aborrecendo o senhor com essa conversa tola — tornou ela.

— Não, isso é importante, a sobrevivência, o dinheiro.

Ela esperou que a garçonete o servisse, depois perguntou, com um deliberado e simpático ar de espanto:

— Acha o dinheiro importante?

— É uma boa coisa para se gastar.

— Agora o senhor disse uma verdade. Bom para gastar. A vida é curta, precisamos gozá-la e o dinheiro facilita, não concorda?

— Completamente.

— Viver, não sobreviver...

— Sem dúvida.

— ...embora nem sempre consigamos viver como gostaríamos. Que pena.

— É verdade. Já se disse que ninguém vive tão intensamente quanto quer, só os toureiros.[17]

— Lindo. Quer outro chá?

— Se faz questão...

— Faço, sim.

Chamou de novo a moça, que se moveu detrás do balcão, agora sim, com acintosa má vontade.

— Mais dois chás, por favor — e o consultou: — Torradas?

— Torradas.

— Na manteiga — pediu.

A garçonete recolheu com maus modos a louça usada, ela sorriu mais com os olhos do que com os lábios, complacente.

— Quem é essa pessoa que falou sobre os toureiros?

— Um americano.

---

17. A personagem cita Hemingway. (N.E.)

— Seu amigo?

— Não... sim, de certa forma.

— Como é bom ter amigos inteligentes. Posso fazer uma pergunta? Qual é sua profissão?

Ele disse nenhuma.

— Não trabalha?

Trabalhava, claro, no que aparecia.

— Ah, isso tem suas vantagens. O senhor deve ter mil e uma habilidades.

— Não, não tenho — e negou também com a cabeça. — E é por isso que acabo não durando nos empregos.

— Desculpe — murmurou, logo sorriu. — Não leve a mal eu fazer perguntas, sou curiosa, sou mulher...

Ele não levava, tudo bem, e então ela quis saber mais, ele ia respondendo e se surpreendendo à vontade, a beberiçar o segundo chá e a recitar a ladainha de suas vicissitudes.

Era bom falar.

Contou que vendera a aliança que guardara do casamento, em seguida o relógio, os óculos de sombra, o radinho, e que começara a vender também as roupas. E que houvera um momento em que olhara ao redor de si e não vira mais nada que pudesse vender, pois ninguém comprava meias, sapatos gastos, cuecas, camisetas, e isso era tudo que deixara numa caixa de papelão, no guarda-malas da Estação Rodoviária.

— Tive de entregar o quarto. Três semanas sem pagar, a mulher fez um escândalo.

— Meu Deus, e onde o senhor está morando?

— Pobre não mora, cai no chão.

Era um gracejo, mas ela não riu.

— Não sei — o tom era inseguro, receoso —, não é tão pobre quem tem um corpo jovem.

Olhava para o resto do chá e mexia lentamente a colherzinha.

— Não posso ajudar — tornou, rouca. — Não tenho como lhe

arranjar emprego e vivo modestamente, com uma pensão tão pequena que o senhor não acreditaria. Mas possuo algumas joias, um dinheirinho no banco...

Falava baixo e continuava a mexer a colher. Suava no buço, no queixo, no pescoço, e o suor, misturado ao cosmético, fazia pensar que estivesse com pequenas manchas de graxa incolor.

– Falei por falar – disse ele, seco. – De qualquer maneira fico muito agradecido pelo gesto, e também pelo chá.

Ela nada disse.

– Se a senhora dá licença – e arredou a cadeira.

– Por favor – era quase uma súplica –, não vá embora.

Olhava-a, surpreso.

– Sei bem que o senhor nada pediu. Eu pensava em outra coisa – e animou-se –, sim, sim, eu posso pagar.

Voltou a falar nas joias, nas economias, insistindo em que era importante aproveitar a vida, fazer bom uso do dinheiro, e que podia confiar nele, pois ele era uma pessoa decente, isso se via, não era um marginal.

– A senhora quer pagar... a mim? – perguntou, cauteloso.

Ela abriu os olhos, como admirada ou decepcionada.

– Se fosse fácil explicar eu já teria explicado, mas não pensei que fosse tão difícil compreender.

Ele nada encontrou para dizer.

– Sou uma mulher sozinha – continuou. – Perdi meu marido há muitos anos e desde então... nunca tive oportunidade, tive medo, mas o senhor... hoje não estou com medo, eu... – e baixou os olhos – ...eu tenho certa idade, mas ainda sou saudável.

– Entendo – ele disse, ou ouviu sua voz dizer.

– Posso pagar.

O homem do jornal levantou-se. Teria escutado alguma coisa ou ao menos pressentido, pois ao passar fitou-os com desprezo.

– Talvez eu não seja a pessoa certa.

– Quer dizer atração, desejo?

— Isso também.

— Mas eu não lhe peço que sinta isso. Mesmo sem isso há maneiras de fazer um corpo sentir-se jovem... e feliz.

— Maneiras há.

Ela sacudiu a cabeça.

— Não é uma proposta imoral. O senhor precisa de ajuda e eu também.

Ele a olhava, notando o esforço que fazia para sorrir e ocultar o nervosismo, e então pensou que um dia, como todos, ela fora adolescente, tivera namorados, e que decerto muitas vezes, ao espelho, ruborizara ao se achar atraente e sedutora, pronta para o amor. O tempo a maltratara, mas ela não se entregava e era bonita, era muito bonita assim, lutando, não era como aqueles mortos-vivos da Praça da Alfândega, espectros humanos que se aposentavam do serviço público e da vida. Ele sim, parecia-se com os velhos, aceitando aquele sanduíche-anão e a inconstância dos empregos e a perda de seus objetos pessoais e a fome e ainda pensando, como acabara de pensar, que a sobrevivência era uma questão de humor. Filósofo das arábias. Morto-vivo. Ele e o japonês, aquele babaquara que agora dormia no balcão, derrotado e sozinho. Outro boi sentado.

— É uma proposta honesta — disse.

Ela chamou a garçonete, pagou a conta. Tomou um caderninho e arrancou uma folha. Com a mão trêmula, presa de uma agitação que nem de longe ele suspeitaria naquele corpo que julgava morto, escreveu um nome e um endereço.

— Quando — ele perguntou.

Ela se ergueu.

— Se não for incômodo, hoje.

— Mais tarde?

Tocou no braço dele com a mão úmida.

— Por favor, agora.

E deixou o Bar Nevada. No balcão a moça tentava, inutilmente, reanimar o japonês.

Restos de Gre-Nal

Com a perda do título, que em segundos escapara às nossas mãos, a direção resolveu fazer uma triagem no plantel. Deu no jornal que meu nome estava na lista e não acreditei. Mas estava e dias depois o supervisor me procurou, trazendo um representante do Bangu. Vida de boleiro é assim, vem e vai como folha no vento. Passei o apartamento ao Silva, que chegava, e fui para o hotel, a qualquer momento receberia a ordem de partir, que dependia de outros negócios dos cariocas com o Inter.

Marilu, quando soube, não pôde refrear seu desagrado e telefonou para falar mal do Rio, a cidade da malandragem, do crime, das tentações. E pediu para eu ficar. Negativo, eu disse, mas temos ainda uma semana e você pode vir aqui no hotel se despedir de mim, promete?

Prometeu e cumpriu.

Marilu trabalhava para mim desde a minha contratação, no meio do ano. Semanalmente, em dia certo, vinha com a sacola buscar a roupa suja. Era uma morena gorducha, simpática, minha fã número um. Passava por casada e era até meio pudica, mas tinha olhos cobiçosos. Eu lhe dera a chave do apartamento. Como chegava cedo, às vezes topava com minhas ereções matinais e eu fingia dormir para ver suas reações. Ela ia listando a roupa que eu deixava amontoada no chão e alternava espiadelas de um olhar arisco. As sobrancelhas se arqueavam, as narinas fremiam. Minha juventude e meu corpo rijo haviam de abrir seu apetite, abalar, quem sabe, sua incerta pudicícia. Era uma espécie de jogo, e agora, na despedida, eu pretendia jogá-lo até o fim.

Pedi aos porteiros que a deixassem subir. Fiz com que sentasse na cama e tomei sua mão. Disse-lhe que fora boa para mim, que eu ia sentir saudade e havia uma coisa importante que queria falar, ah, não sei se falo, posso? Que bom que você quer ouvir e então eu disse que ela era gegê – gordinha e gostosa –, uma tentação porto-alegrense, e que queria levar dela a melhor recordação que um homem podia ter de uma mulher. Marilu arregalava os olhos, mas quando enganchei a mão debaixo do vestido, deu um grito e levantou-se.

– Não posso, não é direito.

De um salto a agarrei, derrubando-a na cama e afinal, não sou mais o teu campeão? No começo a disputa era parelha. Às vezes ela sossegava, deixava que a apertasse "só um pouquinho", mas se, esgotado esse tempo, conseguia esquivar-se, custava-me reconquistar a posição perdida. Mas era uma fã, não era? Seus faniquitos foram escasseando e de repente fez ah e logo ai-ai-ai e ui-ui-ui e, numa agonia, jurou que eu continuava sendo o campeão dela. Orre.

Na manhã seguinte recebi um telefonema do Gigante[18], o negócio estava concluído. Pouco depois ligou do Rio o presidente do Bangu. À tarde fui marcar a passagem e, de volta ao hotel, na portaria, encontrei Marilu à minha espera. Estava bem tranchã com aquele que, imaginei, era seu melhor vestido, e trazia na mão uma valise que me fez estremecer.

– Gostou de me ver? Se quiseres que eu vá contigo eu vou – e mal podia falar de tão nervosa. – Largo tudo!

E agora, eu me perguntava. Depois de uma manhã tão promissora, com novas chances para minha vida e minha carreira, uma tarde aziaga, essa urucubaca. Não sabia o que fazer e lembrava um dia parecido, o do último Gre-Nal. Péssima lembrança. No comecinho fizemos um a zero, placar que já servia, e daí em diante só toque de bola, cozinhando o adversário, que terminou o primeiro tempo já de meia arriada, morto. Mas veio o segundo tempo e uma surpresa, o

---

18. Estádio José Pinheiro Borda, mais conhecido como Gigante da Beira-Rio, pertencente ao Sport Club Internacional, de Porto Alegre. (N.E.)

morto ressuscitando e nos encurralando, cheio de moral, e a rapaziada ali, vá pontapé, chutão, cotovelada, sem compreender direito o porquê dessa virada. Parecia um castigo.

Marilu percebeu que se iludira e seu olhar errou pelo saguão, como em busca de socorro. Por momentos desequilibrou-se e achei que ia cair. Tomei-a da cintura e a fiz sentar-se no sofá, preocupado com a bisbilhotice dos porteiros. O que eu mais temia era um escândalo às vésperas da apresentação ao novo clube.

– Você não pode magoar sua família – lembrei-me de dizer.

– Família? Que família? – e riu com amargura. – Ah, eu sabia, no fundo eu sabia que era muita felicidade para uma pobre lavadeira.

– Que é isso, Marilu? Você continua com o Silva e vai se dar bem com ele, é um paulista legal.

Ela choramingava, eu repetia que é isso, que é isso, e vendo que lhe tremiam os músculos da face, abracei-a, tentando acalmá-la. Ela me abraçou também e me beijou na boca, um beijo ansioso que aceitei de boca fechada e até com algum rancor. De relance vi que os porteiros riam.

– Que vergonha – disse ela com um fio de voz, sem que eu atinasse a que comportamento aludia, se ao meu ou ao seu.

Levantou-se, fungando, e rumou para a porta num passinho de esforçada dignidade. Por trás da vidraça a vi cruzar a rua, carregando a malinha. Que pena, pensava, que pena, mas pensava também que não precisava ter remorsos: se eu pisara na bola ao enredar sua vidinha, ela também pisara ao me dar aquele susto, e assim, no apito final, ninguém saía perdendo.

A caminho do elevador, sorri para os porteiros.

– Algum problema? – quis saber um deles.

– Nenhum – eu disse.

Mas começou a anoitecer em Porto Alegre e, sozinho naquele quarto provisório e impessoal, sem ninguém por mim e com a mala por fazer, as roupas sobre a cama e, na mesinha, o bilhete da passagem para um futuro incerto, mais do que sabia, eu sentia que o jogo com

Marilu tinha sido a última rodada do meu fracasso no Internacional e ia terminando como aquele Gre-Nal maldito: o empate cedido já no apagar das luzes e o adeus ao sonho de ser verdadeiramente um campeão.

Boleros de Julia Bioy

Era um Opala cor de café, sem placas, dois homens no banco dianteiro. Da janela eu via o automóvel a meia quadra do edifício, mas estava resolvido a endurecer comigo mesmo. Não ia descer. Tampouco ia ligar para Helena, perguntar se tudo ia bem. Ia esperar pacientemente, fazer café e ouvir a fita de Julia Bioy.

Na cozinha, pus a chaleira ao fogo.

Os carros com tripulantes, parados na minha rua, sempre me alarmavam. Às vezes eu descia, saía do edifício pela garagem, cuja porta dava para a avenida transversal. Ficava lá, mordendo as unhas, até que o carro fosse embora. A cada susto prometia mudar de vida e pensava em Helena, em como era importante ela mudar também.

Com o copo de café voltei à sala, assim chamada por ter duas poltronas e um aparelho de som, herdados do morador anterior. Sentei-me, repetindo que não ia descer, e liguei o gravador com a única fita que possuía, também herança do ex-morador. Fora gravada num cabaré de Buenos Aires, certa Julia Bioy cantando boleros.

Boleros e mais boleros numa voz rouca e nostálgica, suavemente trágica... os primeiros quase não ouvi, vá preocupação com o que podia acontecer lá na rua, mas, pouco a pouco, aqueles temas de amor infeliz foram encontrando um lugar em mim, avivando passadas amarguras e o último e modesto sonho, ao qual me apegava com obsessão: recomeçar a vida enquanto a tinha. Uma vida singela, quieta, que me reconciliasse com os encantos, com as pieguices dos dias suburbanos. Um chalezinho em Belém, petúnias para regar em tardes de calor e Helena – como nos idílios –, para amá-la entre as petúnias.

Eu a conheci numa reunião e a vi outras vezes em circunstâncias semelhantes, encontros rápidos, nervosos, mas convidativos o bastante para suscitar o desejo de renová-los. Depois houve o problema de segurança que causei, tentando encontrá-la, e tivemos ambos de sair de Porto Alegre. Quase um mês num hotel de Caxias, até que nos dessem novos endereços. Um conhecendo o outro fora das reuniões, da pressão das tarefas, saber, por exemplo, que Helena tinha sonhos como os meus, ouvi-la falar de seus medos, suas noites povoadas de ânsias, música de rádio e mosquitos. Adorava petúnias, claro, e estava farta da clandestinidade.

Em nossa última noite em Caxias lembrou um livro que lera em Buenos Aires, a história de uma mulher que se casara por conveniência, era infeliz, monotonamente infeliz, e sonhava com o amor, com a paixão furtiva que a incendiara em certa noite portenha, e um dia, cansada de sonhar e da vacuidade de seu mundo sem futuro, quis matar-se, sendo impedida por um tipo que, num primeiro instante, quase não reconheceu, um homem velho, acabado e feio, que afinal era o mesmo que nos últimos quarenta anos dormira com ela, seu marido, e só então pôde dar-se conta de que, também para ela, a louçania era só pó de memória e já nem podia despir-se para o amor sem envergonhar-se de seu corpo.[19]

Era um livro terrível, extraordinariamente humano, e Helena, emocionada, prometia não acomodar-se nem mesmo na antiacomodação em que vivíamos. Queria casar-se, queria morar nalgum lugar, ter um pouco dessa paz que os que nunca viveram no perigo costumam chamar mediocridade, e os mais exaltados, egoísmo.

Aquela noite em Caxias, eu a lembrava intensamente ao ouvir Julia Bioy e o lamentoso coro dos violões.

Nossas malas abertas, nossas roupas desfeitas no chão, a matéria de adeus que respirávamos e o vinho que ela bebia em minha boca, aquele vinho quase humano, generoso hóspede do cálice que perdoava tudo e em tudo acreditava – para que servem os lábios, senão para o

---

19. Referência ao conto *La última niebla*, da chilena Maria Luisa Bombal. (N.E.)

vinho e para os beijos? Helena não queria dormir, e na sacada, nua, esperava o amanhecer. Garantia: "Não me esquecerei da minha promessa". E dizia também: tenho frio, me abraça, me aperta, me faz carinho, nós nos lembraremos sempre de Caxias, e quando mudarmos nossas vidas brindaremos a este hotel, a esta madrugada, ao vinho e ao nosso sonho de amor numa sacada.

Ela foi para o Rio, eu voltei a Porto Alegre. Quando regressou, mais tarde, deram-lhe aquele encargo infame, o dia inteiro enclausurada. Era a nossa central de recados, nosso ponto de referência, nosso porto seguro. Fazia a ligação com o contato do comando e tudo passava por seu telefone, desde a convocação de reuniões importantes até o vale para a compra de meias. Não podia encontrar-se comigo, eu aceitava, tentava aceitar, mas os dias foram passando e as semanas e os meses... e Julia Bioy, desde um cabaré de Buenos Aires, confessava em meus ouvidos:

La última noche que pasé contigo
quisiera olvidarla pero no he podido.

Quis esquecê-la, reconheço, pois passou a me evitar. Falávamos assiduamente ao telefone, era minha obrigação dar sinal de vida, mas, se manifestava intenção de vê-la, não, era impossível, então eu não compreendia? Quando mataram Marighela em São Paulo ela se tornou mais arredia, nada dizia além do necessário e desligava sem ao menos despedir-se. Essas recusas me desconcertavam. Às vezes chegava a pensar que a odiava e sentia vergonha de meu papel ridículo em Caxias, falando em casamento, em chalés de subúrbio e, por favor, petúnias! Ficava imaginando que ela e o contato zombavam do meu sonho. Petúnias, diriam, e quase morreriam de rir.

Eu estava confuso.

Não, não era isso.

Era como se eu fosse o viajante do deserto que a certa altura quer voltar e suspeita de que o vento e as areias apagaram seu rastro.

Queria decidir, mas era preciso que tal decisão tivesse um sentido, uma direção, que em última instância era um compromisso com a felicidade. De que adiantava trocar medo por solidão?

Precisava ver Helena, de qualquer maneira precisava vê-la. Quis localizar seu endereço na lista telefônica, onde poderia constar com outro nome. Com uma régua isolava os prefixos e assinalava os iguais ao seu, para logo conferir o número inteiro. Mais de uma vez adormeci na poltrona com a lista nos braços, despertando com os olhos injetados, ardidos.

Tentei expedientes vários, estratagemas, passos detetivescos e outros métodos discretos que tinham sempre algo em comum: não davam certo. Era como esbarrar numa parede de concreto, e essa sensação de impotência, que me perseguia durante as buscas, tinha também seu componente de assombro: como eu pudera viver tanto tempo atrás dessa muralha?

O desespero me levou a procurar Eugênio, que fora meu colega no curso clássico e tinha funções junto ao comando. Confessei lisamente meus tormentos e Eugênio prometeu me auxiliar. Ela não quer te ver porque é perigoso, ele disse, está te protegendo, está apostando no futuro. Sim, eu disse, no futuro, quando formos dois velhinhos. Eugênio balançou a cabeça, vou te conseguir, ele disse, te prometo, mas o melhor para teu bem é esquecer tudo: nessa encrenca em que a gente se meteu o individual e o social não conciliam e é preciso tocar em frente, até o fim.

Como cantava a Bioy:

La última noche que pasé contigo
quisiera olvidarla por mi bién.

E eu cantava junto, com a voz embargada, ou talvez dormisse sonhando que cantava, pois despertei subitamente com o toque do telefone, tão estridente que parecia me lançar noutro mundo, noutra vida, desvairada e premente. E o Opala? O café estava pela metade, frio.

Era Helena.

— Eugênio caiu — e desligou.

Corri à janela. O carro estava lá, mas de seus ocupantes nem sinal. Abri a porta do apartamento e, não vendo ninguém, desci veloz e silenciosamente a escada. Do corredor lateral do térreo espiei a porta da rua e vi dois homens atrás dos grandes vidros, um deles com o dedo no porteiro eletrônico.

Passei à garagem, deitei-me para ver a rua pela fresta da porta à rés do chão. Havia um carro na calçada, um Volks Sedan azul, três homens junto dele. Não via os homens, não os via por inteiro, só as pernas e o para-choque do automóvel, a alça do capô. Retornei, ofegante, ao corredor. Os outros dois continuavam à porta do edifício e apertavam indiscriminadamente vários botões. Num impulso, e querendo acreditar que o zelador estava ausente, adiantei-me. Eles soquearam o vidro.

— Polícia — gritou o mais alto, de terno cinza e colarinho, mostrando um documento que não cheguei a ver.

Abri a porta, ouvindo pelo alto-falante do porteiro vozes de pessoas cujos apartamentos eles recém haviam chamado.

— Traz o Marco pra ficar com ele — disse o alto, e enquanto o outro se afastava, andando rapidamente pela calçada, indicou o corredor ao lado dos elevadores. — Onde é que vai dar?

— Na garagem.

— Fora a porta da frente, é a única saída?

— É, dá na outra rua.

— Espertinho — murmurou.

O segundo policial retornou com o que se chamava Marco e era ainda muito jovem.

— Vamos subir — disse o alto. — Você fica com o inspetor e não se afasta dele, certo?

O Inspetor Marco fechou a porta do edifício e sentou-se na mesa da portaria. Ofereceu-me um cigarro, que peguei com dificuldade.

— Nervoso?

— Polícia é polícia.

Aproximou o isqueiro aceso.

— Conhece os moradores todos?

— Mora muita gente aqui.

— E o do 28?

— O professor?

— Professor, é? — e riu.

— Se é ele, conheço. Sempre conversa comigo quando entra e sai. Vive entrando e saindo. Agora mesmo passou pra garagem.

— Ele desceu?

— Vi ele entrando na garagem.

— Agora?

— Agora não, quando eu vinha atender.

Abriu a porta, olhou a rua, tornou a fechá-la, visivelmente preocupado.

— Fique aqui — mandou, indo para o corredor. A meio caminho parou, voltou-se. — Por este lado é a única saída?

— É, dá na outra rua.

Encostou-se na parede, como disposto a esperar. Parecia mais tranquilo.

— Inspetor — chamei, a voz sumida. — Tem uma janela na garagem, mas é um pouco alta. Dá no terreno vizinho.

— Merda — ele reagiu. — Não saia dessa porta, tá entendendo? Se alguém passar por aí — e ergueu o dedo — te fodo com tua vida.

Ao entrar na garagem levava o revólver na mão. Dentro de um minuto ou menos saberia que não havia janela alguma. Abri a porta e saí. Ninguém à vista, ninguém que se interessasse por mim. Tomei a direção oposta à da avenida, em passadas largas, rápidas, sem correr. A distância que me separava da outra esquina, mais de cinquenta metros e menos de cem, parecia ter mais de mil e a percorri sem alterar o passo, sem olhar para trás. Quando finalmente a alcancei, lancei-me não a correr, mas num trote acelerado que me levou à segunda esquina e ao ponto do táxi. Não pensava em nada. Continha-me para não gritar.

Não pensava em nada e no entanto havia qualquer coisa em mim que subvertia o gosto da vitória. Um passo em falso? Um esquecimento? Andando por uma rua do centro, conferi o conteúdo dos meus bolsos: a carteira, uma caneta, a chave de uma caixa postal, não, não era isso, era um sentimento de urgência, insidioso, amargo, que se relacionava com Helena e ameaçava em ritornelo: não a terás, não a terás.

Na Rua da Praia, de uma engraxataria que alugava telefone, chamei Helena.

— Saí de casa.

— Tiveste visitas?

— Tive.

— Eu adivinhava. Problemas?

— Problemas, problemas, não.

— Tudo bem agora?

— Sim, mas eu gostaria...

— Está bem – cortou ela. – Me telefona dentro de uma hora e te cuida, sim? Olha que vou repetir: te cuida.

— Quero te ver.

Desligou. Tornei a chamá-la.

— Helena, eu te amo. Por favor, não desliga.

Não falou em seguida e ouvi ou pensei ouvir sua respiração.

— Me responde sim ou não – disse, por fim. – Estás acompanhado?

— Que pergunta! E o acompanhante não ia ficar numa outra linha te escutando? Estou na Rua da Praia, acredita.

— Em ti eu acredito.

— Helena, eu te amo. Se estivesse com alguém teria necessidade de dizer isso?

Não respondeu.

— Helena, estás ouvindo?

— Sim – era pouco mais do que um sussurro.

— Quero falar contigo sobre Belém.

— Belém Novo?

— Tem árvores lá, o rio, aquelas pedras enormes. Não gostas de Belém Novo?

— Ah — fez ela —, uma história de petúnias.

— Sim, petúnias, tens alguma coisa contra elas?

— Eu adoro petúnias, são tão delicadas.

— Vermelhas, azuis, brancas, lilases... gostas?

— Por que falar nisso agora?

— Porque chegou a hora. Vem comigo, te espero na frente do Ryan.[20]

— Mas eu não posso fazer isso. E os outros?

— Transfere a linha pro contato e ele que avise os outros. Não és insubstituível, ninguém é insubstituível, dá pra compreender?

— Me dá um tempo.

— Meia hora.

— Estás louco?

— Estou, completamente.

Silêncio.

— Helena.

— Sim?

— Queres terminar a vida como a mulher do livro?

Silêncio outra vez.

— O hotel, a sacada, era tudo brincadeira?

— Me ajuda — suplicou. — Me dá um tempo.

— Ou vens ou vou te buscar.

— Mas não sabes onde é...

— Sei, claro que sei. Eugênio me disse.

— Eugênio? Ele sabe? — e o tom era de alarma.

Não a terás, não a terás, recomeçava o estribilho.

— Cai fora — gritei.

— Sim, sim — ela disse. — Aconteça o que acontecer, quero que saibas...

— Não quero saber nada, cai fora — e desliguei.

---

20. Tradicional café da Rua da Praia, em Porto Alegre, que depois seria fechado. (N.E.)

Subi correndo a Rua da Praia, correndo atravessei a praça defronte à Santa Casa, onde tomei um carro. Em dez minutos, se tanto, entrava na sua rua.

— Devagar — pedi ao motorista.

A poucos metros do edifício vi o Opala cor de café, vazio. Adiante, o Sedan azul com dois homens. O do volante era Marco, que dizia qualquer coisa ao outro e gesticulava muito.

— Seguimos? — quis saber o motorista.

Seguir? Para onde? De repente não havia mais nada, exceto a certeza de que o sonho se acabara tão rapidamente como se acabam as petúnias, tombadas, murchas, antes do fim da estação.

Não, não era isso.

O sonho continuava e continuaria, mesmo depois da estação das flores, enquanto houvesse um violão e desgraças de amor: ele era outro bolero da fita de Julia Bioy, cujo último acorde, como um nó, trancava em minha garganta.

— Seguimos ou paramos? — insistiu o homem.

— Seguimos.

— Sempre em frente?

— Sempre em frente — eu disse. — Mesmo que a gente queira voltar, não pode.

— Não, não pode — assentiu o motorista. — Essa rua tem mão única.

Procura-se um amigo

Era um domingo à noite e a gente humilde da cidade convergia para a praça do Centro Cultural. Pelos passeios de saibro chegavam grupos ruidosos de rapazes, casais de namorados, homens solitários que às vezes paravam à beira do caminho e escrutavam o movimento no afã de uma companhia. Outros vinham com a família. Engraxates, sentados em suas caixas, observavam os passantes, e pelo hábito, olhavam primeiro os sapatos, depois quem trafegava em cima.

Pequena multidão, mais compacta, formava-se junto à porta do edifício, e eu também estava ali. Queria rever Daniel, parceiro de antigas noites boêmias na distante Porto Alegre. Daniel agora era um pintor de nome, o retratista da moda entre as bacanas. Dera no jornal que estava na cidade e compareceria àquela festa no Centro Cultural, e eu queria propor que, no seu retorno à capital, viajássemos juntos.

Chegaram os brigadianos, postaram-se uns ao longo da calçada, outros junto à porta. Pouco mais tarde, recebidas por um zunzum da multidão, as personalidades: cavalheiros engravatados que não olhavam para os lados, ou o faziam sobranceiros às nossas obscuras cabeças, damas de vestidos longos que pareciam causar inveja e temor às suas congêneres de rústica extração.

Uma mulher estava logo à minha frente, com o bebê. O marido era um gordo falastrão e por ele fiquei sabendo que um dos recém-chegados era o prefeito.

– Miau – fez o gordo em falsete, e explicou: em duas gestões, o homem comprara duas estâncias.

Atrás do prefeito vinha o poeta citadino, que no jornal de sábado dedicava versos às mães, aos astronautas americanos e ao Papai Noel. E o poeta nos lançava olhares complacentes, aqueles olhares que, decerto, reservam os poetas para seus leitores semanais.

O médico, de paletó branco e gravata-borboleta, foi outro que despertou certo alvoroço. Roubava nas consultas do instituto, ilustrou o gordo, e era metido a garanhão. Achei graça, ele me empurrou com o ombro.

– Tá rindo? Minha mulher só consulta na farmácia.

– Arcendino – protestou a mulher –, o que o moço vai pensar da gente?

O saguão do Centro já se enchia.

– Festança – comentei.

– O velho retouço dos graúdos. Se cai uma bomba em cima sobra só pé de chinelo que nem nós.

– Não é má ideia.

– Já pensou? A farra? – e me olhou. – O amigo não é daqui, certo?

– Sou, mas morava em Porto Alegre.

Quase não ouviu.

– Olha aquele de cabelo branco! Tá vendo? É o comandante da guarnição, amigo do Médici. Quando ele resmunga a cidade cai de joelhos.

– Arcendino – protestou de novo a mulher.

O comandante entrou no Centro, à frente de um pequeno cortejo de admiradores. Em seguida avistei Daniel. Ele também me viu e, rapidamente, voltou-se para a dama que o acompanhava. Mas eu já me adiantara.

– Daniel!

Ele passou, evitando a mão que lhe estendia.

– Daniel – insisti.

Um soldado se interpôs.

– Pra trás!

Não era a primeira vez, naqueles anos, que me acontecia ser ignorado ou repelido. Eu dizia compreender esses fatos deprimentes – derivações de uma circunstância que se impunha duramente à fraternidade entre as pessoas –, mas tal compreensão era uma farsa. Lançavam uma gosma ferruginosa ao teu redor e todo mundo se afastava, como se teu mal fosse contagioso e mortífero. Vestias a máscara da saúde, mas, por trás dela, teu ânimo era o de um doente terminal.

No saguão o movimento serenava, a festa, nos salões, estava começando. Arcendino me ofereceu um cigarro.

– Terminou a coisa – disse, algo decepcionado.

Acendemos nossos cigarros e ele propôs uma cerveja no bar da Rodoviária. Me ofereci para carregar o bebê e a mulher de bom grado aceitou.

– Pesadinho, não?

– É, nasceu com quatro quilos.

– Então é filho do pai dele.

O gordo riu, satisfeito.

No bar, pediu uma cerveja e três copos. Comentou o incidente com Daniel – quem sabe eu não me enganara –, lembrou um caso semelhante e, afinal, quis saber:

– O amigo faz o quê?

– No momento... nada.

Os dois se olharam e ele fez um gesto como a dizer que entendia, embora sua expressão denotasse o contrário.

– Antes trabalhava num jornal – acrescentei –, mas tive alguns problemas.

Os dois se olharam novamente.

– Saúde?

– Não, a saúde vai bem – e não escondi: – Foi a política.

– Não me diz que te prenderam.

– Duas vezes.

– Esses milicos... Olha só – disse à mulher –, mais um que eles atiraram na rua da amargura.

— Vai passar – eu disse. – Estou indo amanhã pra Porto Alegre e é quase certo que...

— Tenho um primo que também foi preso – interveio a mulher. – Pegaram ele com maconha.

Arcendino não gostou da comparação.

— Não é a mesma coisa, teu primo aquele é um cafajeste.

Contou a história do primo e outras mais, e já vazios os nossos copos me convidou para trabalhar com ele num setor do matadouro, onde havia um lugar de conferente. O gerente era do peito, assegurou, e para quem se dava bem com o lápis era canja, só rabiscar num papel quadriculado.

— Tem parente na cidade?

— Só a mãe.

— Então! Amanhã é segunda, por que não aparece? Matadouro dos Mallmann, depois da ponte. Um servicinho a preceito e tu ainda pode ficar perto da velha, dando uma assistência – e fez um gesto largo: – Mãe é mãe.

Eu quis dizer algo, mas o que disse não foi além de um murmúrio entrecortado. Ele pagou a cerveja e, já de pé, tirou a chupeta do filho.

— Dá tiau pro titio.

O bebê me olhava. Arcendino insistia, tiau pro titio, tiau pro titio.

— Ele não sabe dar tiau – disse a mulher.

— É um babaca – disse o gordo, e me cutucou com o braço. – Como é, vai aparecer? Garanto o lugar.

E era como se garantisse: vieste procurar um amigo e o encontraste.

— Vou – pude responder.

Café Paris

Ela veio ao hotel no começo da tarde e me esperava na saleta ao lado da portaria.

— Eu soube que tinhas chegado. Imagina, estamos na mesma cidade, um perto do outro, depois de tantos anos.

Ainda era bonita, certamente, mas estava um pouco envelhecida e trazia nos olhos, ou talvez na boca, certo traço que tornava seu rosto um tanto amargo. Ela também me examinava, decerto pensando coisas semelhantes: que eu estava meio gasto, com muitos cabelos brancos, que a musculatura dos meus braços já não era tão firme e meus dentes não eram os mesmos.

Perguntei se me acompanhava numa bebida e sugeri um martíni, sua predileção de moça. Não, não queria nada, e quando insisti ela disse que gostaria, sim, de tomar um martíni, ou diversos, mas nada tomaria. Riu-se.

— O que eu queria mesmo era subir lá no teu quarto, depois tomar um porre — e sorria ainda quando acrescentou: — O sonho é pra sonhar, não é? Quem sabe a gente toma um café nalgum lugar... um lugar discreto.

— Está bem — eu disse —, mas os lugares discretos de Porto Alegre eu acho que não conheço mais.

— Pode ser no Café Paris.

E me olhava de modo oblíquo, travesso. Os anos lhe haviam cobrado a conta exata, mas em muitas coisas ela continuava a mesma, certos gestos, certa maneira de me olhar, certo encanto que era só dela e que fazia renascer velhas e fortes emoções. Sentia-me feliz por isso, ou dir-se-ia vitorioso, como se me fitasse num espelho e me descobrisse inteiro depois de um sonho em que me despedaçara.

No caminho para a Azenha, que fizemos de táxi, contou-me que uma vez descobriu meu nome no guia telefônico de São Paulo. Fez uma chamada, atendeu uma voz de mulher e ela desligou. Mais tarde ligou de novo, atendeu um homem, mas a voz era outra, o jeito era outro.

– Nunca estive em São Paulo.

– Mas era teu nome.

– Nunca tive telefone.

– Claro, eu devia imaginar. Nem telefone, nem casa, nem carro, nem ao menos uma roupa bonita.

– Continuo pobre – eu disse.

Ela tocou na minha mão.

– Me preocupo tanto contigo... Às vezes penso que podes estar doente e sem ninguém pra te cuidar, penso nos botões das tuas camisas...

– Obrigado. E no meu coração?

Ela olhou pela janela do carro, como distraída, depois começou a falar no Café Paris, que era um lugar atraente, aconchegante, que lá a gente podia conversar, tomar um chá, e continuou falando de outras coisas, menos de uma, aquela que era o nosso maior segredo.

No Café, escolheu uma mesa de canto, protegida.

– Quem sabe um martíni – insisti.

– Não, eu preferia...

– Um martíni não vai te fazer chegar em casa com cheiro de quem se regalou.

– Vá lá, um martíni doce.

– Dois – pedi ao garçom.

Falamos um pouco de nossas vidas, não muito, e a conversa, que se anunciava fácil, talvez emocionante, ia se tornando difícil e forçada, como tropeçava e se espatifava ao chão e então era preciso buscar novos argumentos para erguê-la e mantê-la em pé. Recomeçávamos. E recomeçamos outras vezes até que, de repente, o silêncio como ocupou mais um lugar à mesa. Ela o afugentou com visível esforço:

— Laura vai fazer dez anos.

Então era esse o nome?

— Laura — eu disse.

— Gostas?

— Sim, é lindo.

— Uma vez me disseste que gostavas desse nome.

— É lindo.

— Olha — e abriu a bolsa —, te trouxe duas fotos, esta é recente, e nesta ela está com oito anos, foi no dia do aniversário.

Peguei as fotografias, minhas mãos tremiam.

— Não é bonita?

Ela parecia querer lembrar, com orgulho, que nós a fizéramos juntos, pedaço a pedaço, em tardes de um amor desesperado e louco, em quartos de hotéis obscuros, em horas contadas a suor e a arquejos e a suspiros de medo, e que trazia nos olhos...

— Viste os olhos?

...talvez, a beleza e o susto do fruto proibido.

— Esses olhos são os teus — murmurei.

No seu rosto se acentuou aquele traço amargo.

— Estou com um vazio no peito — eu disse —, mas é tão bom, é um sentimento tão amável...

Em silêncio, ela olhava para o cálice vazio.

— Não é como a gente sentia antes?

— Não sei.

— É exatamente como antes.

— Por que ficar lembrando? As coisas nunca voltam a ser como eram antes.

— Eu gostaria que voltassem.

— Ficaste louco?

Guardei as fotografias no bolso da camisa. Ela afastara a cortina e olhava para a rua.

— Quem sabe a gente toma um porre — sugeri.

Ela fez que não com a cabeça.

— Que outra coisa isso pode merecer, senão um porre?
— Eu tenho que ir.
— Mas é tão cedo...
— Não posso ficar mais.
Chamei o garçom, pedi mais dois martínis.
— Um – ela corrigiu.
Levantou-se.
— Vou à toalete, devo estar com uma cara de doente.
O garçom trouxe a bebida.
— Leve de volta, por favor – pedi. – Me traga uma cuba-libre, como nos velhos tempos.
O homem sorriu, fez uma pequena mesura e afastou-se. Ela retornava, mas não voltou a sentar-se.
— Pagas a despesa?
— Que pergunta.
— Por quê? Antigamente era eu quem pagava. Me deixas pagar?
— Claro, como nos velhos tempos.
Ela inclinou-se e me beijou no rosto.
— Guardaste as fotografias?
— Guardei, estão aqui.
— Vais olhar pra elas?
— Com toda a certeza. Vou olhar sempre.
— E cuida da tua saúde, eu me preocupo tanto, eu penso tanto...
— Vou cuidar, prometo.
— Olha, eu queria... – começou ela, mas emudeceu, balançou a cabeça e voltou-se e foi embora.
Acendi um cigarro, minhas mãos ainda tremiam.
— Sua cuba, senhor – disse o garçom.

A era do silício

Pouco importa quem era o homem e tampouco suas atividades. Era alguém que, cumprindo ordens, ia viajar – isso basta – e precisava concluir na agência bancária do aeroporto uma inadiável transação que, por imprevidência, não concluíra noutra hora e noutro lugar.

E isso também basta.

Após confirmar a passagem, foi ao banco e ali se deparou com uma extensa fila diante do balcão de um único caixa. Esperou pacientemente, a princípio, mas, vendo que o atendimento tardava, começou a inquietar-se. Quando faltavam escassos minutos para a última chamada aos passageiros, pediu auxílio a um funcionário.

– Esse serviço é só no caixa – disse o funcionário, atento à tela de seu computador.

– Mas não há tempo. Meu avião...

– No caixa – tornou a ouvir –, só no caixa.

– O senhor poderia me olhar, ao menos – disse o homem, e o funcionário o olhou, dir-se-ia com espanto, como se recém tivesse percebido que ele estava ali.

Voltou-se o homem e, adiantando-se à fila, abordou o sujeito grisalho que estava à frente dos demais. Explicou-lhe o que se passava, mas o outro, que em meio à explicação já negava com a cabeça, foi seco:

– Tem que entrar na fila.

– Apelo à sua compreensão, estou com muita pressa.

– Quem hoje em dia não está com pressa?

Refez seus passos, dirigindo-se à mesa da gerente, e na altura do pômulo seu rosto estremecia num tique. Como pudera descurar daquela providência? Sim, nas últimas semanas estivera mais no ar do que em terra, a serviço da firma, e tanto se extenuara que, à noite, mal conseguia dormir, mas a firma não tinha nada a ver com isso, a firma era a firma, com suas próprias e precisas leis de dar e receber, e ele sabia que, nesse estatuto, não havia lugar para a complacência.

– Estou em apuros – disse, em pé diante da grande mesa oval. – Dentro de minutos parte meu avião. Me ajude, por favor.

E referindo a transação que lhe urgia proceder, ouviu da mulher o que já lhe soava como aflitiva melopeia: não havia remédio senão entrar na fila e esperar a vez.

– Procure entender – insistiu, e as contrações faciais se acentuavam –, perder a passagem é o de menos. Se não me ajudar, minha viagem perde o sentido e perco eu muitas coisas mais.

A gerente, que até então mal o olhara e esmerava-se na conferência das tabelas que se sucediam em seu monitor, retirou as mãos do teclado e o fitou, impaciente.

– E aqueles que estão lá? Eles chegaram primeiro e cada qual tem seus problemas, suas urgências.

– Não quero prejudicar ninguém – disse ele, elevando ligeiramente a voz. – Estou pedindo que a senhora mesma me atenda.

– Eu? Mas não vê que estou ocupada, que tenho minhas obrigações? Peça o lugar a alguém da fila.

– Eu já pedi...

– Então – e fixou-se nas tabelas – não posso fazer nada.

– Mas isso é um absurdo!

Ela retrucou em tom baixo, metálico:

– Não me obrigue a chamar a segurança.

Por um momento o homem olhou, estupefato, para a mulher e para a máquina, como se não soubesse de qual delas tinha partido a ameaça. E retornou ao balcão. Transpirava, minúsculas gotas lhe perlavam no lábio superior, e em sua camisa manchas pardas se adensavam nas axilas.

Ponteava a fila um casal de namorados. Eram jovens, na plenitude de suas louçanias, conversavam aos cochichos, sorridentes, e o homem, esperançoso, pensou que aqueles moços, com a generosidade e o desprendimento próprios da juventude, haveriam de socorrê-lo.

Tocou no ombro do rapaz:

– Por favor, meu avião...

– Não – cortou o rapaz.

– Não?

O rapaz virou-lhe as costas, a namorada riu. Era a vez deles, o casal solicitou uma informação e, após recebê-la, passou por ele com ar de troça. O homem esteve a ponto de gritar. E ao recuar, com a perplexidade e o susto de um animal ferido, deu com o olhar ansioso daquele que agora era o primeiro da fila, um menino de bermudas que, no mesmo instante, fez-lhe um sinal, oferecendo-lhe o lugar.

O homem sentiu uma onda de calor que, subindo, apertou-lhe a garganta, mas antes que pudesse dizer qualquer coisa foi chamado ao caixa. Finda a operação, quis agradecer convenientemente ao seu pequeno benfeitor e então pôde constatar, pela eloquência gestual, pôde constatar, com um baque no coração, que se tratava de um surdo-mudo. "Meu Deus", murmurou o homem, e com os espasmos de quem resiste às instâncias da emoção, abraçou o menino e o beijou, certo de que tivera o privilégio e a fortuna de encontrar, numa hora de angústia, um dos raros indivíduos de uma espécie em extinção, aquela que ainda conservava, no fragor do mundo contemporâneo, a doce humanidade das criaturas.

Já se retirava quando viu a mulher, de sua mesa oval, distinguir-lhe com um meio-sorriso. Ele entreparou, surpreso. Como ela se atrevia a compartilhar de algo para o qual não concorrera? E aquele esgar era um sorriso? Os traços que deveriam sugerir a descabida cumplicidade sugeriam, antes, o lastimoso ríctus da amargura. E uma parte sua, a mesma que se comovera tão intensamente e ainda reinava, em seu coração, sobre a corte dos ressentimentos, compadeceu-se daquela mulher. Ela tinha razão ao dizer "não posso fazer nada", como teria também se dissesse, como Ulisses a Polifemo, "meu nome é ninguém". Ela era apenas um dígito no universo binário da entidade que a controlava, desde os esconsos de um longínquo *mainframe*. Ela e todos que ali trabalhavam. E para consolidar a excelência de seus serviços, para obstar mensagens de erro ou de obsolescência que os expusessem às razias da tecla punitiva, já renegavam seus sentidos, já não reconheciam sentimentos, já eram soldados da era do silício e até prefeririam que lhes substituíssem as células nervosas por plaquetas de transistores, diodos e circuitos integrados. Já não eram integralmente humanos e, ao invés de algozes, eles também eram as vítimas, marchando como marcham os bois de canga, a pontaços de picana. E assim o sujeito grisalho, assim o casal de namorados, que igualmente tinham perdido a capacidade de ouvir, como ouvira aquele surdo-mudo.

E eu, perguntou-se o homem, serei como eles?

Mas pouco a pouco ia dessorando sua emoção, como se o sangue que lhe estuara começasse a coagular. Estava atrasado, pressionado ele também, em nome da eficiência, e já não tinha tempo nem valor para buscar respostas.

Sonhar com serras

A porta do elevador fechou-se às suas costas e ele viu um corredor sombrio, de paredes cinzentas que teriam sido brancas. Sucediam-se umas quantas portas e foi passando por elas, à procura daquela cujo número indicava o papel que trazia na mão. Era a penúltima, abrindo-se para uma saleta com cadeiras de plástico e metal.

Já uma moça estava ali.

Ele entrou e foi sentar-se na cadeira abaixo da janela. Na saleta não havia mesa de centro, não havia revistas, jornais ou quadros nas paredes, apenas as cadeiras e, pendendo do teto, um pequeno lustre enferrujado. O edifício vizinho obstruía parcialmente a luz natural e embora a tarde recém fosse começar a lâmpada estava acesa.

— Está funcionando a casa?

— Está – disse a moça, como assustando-se.

Uma porta interna, então fechada, fazia a comunicação da saleta com outras dependências. Era uma porta maciça com moldura de ferro e dali provinham vozes abafadas.

— Demoram pra atender?

— Não sei. Acho que não.

Notou que ela estava inquieta, sobressaltando-se a cada estrondo dos elevadores, e ele mesmo também se inquietava, estremecia e novamente estremeceu, pouco depois, quando a porta de ferro se abriu. Um homem idoso se retirava. Atrás dele assomou um tipo retaco, melenudo, de traços indiáticos e idade indefinida, que trazia na cintura um coldre vazio.

— O próximo.

A moça ergueu-se e entrou.

Vendo-se sozinho, o homem acercou-se da janela, defrontando-se com o paredão do edifício ao lado. Seu olhar desviou-se da opressiva muralha e, pelo escasso vão entre os dois prédios, foi dar num terceiro, do qual avistava parte do terraço. As amuradas estavam enegrecidas de fuligem e havia muita sujeira à volta da casinhola do elevador, papéis velhos, tiras de plástico, restos de embalagens e caixotes destroçados. O lixo, ele pensou, e debruçando-se à janela, esticando-se perigosamente, pôde ver além, e acima de outros terraços parecidos, uma nesga do rio, a ponte, um barco no canal, e mais longe ainda, na linha do horizonte, o campo, matos esparsos, contornos imprecisos de serras – um sonho mineral que pairava, inalcançável, sobre os pesadelos da cidade.

A moça foi atendida e retirou-se com pressa, sem olhar para os lados. Suas faces estavam rubras.

– O senhor – disse o índio.

Passou à outra sala.

Aquele que poderia atenuar ou talvez adiar suas dificuldades era um sujeito gordo e calvo, escarranchado atrás de uma escrivaninha onde havia uma calculadora, uma pequena pedra retangular e uma balança de precisão. Usava óculos de lentes grossas que apequenavam seus olhos vivos e escuros, e acabara de almoçar, decerto, pois tinha os lábios gordurosos e, no inferior, uma plaqueta de verdura. Cumprimentou-o em tom neutro e indicou a cadeira à frente da mesa. O índio desapareceu atrás de um tabique.

O homem tirou do bolso um diminuto estojo e abriu-o na mesa. Era uma corrente dourada, com um *pendentif* em forma de coração. O gordo, após examiná-la, colocou-a sobre a pedra. Apanhou na gaveta um frasco, e com um pino de vidro deitou duas gotas sobre a correntinha e seu pingente. O outro lhe seguia os movimentos e viu que as gotículas começavam a ferver e a adquirir uma coloração esverdeada.

– Desculpe – disse o gordo –, é bijuteria.

– Bijuteria? – e ante a confirmação, insistiu: – Quer dizer que não é ouro?

O gordo o olhava e tamborilava com os dedos na mesa.

– Me venderam como ouro... ouro espanhol...

– Bijuteria. Desculpe.

Ele passou a mão na testa úmida, o canto de seus lábios repuxou-se num tique. O gordo continuava a tamborilar e olhava para a aliança que o visitante trazia no anular da mão esquerda.

– Bonita joia.

O homem retraiu as mãos ao regaço e por momentos ficou imóvel, presa de sentimentos que se entremostravam em lampejos do olhar. Desfez-se, porém, da aliança, pondo-a na mesa.

– Quanto daria por ela?

Dispensando a operação do ácido, o gordo levou-a à balança, contrapondo um peso que logo foi substituído por outro maior.

– Três gramas.

– E isso...?

O comerciante fez a oferta.

– Mas é tão pouco – disse o homem.

– Se quiser tentar noutro lugar...

– Não, não. Está bem.

Ouviu ruídos atrás do tabique, e o índio, que por certo escutara a conversa, apareceu com o dinheiro.

– Obrigado – ele disse, e guardou a correntinha.

Na rua, junto à porta do edifício, esperava-o uma mulher.

– Conseguiste? – ela perguntou, tomando-lhe o braço.

Não respondeu e a compeliu com suavidade, fazendo-a andar.

– Não me tortura. Conseguiste?

– Consegui.

– Ah, que bom – fez ela –, que alívio! Eu sinto tanto pelo meu *pendentif*... Mas agora a gente pode ficar em paz, ao menos por uns dias.

Ele nada disse. Seus lábios tremiam, mas dominava-se, e à falta de outro conforto ia pensando, como quem pensa em Deus, naquelas serras distantes que vira da janela.

Uma voz do passado

Toca o telefone.
– Alô? – atende o homem, despertando.
Silêncio.
– Quem é?
Silêncio ainda.
– Que é isso? Brincadeira?
– Alô – voz feminina.
– Sim, alô. E daí?
Outro silêncio.
– Vais continuar brincando?
– Não estou brincando...
– Não? Ótimo. Quem fala?
– Uma amiga.
– E ela não tem nome?
– Não.
– Então é assim? Me telefonas tarde da noite, me acordas e não vais dizer teu nome?
Silêncio.
– Me conheces desde quando?
– Ah, faz tempo...
– Quanto tempo?
– Desde... ai, desde quando eu tinha dezesseis anos.
– Verdade? – e o homem, que estava deitado, senta-se e liga a lâmpada. – Que idade tens agora?
– Ah, isso não importa.

— Claro que importa. Estou tentando te identificar, não é?
— Pra quê?
— Como *pra quê*? Isso é um trote?
— Não, claro que não.
— Então vamos começar de novo. Onde foi que nos conhecemos?
— Se te disser, descobres.
— Mas... por que me ligaste, se não queres que eu descubra? Pra me torturar?
— Não, eu não seria capaz. Ainda mais contigo...
— Por que *ainda mais* comigo?
— Não dá pra desconfiar?
— Não! Não dá! Me conheces de Porto Alegre?
— Não.
— Santa Maria?
— Não.
— Uruguaiana?
Silêncio.
— Uruguaiana? Agora é pra valer: responde ou desligo.
— Uruguaiana.
— Custou, hein? E estás telefonando de Uruguaiana?
— Não. De Porto Alegre.
— Mas foi em Uruguaiana que me conheceste.
— Foi. Não moraste lá? No Hotel Glória?
— Morei.
— Pois então... Foi lá.
— E aí nós continuamos nos vendo etc. etc.
— A última vez que te vi... foi na estação, em Uruguaiana.
— Na estação?
— Estação do trem, no dia em que foste embora. Me disseram no hotel que embarcavas à tardinha, no *Pampeiro*, e então fui lá te olhar.
— *Pampeiro*, isso mesmo, aquele trem... Mas não falaste comigo?
— É que... já não havia nada entre nós.
— Então quer dizer que, antes, houve qualquer coisa?

– *Qualquer coisa?*
– Desculpa. Eu quis dizer...
– Houve.
– Mirta?
– Ai, eu sinto tanto por te lembrares de outra...
– Vânia?
– Que crueldade.
O homem, com surpresa, sentiu o coração acelerar.
– Mariana?
Silêncio.
– Mariana?

E como num filme antigo de que guardasse, sobretudo, uma saudade comovida, pôde rever a mocinha de cabelos e olhos negros, traços ciganos, que todas as tardes aparecia no hotel com uma cestinha, oferecendo pasteizinhos com recheio de creme. Era bonita, tinha pernas e seios desejáveis e ele costumava divertir-se à custa dela, fazendo-lhe juras de amor na presença de outros hóspedes. Habituara-se àqueles gracejos e sentia tanto prazer em fazê-los que se aborrecia quando ela não vinha.

Um dia, tendo notado que ela o olhava mais do que o necessário e que tremiam suas mãos ao lhe entregar as moedinhas do troco, pôs um bilhete na cestinha, dizendo que a esperava no quarto. Ela não subiu. Por uma semana desapareceu, mas, ao voltar, era tão evidente sua perturbação, tão amoroso seu olhar, que ele escreveu outro bilhete.

E ela subiu.

Continuou comprando pasteizinhos e a gracejar, como se nada tivesse acontecido, e ela continuou olhando-o – uma meiguice e uma candura que lhe davam remorsos –, continuou tremendo, certamente amando-o. E num dia qualquer, no *Pampeiro*, ele deixou a cidade e nunca mais a viu.

Agora, ouvindo-lhe a voz, lembrava-se dela como de um pecado que fosse, ao mesmo tempo, tão doce quanto sem perdão.

– Mariana – disse, e pensou, sem querer pensar, que se passara já uma eternidade e logo faria trinta e sete anos. – Tanto tempo...

— Ai, demais. Eu sempre quis te procurar.
— Mas não me procuraste.
— A vida.
— *A vida*?
— Não estavas casado?
— Estava. Me separei faz pouco.
— Eu sei. Sei até onde moravas. Passei muitas vezes na frente da tua casa, queria te ver e nunca consegui.
— E tu? Casaste?
— Não vale a pena falar nisso. Eu só queria...
Silêncio.
— Mariana?
— Sim?
— Por que me telefonaste?
— Porque sim.
— Só isso, *porque sim*?
— Se te dissesse outras coisas, ririas de mim.
— Por que eu faria isso?
— Lá em Uruguaiana estavas sempre rindo...
— Lá em Uruguaiana eu era um cretino!
— Não, não eras, mas estavas sempre rindo.
— Não sou mais assim. Não vou rir. Diz.
— Pra quê? Não, não vou dizer, não quero.
— Queres, sim, foi por isso que telefonaste. É alguma coisa com sentimento?
— E podia não ser?
— Pronto. Agora ficou fácil, é só dizer.
— Tu já disseste.
— Não, eu só defini o assunto. Vai, diz.
— É isso mesmo... sentimento...
— Me amavas?
— É... eu te amava... ai, meu Deus, como eu te amava... eu...
Um soluço.

– Mariana...

Silêncio.

– Mariana, escuta...

– E tu?

– Eu?

– Chegaste a me amar?

– Eu... bem, eu... eu sempre tive um carinho muito grande por ti... aquilo que eu percebia que sentias por mim...

E começava a pensar, como se uma parte sua, quase morta, irrompesse de um quadrante sombrio, começava a pensar, não sem certo horror, que jamais a esquecera e que também jamais soubera compreender aquilo que um dia sentira por ela. E se perguntava, com emoção, se de fato não a teria amado.

Amara a inocência dela, isso era certo.

E amara aquele corpo intocado, cuja branda geografia agora renascia em sua lembrança com o calor de uma febre. Aqueles montes sedosos que arfavam e suas grimpas eriçadas, o estreito da cintura a fletir em amenos quadris peninsulares e então aquela ínsula secreta, que tinha sede de mastros e descobrimentos, que esperara dezesseis anos para encontrar ali, naquele quarto do Hotel Glória, naquela cama – naquela caravela de lençóis amarfanhados –, seu primeiro *insulanus*, seu grande almirante, seu genovês, seu Cristóvão Colombo.

E o que mais teria amado?

– ...olha, pode ser, sim, que tenha te amado... mas não sabia. Eu era muito avoado, muito volúvel.

– Isso eu sei. Aquela Vânia...

– Mas se a gente se encontrasse outra vez...

– Isso não.

– Por que não?

– Porque não dá.

– Mas não poderíamos conversar?

– Por telefone, quem sabe.

– Por telefone? Ora, não brinca!

— Não estou brincando. Ai, preciso desligar.

— Estás brincando, sim. Não percebes que te ouvir, depois de tantos anos... saber que estás tão perto, que és uma menina ainda com teus vinte e quatro, vinte e cinco aninhos... Olha, eu estou sentindo uma coisa estranha. Tenho quase certeza de que te amei sem saber.

— E logo me esqueceste.

— Eu nunca te esqueci e se a gente se encontrasse...

— Agora vou ter que desligar. Eu só queria dizer...

— Já disseste, não basta.

— Se puder, telefono.

— Estamos no telefone, vamos falar agora, vamos combinar...

— Mas eu já disse, não dá, simplesmente não dá...

— Como *não dá*? Por que *não dá*?

— Ai, meu Deus, preciso desligar, estou falando da casa de outra pessoa.

— Que pessoa?

— Outra pessoa. Eu só queria dizer...

— Não, isso não se faz. Espera.

— ...que nesses anos todos...

— Mariana, escuta, estou com vontade de chorar, tá? Olha só, já estou chorando... Isso é vingança?

— Não, não, como podes pensar... ai, não posso falar mais...

— Espera! Pensa bem, Mariana: por que tu achas que eu comprava os pasteizinhos? Eu nem gosto de pastel, eu só comprava pra ver se voltavas, eu...

— Se noutra noite eu puder... – ela disse. – ...se eu puder...

E desligou.

— Mariana – o homem gritou, erguendo-se.

E manteve o fone ao ouvido, esse homem, esperando um milagre, e por fim desligou também e ficou olhando, perplexo, as paredes nuas de seu quarto – aqueles anos perdidos –, sentindo-se pungir por todas as perguntas que não teriam resposta se não tornasse a ouvir aquela voz.

Danúbio Azul

Depois do almoço ele lê os classificados do jornal. É um velho sonho, um piano para Luíza, que em sua juventude pinicava valsinhas no Fritz Dobbert do avô. Há oito anos lê os classificados e os pianos cada vez mais caros, uma pouca vergonha. Pede um lápis, anota um telefone.

— Segunda vou ligar.
— É Fritz Dobbert?
— Não diz.
— Nem quanto custa?
— São espertos...
— Devia ser obrigatório pôr o preço – diz ela, recolhendo os pratos.
— Nesse país nada é obrigatório.

Luíza para na porta da cozinha, bandeja na mão.
— Por favor, não fala de política na frente das crianças.

O marido de Luíza toma um cafezinho e lembra às meninas que está na hora de nanar. Elas sabem que, no sábado, a sesta é uma lei da casa, mas sempre se arrenegam. O pai se enfuna:
— Cama!

Elas passam, uma a uma, e vão-se acomodando em suas caminhas de beliche. Luíza costuma reclamar quando seu marido fala duro com as filhas, mas agora parece não ouvir. Chega à janela, sonhadora, ajeita a mecha de cabelo que caiu na testa. Examina as mãos e morde um fiapinho da cutícula.

Ele é o primeiro a dormir. Dorme profundamente, ronca, no

quarto ao lado as meninas ressonam. Luíza não. Ela olha para o teto, às vezes espia o marido e acha que seu descanso está mais demorado do que noutros sábados. Encosta-se nele. O homem resmunga, pisca.

– Hein?

– Não falei.

Nota que ele está meio jururu e o abraça, deixando escorregar, por gosto, a alça do sutiã. Pouco a pouco o rosto dele se desanuvia. Passa a mão nos quadris da mulher, de início como distraído, ausente, logo mais animado, tentando despi-la.

– Deixa que eu tiro – diz Luíza.

Não chega a fazê-lo. No outro quarto, um objeto cai e rola pelo chão.

– Será que já acordaram?

Levanta-se, vai olhar. As meninas dormem, mas o sono da caçula é agitado: derrubou o vasinho do bidê. Luíza toca na testa dela, não, febre não é. Recolhe o vaso. Da janela, vê nos fundos do edifício, no *playground*, uma garota a beijar o namorado. Encosta a cabeça na vidraça, suspira.

Ao voltar, encontra o marido outra vez com cara de segunda-feira. Ela também sente qualquer coisa dolorosa, uma tristeza vaga, um misto de saudade e desânimo. Ah, o tempo em que tocava piano, quando era mocinha e vestia seu melhor vestido e trançava o cabelo e se perfumava para esperar o professor, um italiano de costeletas e penteado a la tyrone, dono de um repertório inesgotável de valsas e galanteios. Ai, o *Danúbio Azul*! E aqueles olhos suplicantes fitos nos seus, e aquelas mãos fortes e suaves a passear no teclado, como titilando as notas mais secretas de seu corpo...

Ambos estão calados, pensativos, mas não por muito tempo. Um choro e agora é o pai que vai olhar.

– Não ralha com elas.

– Não vou ralhar.

A pequeninha quer ir ao banheiro. Pega-a no colo e a leva, mas não sabe como ajudá-la. Retorna ao quarto.

– Cocô – adivinha Luíza.
– Ela não sabe se limpar?
– Saber, sabe, mas não faz direito. Tem que lavar.
Trocam. Ele se deita, ela se levanta. Minutos depois está de volta.
– Pronto.
Traz as mãos úmidas, frias, acabou de lavá-las. Aquece-as entre as pernas, ao mesmo tempo em que se aconchega ao corpo do marido. Vê que ele está olhando o relógio.
– Que foi?
– O Rudi.
– O Rudi?
– Ele ficou de trazer um atestado pra eu entregar lá no serviço.
– Que horas ele vem?
– Não sei, não disse.
Logo hoje, ela pensa. E já vai tirando a roupa, na urgência de salvar o sábado. Antes que venha outro cocô. Antes que venha o Rudi. Antes que venha a nostalgia das valsas de Viena.

Domingo no parque

Enquanto Luíza não termina de pôr a criançada a jeito, ele confere o dinheiro que separou e o prende num clipe. Tudo em ordem para o grande dia. Passa a mão na bolsa das merendas e se apresenta na porta do quarto.

– Tá na hora, pessoal.

– Já vai, já vai – diz a mulher.

Mariana quer levar o bruxo de pano, Marta não consegue afivelar a sandalinha, Marietinha quer fazer xixi e Luíza se multiplica em torno delas.

– Espero vocês lá embaixo.

Luíza se volta.

– Por favor, vamos descer todos juntos.

Todos juntos, como uma família, papai e mamãe de braços dados à frente do pequeno cortejo de meninas de tranças.

Chama um carro – o passeio de táxi também faz parte do domingo. As meninas vão com a mãe no banco de trás. Na frente, ele espicha as pernas, recosta a nuca, que conforto um automóvel e o chofer não é como o do ônibus, mudo e mal-humorado, e até puxa conversa.

– Dia bonito, não?

– Pelo menos isso.

– É, a vida tá dureza...

Dureza é apelido e do Alto Petrópolis ao Bom Fim viajam nesse tom, tom de domingo e na sua opinião não é verdade que esse país já tá com a vela?

Na calçada, Luíza lhe passa o braço e comenta que o choferzinho era meio corredor. Ele concorda e acha também que era meio comunista.

E caminham.

Nas vitrinas do Bom Fim vão olhando os ternos de sala, as mesinhas de centro, os quartos que sonham comprar um dia. Luíza se encanta com um abajur dourado, que lindo, ficaria tão bem ao lado da poltrona azul. E caminham. As garotinhas de mãos dadas e o pai e a mãe troteando atrás, contentes, como se as semanas vencidas e as vincendas não passassem de um sonho mau e cada coisa de suas vidas estivesse em seu lugar, bem ajustada, bem sentada, como aquele abajur ao lado da poltrona azul.

Atravessam a avenida e ali está, verde e cheiroso, o Parque da Redenção. As garotinhas correm e já vão brincando de pegar, buliçosas, risonhas, e até Luíza, na Redenção, fica um pouco bonita. Os olhos dela se movem mais rapidamente, as mãos se umedecem e as faces recobram nuanças juvenis.

Papai compra passes para o carrossel e acomoda a meninada. Fora do cercado uns quantos casais admiram seus filhos, como se agarram, não caem, como são lindos e gorduchinhos e a vovó ia gostar tanto de ver. Os recém-chegados se orgulham também dos seus, como rodam e rodam, dão gritinhos de prazer e nervosas risadinhas. Luíza se ergue na ponta dos pés, saltita, ele vislumbra o peito no decote e gaba suas estremeções de gelatina. Encosta-se nela com súbita volúpia, mas o carrossel dá a última volta e Luíza precisa correr, Marietinha já vem pendurada no pescoço do cavalinho.

Hora da merenda.

Mamãe faz uma distribuição criteriosa de sanduíches, copinhos, guardanapos. Comem. Conversam sobre as maravilhas do parque e viste como estão caros os churros uruguaios?[21] Mariana vai pegar o último sanduíche e Marta avança.

---

21. Massa frita, de forma alongada, com recheio de doce de leite, um quitute que em Porto Alegre, geralmente, é vendido nas ruas. A receita provém do Uruguai. (N.E.)

– É meu.

– Não, é meu.

E se empurram e já choramingam, mas Luíza fala na roda-gigante, ficam todas louquinhas e lá se vão mastigando mortadela e interjeições.

Das alturas, entre as copas das grandes árvores, Luíza chama:

– Meu bem, aqui!

Ele abana. E as meninas chamam:

– Pai, pai!

Abana também, e se finge que se assusta à passagem de seus bancos voadores, quase se finam de tanto rir.

Comem pipocas, amendoim torrado, percorrem alamedas de arbustos e namorados, brincam de esconde-esconde no Recanto Chinês e andam todos no trenzinho – é uma pintura quando ele vai costeando o lago, vendo-se de cima os barquinhos de pedal.

Começa a escurecer e eles vão retornando pelos caminhos da Redenção, vão chegando perto da avenida e do corredor dos ônibus. E vão ficando sérios, intimidados sem saber por quê.

Na parada, agrupam-se e pouco ou nada falam, até que veem assomar no corredor, roncando, soltando fumaça negra, o dragão de lata.

– Qual é aquele – pergunta Luíza. – Alto Petrópolis?

Ele aperta os olhos.

– Acho que é.

Mas não é. E por instantes eles ficam se olhando, sorrindo, querendo acreditar que o domingo ainda não terminou.

Um dia de glória

Na manhã em que vieram entregar o roupeiro novo, Luíza não sabia o que fazer com os carregadores. Ofereceu cafezinho e copos de refresco, cheia de gratidão, como se deles proviesse o bem que a redimia de tão longa espera. Agora o roupeiro estava ali, no lugar daquela geringonça que a vexava, obrigando-a a encostar a porta do quarto quando recebia visitas. Suas roupas e também as do marido estavam sobre a cama e antes de guardá-las sentou-se para admirar a maravilha. Tinha espaço para todo o vestuário da família, prateleiras, gavetas, calceiras, e ainda a parte superior para os cobertores, as colchas e as toalhas. Meu Deus, ela murmurou, certa de que aquele era um dos dias mais felizes de sua vida.

No fim da manhã chegaram as meninas da escola e Luíza as recebeu com um sorriso iluminado.

— Surpresa! Supresa!

Ajudou-as a tirar as mochilinhas e as levou ao quarto. Elas não a decepcionaram, saudando a novidade com o alvoroço de suas exclamações gasguitas. Escolheram as respectivas prateleiras e depois do almoço, gorjeando como pardoquinhas, começaram a arrumar as roupas. Luíza já guardara as do casal e as orientava e auxiliava e às vezes suspirava, com os olhos marejados.

O marido de Luíza chegou ao cair da noite, cansado como sempre, mas ansioso.

— Veio?

— É lindo, um sonho...

Desde o ano anterior ele vinha pondo de lado, mensalmente,

uma pequena quantia, e a cada vez que subia seu capital, descobria, consternado, que também tinha subido o preço do roupeiro. Esperava fazer a compra em alguns meses, mas levara mais de ano correndo atrás do preço e só pudera alcançá-lo à custa de sacrifícios que, naquele instante, não queria lembrar.

No quarto, estranhou, desde logo, o resto da mobília. Sua cama parecia agora a cama de um albergue, as cortinas, farrapos sujos, e a própria parede, com manchas conhecidas de umidade, mostrava outras que ele nunca tinha visto. Mas o roupeiro... E a mulher e as meninas o olhavam. Ele abriu as portas uma a uma, as gavetas, examinou os puxadores e as porcas que os prendiam por dentro, bateu com o nó do dedo na madeira e passou a mão na superfície envernizada.

– Beleza pura – disse.

Luíza, sem poder conter-se, bateu palmas, e as meninas se abraçaram à cintura do pai. Que dia! Sentaram-se todos na cama e Luíza fez questão de contar, tintim por tintim, sua aventura matutina, desde a chegada dos carregadores até o momento em que se despediram – um deles, por sinal, muito interessado no guarda-roupa velho, que jazia desmontado na área de serviço.

A janta naquela noite foi frugal, mas ninguém reclamou. Depois as meninas foram ver televisão e o casal ficou a relembrar o quanto havia custado, verdadeiramente, aquele dia de glória. A mão do homem estava sobre a mesa, a caçar farelinhos de pão, e a mulher pôs a sua sobre a dele.

•

As crianças já dormiam. Luíza e o marido, na cama, tinham deixado a luz acesa e olhavam para o roupeiro novo com orgulho, reverência e um receio incerto. Quando apagaram a luz, bem mais tarde do que costumavam, o roupeiro resplandecia na penumbra, como envolto numa aura.

– Que coisa – disse Luíza –, dá até uma vontade de rezar, não dá?

– Dá – ele disse.

Formosa ex-pintinha

Vão de automóvel. Queria levá-la e então inventou que hoje o trânsito vai ser uma loucura e é melhor que te leve, que é que custa. Precisava estar com ela um pouco, tendo-a só para si e sendo só dela.

Vão costeando o rio.

Em Porto Alegre, para quem vem da zona sul e vai ao centro, há um caminho mais curto, via Teresópolis, mas pela orla do Guaíba a viagem é serena, dá para ir cismando, trocando umas palavrinhas e é isso que ele quer.

– Então, primeiro dia...

– Pois é – faz ela.

E ele não continua. Tinha planejado tudo, palavra por palavra, mas agora se envergonha do discurso e viaja em silêncio, circunspecto, absorto.

Quando ela era criança, pintinha arrepiada e feia, sabia como falar, olha, cuidado isso, cuidado aquilo, e às vezes nem era necessário falar, um muxoxo resolvia, um resmungo, um olhar de viés. Mas hoje... e então a vê de relance, como é linda e que peitos, parece mentira que um dia mudei suas fraldas.

E passam pelo Jockey, sobem e descem a Lomba do Asseio e já se aproximam do Parque da Marinha, metade do caminho e ele tenta continuar:

– Um dia importante.

Ela olha para o lado e ali vai um sedã com dois jovens que olham para ela.

— Ouviste o que eu disse?
— Hein?
O outro carro já se afasta e ele ergue a voz:
— Eu disse que hoje é um dia importante.
— Eu sei que é importante, pai.
— É o começo!
— Claro, paizinho, eu sei que é o começo.

Sabe tudo, é? Pois não sabe, não pode saber. E pensa: só eu sei. O começo do fim. E não consegue expressar-se porque, afinal, isso não é coisa que se expresse. Sente-se, só isso, e já basta para ser insuportável.

O começo do fim.

É quando os filhos, pouco a pouco, vão-se afastando dos pais. É o sinal mais evidente de que cresceram e se desconfortam nas proporções do ninho. Os rapazes ainda marcam passo, querendo provar ao mundo que venceram a guerra das espinhas, mas as moças logo põem-se a namorar a sério e a pensar em casamento. Ao menos antes era assim, no tempo das donzelas. E vamos que ainda seja, imagine, pode chegar um mangolão de bigode e até querer que ela pare de estudar. Que vá costurar e fazer o rango dele. Não, isso nunca, eu mato esse desgraçado. Não pode parar de estudar. E também não quero um de bigode.

E cisma e cisma, sério como um ganso, e se assusta ao ver que estão chegando.

— Olha, isso de primeiro dia... — ia fazer um remendo e se arrepende.

Ela retoca os lábios, olhando-se num espelhinho que é a tampa de um pequeno estojo.

— Primeiro dia? De novo?

Engole em seco. E enquanto manobra para estacionar, pergunta, quase pede:

— Queres que eu venha te buscar?
— Era só o que faltava.
— Posso dar um jeito.

— Não, pai. E também não precisa ficar assim, com essa cara de enterro. Qual é o problema? O primeiro dia?

— Não, que nada – diz ele. – Te esperamos – e acrescenta: – Eu, a mãe, a vó.

Ela vai descer.

— Vão me esperar?

— Em nossa casa.

— Que foi que eu fiz?

— Como *que foi que eu fiz*?

— Francamente, pai...

Ele nada diz.

— É preocupação comigo?

Agarra firme o volante, olhando em frente.

— É isso?

— Preocupação? Ora...

Ela o beija.

— E aí, paizão, contente?

— Muito.

— Vai dar tudo certo.

— Certíssimo.

— Um dia vou desenhar uma casa pra ti.

— Eu sei que vai, tenho certeza.

Abana, sorridente, abana outra vez e lá se vai, campante, a formosa ex-pintinha. Ele reprime um soluço e fica ali parado, olhos fechados, para um último hausto do cheirinho que ela deixou no ar e um dia levará para o aconchego de outro ninho.

O silêncio

A mulher virou-se na cama e tocou no ombro do marido. Aquilo não bastou para despertá-lo e ela insistiu, apertando-lhe o braço.
– Que é – fez ele, sem mover-se.
– Ouviste?
– Não.
– Um barulho.
– Barulho?
– Parece na sala.
– É a chuva – disse ele, ajeitando a cabeça no travesseiro.
– Não, a chuva não é.

Ele suspirou, completamente acordado. Sentou-se à beira da cama e, com os pés, procurou os chinelos. Não acendeu a luz. Ficou imóvel, à escuta, até ouvir pequenos ruídos que, de fato, pareciam vir da sala.

Levantou-se.

– Leva o revólver – recomendou a mulher. – E ilumina a sala, sempre é bom mostrar que tem gente em casa.

Ele pegou a arma na prateleira do roupeiro, debaixo das camisas. Atravessou um pequeno corredor e parou na entrada da sala. A escuridão só não era completa porque as cortinas da janela coavam reflexos leitosos da claridade da rua. Ele deu um passo, apoiando-se na mesa, e ouviu nitidamente uns quantos estalidos na porta da frente, que dava para o pequeno jardim. Como se alguém estivesse encostado na madeira, forçando-a.

"Santo Deus", disse consigo o homem.

Caía uma chuva fina e nalgum lugar ao redor da casa repenicava um pingo d'água com irritante regularidade.

Era o momento de acender a luz, mas não se animou. E se fosse um assaltante? Para alcançar o interruptor precisava aproximar-se da porta, correndo o risco de receber um tiro quando a fímbria luminosa se revelasse na soleira. A não ser que atirasse primeiro – uma loucura, e ele não era propenso a tais violências. De resto, podia ser um gato, um cão ou até um menino de rua, como tantos que via na vizinhança, à noite, dormindo sob as marquises das lojas.

Ainda hesitava quando ouviu – pois não chegou a ver – o trinco movimentar-se e a porta estalar, empurrada contra o marco. Não era um engano, um mero susto, sua casa, para não fugir à regra dos novos tempos, estava sendo assaltada. Chegara a sua vez.

Ele já ouvira muitas histórias de assaltos, como é corrente nas grandes cidades, e sempre se perguntava como reagiria se tivesse de passar por essa indesejável experiência. Agora sabia a resposta – ao menos em parte, já que a porta não cedia. Tinha medo, muito medo, o revólver tremia em sua mão, e tinha frio e bagas de suor a escorrer das axilas. Ao mesmo tempo, ou talvez pouco depois, viu-se dominado por um sentimento de revolta, que abominava as fragilidades da ordem pública e o fazia odiar aquele desconhecido que se atrevia a profanar o último reduto da privacidade de um homem. Foi esse ódio que o levou a engatilhar a arma.

Pé atrás de pé, foi-se acercando. Quase não respirava, pois sua respiração soava mais alto do que a chuva e até do que aquele pingo que não parava de pingar. Estava tão perto da porta que teve a impressão de ouvir outra respiração. Os ruídos haviam cessado e ele quase gritou ao pensar que, naquele duelo de pulmões, o outro tinha percebido sua presença e podia estar com a arma apontada para a porta.

Firmou o dedo no gatilho.

Ou atirava ou saía dali.

O homem que ele era, ou se esforçava para ser, baixou o revólver e moveu-se para o lado. À altura de seu peito fosforescia a chave de luz e ele resolveu seguir o conselho da mulher.

A súbita visão da sala o ofuscou e ele permaneceu rente à parede, hirto. Nada ouvia, exceto a chuva, que agora dava mais forte, tamborilando nas calhas, cascateando pelos condutores. Passaram-se alguns minutos, e como nada acontecesse, desengatilhou a arma: quem quer que tivesse estado lá fora, decerto não estava mais. Ouviu a voz da mulher, chamando-o. E aquele nome que era o seu, ouvido entre as paredes de uma casa que era a sua, transmitiu-lhe uma confortável sensação de segurança.

– Já vou – disse, alto.

Ela também ligara a luz e estava sentada na cama, com o rosário entre os dedos.

– Te chamei três vezes.

– Não ouvi.

– O que era, afinal?

– Não sei.

– Mas parou, não parou?

– Parou – e não quis contar que tinham mexido no trinco. – Acho que foi o vento.

– Vento não, não tinha vento.

Pegou um cobertor na parte superior do roupeiro.

– Fico um pouco no sofá, por via das dúvidas. Mas não te preocupa, não é nada.

Guardou o revólver e foi deitar-se na sala. Não apagou a luz. Esfriara bastante durante a madrugada. Cobriu-se e ficou olhando para a porta da rua. Era uma porta bonita, examinava-a parte por parte, suas almofadas, os pinázios que as uniam, suas travessas, seus alizares, e considerava que, além de bonita, era forte o bastante para protegê-lo desses perigos ou simples incômodos que costumam rondar os prédios residenciais.

A chuva amainara, convertendo-se, pouco a pouco, numa incerta garoa. Calou-se o bulício das calhas, e se o pingo teimoso ainda resistia, era à distância, como se fosse noutra casa. E veio cobrir aquela parte da cidade, como um poncho negro, a matéria espessa de que se fazem os silêncios.

Na manhã seguinte, a mulher o acordou.

– Passaste frio, não? Estavas encolhido.

– Mas dormi bem. Só me dói um pouco a nuca.

– Vem tomar café – disse ela, entrando na cozinha.

Ao levantar-se, viu que doíam outras partes do corpo, mas, maior do que esses males passageiros, era o prazer que sentia por ter dormido bem e estar com apetite. O café estava servido. Além do pão e da margarina, havia bolo de milho, presunto e aquela geleia de damasco de que tanto gostava.

– Que noite, hein?

– Adivinha o que era o barulho – disse a mulher.

– Nem imagino.

– Tenta.

– Um gato.

– Não.

– Um cachorro.

– Também não. Fiquei com tanta pena quando vi hoje de manhã...

Ele olhou para a mulher e logo desviou o olhar.

– Se não te importas – disse, baixo –, prefiro não saber.

Um aceno na garoa

Não creio que a tivesse visto antes. Era uma rua sossegada depois das dez da noite e se chegasse à janela facilmente a notaria, encolhida num portal ou andando para espantar o frio. Mas era possível, sim, que tivesse estado ali naquelas semanas todas. Eu pouco olhava à janela e depois das dez quase nunca, com aquele tempo feio.

Segunda-feira e eu acabava de chegar da rua, mais um dia procurando emprego em vão. Pendurei a roupa úmida no porta-toalha do banheiro e vesti o abrigo cinza que era também o meu pijama. Preparava um café para me aquecer e então a vi lá na calçada, rente à parede para proteger-se da garoa. Vinha um homem de capote e ela se adiantou. O homem passou de cabeça baixa, deteve-se na esquina como a orientar-se, logo tornou a andar e perdeu-se na sombra. Pouco depois outro homem desceu a rua. Ela o interceptou e na chama do fósforo vi seus cabelos longos e escuros, os olhos sombreados, a boca de carmim. Mas o segundo homem acendeu-lhe o cigarro e também se foi.

O café tomei sem açúcar, à noite não adoçava para economizar, do pãozinho comi só a metade. Deitei-me, até me felicitei por poder fazê-lo sob um cobertor, numa noite como aquela, e de repente um grito ali na rua, como debaixo da janela. Um grito esganiçado e fui espiar, cheio de medo e de presságios. Havia um carro parado, e um homem, na calçada, torcia o braço da mulher.

Abri a janela e o chamei:

– Ei, amigo.

Ele entrou no automóvel, me insultou e foi embora. A mulher pôs-se a juntar alguns objetos.

— Tudo bem?

— Tudo bem – e riu. – O cachorro ia me tomando uns pilas.

A voz não combinava com a figura que eu pudera entrever no lume do fósforo. Renovei um pensamento anterior, de quando estivera a observá-la: agradava-me uma companhia naquela noite, agradava-me ter uma mulher e acreditava que não lhe faria mal algum recolher-se a um lugar mais aquecido, se estava sem clientes e, na rua deserta, sujeita a violências.

— Vens tomar café comigo?

Acabava de fechar a bolsa.

— Café?

— Cai bem com um tempo desses.

Olhou para os lados, não vinha ninguém.

— Como é que eu entro?

Lancei a chave do edifício e fui esperá-la à minha porta. Era uma menina, com uma incrível pintura para dissimular os traços da idade.

— Tá bom aqui dentro, meus dedos estão duros.

Acendi o fogareiro, ela sentou-se na poltrona ao lado da mesa.

— Forte ou fraco?

— Bem forte. Quer que eu faça?

— Tá quase.

Conservava a bolsa no regaço.

— Tu mora sozinho, não é?

— Dá pra notar?

— Essa sujeira toda... não é chato? Eu não gosto de ficar sozinha, começo a suar.

— Açúcar?

Fez que não e assim era melhor, só me restava um pacotinho para meia dúzia de manhãs. Que ano penoso. Três meses sem trabalho e até os amigos me evitavam, para não ter de contribuir com dinheiro e fianças. Mas isso era o de menos. O pior era pensar, como pensava então, que aqueles poucos homens eram todos os homens e que entre eles – tão distantes uns dos outros se achavam, cada qual com sua angústia de viver – já se rompiam os velhos e malcuidados fios da ternura humana.

Bebemos em silêncio. Dei-lhe um cigarro, ela fumava, me olhava e ria, e a última fumaça me soprou no rosto.

– Acho que já vou.

Mas não se moveu. Apagou o cigarro e, com a bagana, ficou remexendo na cinza.

– Preciso trabalhar.

– É cedo.

Concordou rapidamente. Levantou-se, passou a mão nos vidros embaciados.

– Hoje é um dia parado, posso ficar até qualquer hora.

Eu nada disse, ela se aproximou com ares que, decerto, julgava sedutores. Ia falar, começou a tossir e logo um acesso a interrompeu de vez.

– Tá feio isso. Não tomaste um xarope?

Já tossia novamente. Em casa nada tinha para dar-lhe, mas na semana anterior eu mesmo estivera com tosse e me arranjara.

– Vou te curar.

Fui ao corredor do edifício, retornando em seguida.

– Que é isso?

– Samambaia. A vizinha tem uma ali na porta.

– Não é veneno?

– Veneno é essa tosse.

Liguei de novo o fogareiro.

– Quem te ensinou que faz bem?

– Uma velha.

– Ah – fez ela.

Deixei o fogareiro aceso, por causa do frio que entrara pela porta.

– Toma, bebe que é bom.

Bebeu o chá com golinhos curtos, ruidosos, reclamando do "gosto horrível". Cruzou a bolsa a tiracolo e veio sentar-se nas minhas pernas. Queria me fazer agrados, me abraçava e me beijava repetidas vezes, a boquinha fria e a ponta do nariz mais ainda.

— Essa não – erguendo-se –, tu é brocha?

Eu disse que sim e ela sacudiu a cabeça, penalizada.

— Doença venérea?

— Não, é de nascença.

Voltou à poltrona.

— Que azar. Então não ganho o meu dinheirinho?

— E de onde eu tiro?

— Não tem nada?

— Estou desempregado.

— Se avisasse eu não subia, não é?

— E o café?

— Ora, o café... Tu é malandro, sabe? Traz a mulher pro quarto e não tem dinheiro. Mas tem o cafezinho, o chazinho...

— Acha que fiz isso?

— Acho.

Apaguei o fogareiro.

— Tá me mandando embora?

— De modo algum. Estou economizando o querosene.

Andou de novo até a janela, espiou a rua.

— Mora muita gente nesse edifício?

— Bastante.

— Imagina se começo a gritar que nem uma louca.

— Não quero nem pensar.

Deu um grito igual ao que dera na rua, e eu, morando ali a título precário, pois estava em curso uma ação de despejo, já antevia as dificuldades que no dia seguinte teria com a síndica, uma velhota que morava dois andares acima e me detestava, sem que nunca lhe tivesse feito mal algum.

— Não tem medo do administrador?

— Tenho.

Desfez-se afinal da bolsa e sentou-se aos meus pés, queixo nos meus joelhos.

– Qualquer coisa, diz que eu faço.

Fiz com que se afastasse e abri a gaveta onde guardava o envelope com o dinheiro da comida.

– Metade pra cada um.

Ela contou.

– Bah, que mixaria – e guardou no bolso do casaquinho. – Mas eu topo. Que quer fazer?

– Nada.

– Como *nada*?

– Se quer ir embora, pode ir. Se quer dormir aqui, a poltrona se abre e dá uma cama.

– Não quer trepar?

– Não.

– Só porque eu gritei?

– Não.

– Que foi que eu fiz então?

– Nada. Não quero, só isso. Já esqueceu que sou brocha de nascença?

– Não quer me chupar? Conheço um velho que só chupa e fica todo satisfeito.

– Todo satisfeito? Como é isso?

– Satisfeito, assim... Mas ele é brocha por causa da idade, teu caso é diferente.

– Claro.

– Vai me chupar?

– Não.

– Credo! Não tem tesão nenhuma?

– Escuta aqui – eu disse –, é tarde e preciso levantar bem cedo.

– Vai procurar emprego?

– Isso mesmo.

— Tá bem, vou embora.

Pegou a bolsa, e eu precisava descer junto para fechar a porta do edifício. No corredor, apoiou-se no meu braço.

— Posso fazer uma pergunta... íntima?

— À vontade.

— Tu é brocha mesmo?

— Cem por cento.

— Não acredito. Pra mim tu é um mentiroso sem-vergonha.

Descíamos a escada no escuro. A velhota do terceiro andar costumava ficar acordada até tarde e com aqueles gritos todos era certo que estivesse de plantão.

— Tu é malandro... Não quer trepar comigo porque sou de menor.

— De menor? No duro? Não tinha reparado.

Ela bruscamente retirou o braço, encostou-se na parede da escada.

— Sou pobre, posso até ser feia e tenho um dente preto, mas nunca ninguém fez pouco caso assim de mim.

Olhava-a sem ver, na escuridão.

— Tá certo que tu me ajudou — e já fungava —, mas depois fica aí me esnobando, como se eu fosse uma aleijada. Eu não subi pra te pedir esmola.

E agora, pensei, que pedirá? Na parede defronte, cansado, me recriminava por tê-la chamado ao apartamento. Como se já não bastassem meus problemas e a falta de alguém a quem, na adversidade, pudesse chamar de amigo, ainda me abalançava a dar abrigo a uma vigaristinha.

Ela ainda chorava quando as luzes do edifício se acenderam e no topo da escada apareceu a síndica. Fitou-nos, abriu a boca num esgar de escândalo e foi-se. A garota me olhou, assustada.

— Que bruxa.

Dei uma risada, ela começou a rir também e quando a porta bateu com força no terceiro andar achamos uma graça imensa.

— Tô perdido — eu disse.

Ela continuava rindo e acrescentei:

– Sem casa, sem dinheiro, com um embrulhinho de açúcar e a metade de um pãozinho...

– Pobre homem... Meio pãozinho?

– E um naco de marmelada.

– Que horror.

A luz da escada se apagou. Ela parou de rir e no escuro procurou minha mão, pondo-a entre as pernas.

– Ai, tô tão excitada.

– Vamos subir.

– Não, aqui.

Encostada na parede, com um pé no degrau de cima, ela se pendurou no meu pescoço. Tinha um jeito estranho de amar. Um pouco ria, outro chorava, eu não sabia se aquilo era verdade e não me animava a afirmar que fingia.

Depois, na calçada, me fez um carinho na orelha e me deu um beijo estalado.

– Não quer dormir na poltrona?

– Não, ainda vou trabalhar.

Disse também tiau, a gente se encontra, e atravessou a rua, puxando o casaquinho sobre a cabeça.

Subi. Eram quase duas horas, talvez mais. Estendi o cobertor e ao deitar ouvi a garota chamar lá fora:

– Tu aí em cima!

Cheguei à janela. As luzes da rua dessoravam na névoa, formando redutos luminosos que não se comunicavam. No mesmo lugar em que a vira pela primeira vez, ela me acenava. Levantei o vidro.

– Tu de novo, dente preto?

– Quer que eu volte amanhã?

– Não, não quero – e fiz um sinal para que não falasse tão alto.

– Mas eu volto – baixando a voz. – Na mesma hora, tá? Vou trazer açúcar, pó de café, bolinho de polvilho, tenho uma porção de coisas no meu quarto.

— Não precisa trazer nada.

— Precisa sim. E se a bruxa velha te botar na rua, tu pode ficar lá comigo o tempo que quiser.

Ventava um pouco, pequenas rajadas vinham dar na minha janela, com respingos de garoa.

— Te amo – eu disse.

Ela bateu com o pezinho no chão.

— Tô falando sério!

— Eu também – eu disse.

Madrugada

A mulher terminou de banhar a criança, com água de uma lata aquecida ao fogareiro. De fraldas não dispunha, usou um pano que servia de toalha e que, na véspera, lavara umas quantas vezes. Vestiu-a com o macacãozinho azul e a mantilha rasgada, mas limpa, que pertencera aos outros filhos. A criança a olhava com olhos muito abertos, quieta, ela desviou os seus e fez um gesto brusco de cabeça, como a espantar um inseto teimoso ou um pensamento zumbidor.

Na mesma lata amornou a mamadeira, resto de leite engrossado com farinha, e abancada num cepo com a criança ao colo, à chama de uma vela que trocava as sombras de lugar, olhava outras sombras rasteiras, imóveis, os corpos adormecidos dos filhos maiores e do homem que viera morar ali e agora era o seu homem – o anterior, pai do caçula, um dia saíra para jogar minisnooker e não voltara.

Madrugada.

Apagou a vela, arredou o compensado que era a porta e saiu, aconchegando o menininho ao peito. Andou por vielas malcheirosas, espremidas entre valas de detritos, atravessou a lezíria onde jazia uma ossada de cavalo e, com os pés enlameados, foi dar numa rua de cascalho, onde havia uma placa. Ali quedou à espera, na companhia de uma mulher idosa e de um jovem que, um pouco afastado, fumava.

A velha se aproximou para ver o bebê, mas estava muito escuro.

– Riquinho... Já mamou?

– Já – disse a mulher.

– Criança sempre tem fome – e olhando para o rapaz, que se afastara mais ainda e sentara-se nos calcanhares: – Olha a magreza dele.

Um cão latiu, outros cães latiram e ouviu-se ao longe, muito longe, algo que era ou podia ser um áspero mugido. Das valas e do lameirão vinham emanações de amoníaco e matéria orgânica decomposta.

— Os velhos não têm tanta fome assim.

— É — fez a mulher.

— Mas eu, que não sou boba, tomei um bom café. Vou longe, levo uma lembrancinha pro meu neto lá em Viamão. E tu?

— Eu?

— Aonde vais com esse jesusinho?

E ao erguer a mão para colher a mantilha, colheu o vazio: a mãe dera um passo atrás.

— Eu só queria olhar...

— Ele tá dormindo, pode acordar.

A velha andou um pouco, esfregando as mãos, e disse ao rapaz:

— E tu, filhote? Vais ao centro?

— Não enche.

Ela voltou-se para a mulher:

— Viu só? Num dia como hoje! Que mundo!

A outra nada disse, a velha calou-se. Em algum lugar uma porta bateu e alguém gritou. E sobre aqueles viventes sem nome e sem história, sobre os tetos de zinco, amianto e papelão, sobre os escoadouros mefíticos, sobre a lezíria e seus miasmas fibrilantes, sobre a miséria e todos os desesperos, sobre a escuridão, reinava a lua com seu cetro de prata.

●

Desembarcaram no abrigo da Praça Parobé e logo a mulher subia uma das ladeiras que conduzem ao largo defronte à Santa Casa. Escuro ainda, quase nulo o movimento de pedestres e automóveis. Uma vitrina, granida de excremento de mosca, ainda conservava as luzes acesas e a decoração das últimas semanas: arranjos de mercadorias entre globos policromos e flocos de algodão. Ao lado, no único bar aberto naquela redondeza, a garçonete, ao balcão, contava moedinhas, e numa mesa ao fundo cabeceava sobre o copo um Papai Noel embriagado. Sob o viaduto, dormiam mendigos enrolados em mantas pardas de sujeira. A tenda de revistas estava fechada e pelas suas paredes laterais, cobertas de cartazes, escorriam gotas do suor da noite.

A mulher passou por ali e desceu a avenida. Nas esquinas, parava, olhava e tornava a andar. Adiante, parou outra vez. Um quase sorriso, era a rua onde morava a senhora tão bonita que, um dia antes, dera-lhe dinheiro e o macacãozinho azul.

Noite ainda.

Olhou em torno, vigilante, um olhar que compreendia as calçadas cinzentas, os gradeados negros de sereno, as janelas de postigos cegos, as portas ornadas de sinos e guirlandas, as extremosas e os ciprestes feericamente enlaçados de cordões de luzes e os pequenos jardins que arfavam ao derradeiro frescor da noite. A rua estava deserta. Abriu o portão e entrou. No alpendre, ajoelhando-se, deitou o filho no capacho, dobrando várias vezes a ponta da mantilha para que não viesse a rolar na laje dura. Descobriu-lhe o rosto e o beijou, murmurando palavras que alguém, se ouvisse, não compreenderia. A criança se contraiu num ligeiro espasmo, ela a ninou com um cicio e, vendo-a sossegar, levantou-se e saiu.

Não foi embora.

Permaneceu, à distância, oculta no portal de um edifício, olhos fitos no alpendre, do qual via apenas a fraca lâmpada pendurada, e dali só se moveu, aos saltos e como transtornada, para afugentar um gato que se aproximara do portão.

Ela esperava.

A lua, então, já resignara o reino vil que escondia as chagas da cidade, e grassavam já as labaredas que haveriam de mostrá-las, clareando o dia da cristandade. E ela esperava. E ela esperou. E depois de muito esperar, ao ver que se apagava a lâmpada do alpendre, ao ouvir que se abria a porta da casa e logo uma exclamação, sentou-se no degrau e seu corpo magro se sacudiu num soluço contido.

No tempo do Trio Los Panchos

Com o negócio formalizado, prazos de parte a parte estipulados, escasseavam os pretextos e mesmo assim, naquele dia chuvoso, ele voltou à ruazinha suburbana. Passou em frente da casa e andou até a esquina, sem se importar com a chuva fina que não cessava. E fez mais uma passada e parou diante da casa. O que ia dizer? Que ia tirar a medida das cortinas?

Espirrou, tornou a espirrar, molhado, e os pingos agora eram mais grossos, pesados. Abriu o portão do jardim, entrou, ouvindo o tilintar do algeroz ao redor da chaminé, a água rolando nas calhas e descendo pelos condutores. Subiu os três degraus do alpendre e deteve-se no último. Ia dizer uma bobagem, claro, não havia motivo sério que pudesse justificar tantas visitas.

Queria rever algumas coisas, disse, desculpasse o incômodo, não ia demorar, e ela o fitou, indecisa, a voz difícil: Miguel viajara, só voltava no domingo à noite.

— Eu sei, mas não queria esperar. Não gostaria.

Ela o fitava ainda, olhos muito abertos, o senhor está encharcado, e então pediu que entrasse, por favor sentasse, e mandou a criada pendurar a gabardina no vestíbulo. Cruzou as pernas no sofá defronte e o que, exatamente, ele desejava ver de novo? No joelho dela havia uma pequena arranhadura. Ver de novo? Ah, sim, o pé-direito do quarto, a janela do banheiro.

— Não se importa de esperar um pouquinho?

O sorriso era incerto, vago. Porque a criada estava arrumando, um minutinho só, não, não tem importância, espero, e olhava as pernas dela, via os pontinhos dos pelos recém-raspados e detinha-se nos pés, os dedinhos finos e compridos despontando das sandálias. Ela descruzou as pernas, reuniu os joelhos, não aceitava um cafezinho? Está esfriando e ainda essa chuva...

Sim, a chuva, ele pensou, vendo-a levantar-se, e notou que num canto da sala havia um balde, e acima, no forro de lambris, uma goteira. Já observara que a cumeeira estava em mau estado e que, assim como o telhado, outras e muitas coisas necessitavam de reparos.

Era uma casinha comum, antiga. Via-se da rua, no telhado, a fosca claraboia, a chaminé de guarda-vento, e na empena uma trapeira de arejar o sótão. Tinha um embasamento de pedras nas paredes, correndo abaixo das janelas, e nestas o arco de cantaria com fecho e saimel. Alcançava-se a porta pelo alpendre com degraus, e atrás dela o vestíbulo, a sala, dois quartos e poucas dependências mais, todas pequeninhas. Não era a casa que procurava e no entanto retornara muitas vezes para olhar, marcara encontros, discutira preço, condições...

A chuva continuava. Nas vidraças, as gotas abriam translúcidos caminhos que se interrompiam na aspereza dos caixilhos. Ele olhava ao redor, via a cristaleira e sobre ela, na parede, o relógio-cuco, via um retrato amarelo no consolo da lareira, via uma estante com o Tesouro da Juventude e o Lello Universal, matérias antigas como a casa e, afinal, como os sentimentos que pareciam ressuscitar em seu coração.

Ela trouxe o café numa bandeja de azulejos, colocando-a na mesinha de centro. Enquanto ele se servia, abriu a cristaleira, pegou um maço de recortes de jornal. Por mim eu ficava nesta casa, gosto dela, do lugar, da rua.

— Estamos procurando outra maior — complementou, mostrando os anúncios.

Sentou-se novamente, tentando um sorriso que parecia sorrir para alguém ao lado dele, ou mais atrás, e ele notou que outra vez juntava os joelhos, tensa, preocupada. Não, não era essa a atmosfera que sonhara, não era nada disso. E agora a sensação de que ia espirrar, e não espirrava, só um frêmito e então agarrou os cotovelos com os braços cruzados, tinha frio.

— O senhor vai se resfriar — ela disse.

— E você insiste em me chamar de senhor — conseguiu dizer, num arranco.

Ela ruborizou, pôs-se a ler ou a fingir que lia os recortes presos por um clipe, as longas pestanas semicerradas, o peito subindo e descendo, as narinas se abrindo de leve. Entardecia. Nalgum lugar da casa uma porta bateu. Ouviu depois um bater de asas, talvez um pombo que vinha se abrigar no fuste da chaminé, ou seria que, do fuste, partia esse pombo em busca de outro abrigo. Estariam sozinhos? Ah, se pudesse entardecer ali com ela, a roda do tempo girando para trás ou mesmo parando, emperrada pela umidade daquele dia chuvoso, e ver esse dia morrer nos vidros embaciados, e ouvir a chuva no algeroz e tomar café com sonhos e jogar uma canastra até dois mil, que bom seria o amor num dia assim, tão especial, e o serão depois e os corpos lassos, a lareira consumindo cheirosos nós de pinho e longas achas de acácia, a claridade rubra das móveis labaredas e mais o vinho tinto e um velho bolero do Trio Los Panchos, o batom, não, batom não, por que o batom?

Viu novamente o retrato na lareira e levantou-se, tomou-o.

— Miguel?

Ela não respondeu, mas devia ser Miguel, o jovem Miguel, no tempo em que, como Miguel, ele também era jovem e amava perdidamente uma mulher, e havia chaminés de guarda-vento, arcos de cantaria, trapeiras, cucos, claraboias, e havia boleros e um tesouro, a juventude, e o mundo não ia além do que sabiam, no Porto, o vetusto Lello e seu irmão — era como se fosse noutro século! —, um tempo que estava morto e que podia ressuscitar, claro, que ressuscitava, mas como um detrito à deriva no rio de Heráclito, singrando a cada instante novas águas, novos rumos, outras profundidades e com diferentes gradações de vento. Ressuscitava sim, mas para morrer e continuar morrendo em cada ressurreição.

– Pode me chamar como quiser, não faz diferença – disse. – A não ser que... qualquer dia...

Ela meneou a cabeça, lentamente.

– Está bem – tornou ele, pondo o retrato no lugar. – Vou embora.

Ela ergueu-se também. Trouxe a gabardina, levou-o até a porta, estendeu a mão. Ele a tomou e num impulso que a si mesmo surpreendeu, que era seu e ao mesmo tempo parecia ser de outro, ou de muitos outros, de todos os homens que, como ele, tinham amado no tempo do Trio Los Panchos, puxou-a com força e a beijou na boca. Ela ficou parada no alpendre, vendo-o descer os três degraus, abrir o portão, erguer a gola do capote para proteger-se da chuva fria. Mas quando ele parou adiante e olhou para trás, ela não estava mais ali.

Conto do inverno

Tarde da noite, o escritor foi despertado por ruídos incomuns à frente da pequena casa onde morava só. Da janela, viu um velho caminhão estacionado junto ao poste de luz, era dali que vinham batidas de porta, conversas, e ele ouviu também o choro de um bebê. O capô estava erguido e dois homens examinavam o motor com uma lanterna. Vestiu uma japona e foi até o alpendre perguntar o que havia.

— Queimou a bobina — disse um dos homens.

O escritor pulou a pequena grade que separava o jardim da rua. Ao aproximar-se, notou que o outro, o que segurava a lanterna, era um menino.

— Se é bobina não tem jeito.

— Pois é, vamos passar a noite aqui.

— De onde vocês vêm?

— Santa Rosa.

— Mudança? — quis saber o escritor, examinando a paupérrima mobília amontoada na carroceria.

O homem o olhou com pouca simpatia.

— Dá pra ver, não é? E essa merda vem pifar logo agora, na chegada.

— Sorte sua. Na estrada seria pior.

O homem tornou a fitá-lo, mas não disse nada, e começou a colocar no lugar os cabos de velas que estivera a testar. O escritor olhava para a carga e via entre os móveis um lençol, que se mantinha esticado pelas pontas presas.

— Tem gente aí?

— A dona da mudança. Por quê?

— Ouvi um chorinho.

— Ah, ouviu um chorinho? Nós também ouvimos.

— Bah, nesse frio...

— Qual é o problema? – e fechou o capô com um estrondo que fez estremecer a cabina.

— Se vão passar a noite no caminhão, o senhor e seu ajudante podiam trocar de lugar com ela.

O homem limpava as mãos com um pano sujo e, ao responder, olhava para o menino:

— Não acredito. O caminhão é meu e ele quer que eu durma na carroceria.

— O guri, quem sabe...

— Ele é meu filho!

Entrou na cabina, batendo a porta. Esperou que o menino subisse pelo outro lado e abriu uma fresta do vidro.

— O senhor pode conseguir uma bobina nessa hora da noite? Não, não pode. Então não fique aí enchendo o saco.

"Ele vai dormir", pensou o escritor, "como consegue?" De volta ao quarto, tirou a japona e deitou-se. Ainda que se cobrisse com dois cobertores, tiritava de frio. Pôde cochilar, decerto, ou só chegou, talvez, àquela consciência difusa que é o umbral do sono, mas estremeceu e sentou-se na cama ao ouvir novamente o choro do bebê.

Levantou-se, protegeu-se com o mesmo agasalho. Antes de sair, pegou na parede da sala uma espada enferrujada que adquirira num belchior, supostamente arrebatada de um oficial paraguaio na guerra contra López.

Pulou outra vez a grade do jardim e bateu com a espada na carroceria do caminhão. Não via ninguém, só os móveis e a alvura da barraca improvisada.

— Como está o bebê? – perguntou, alto.

Uma sombra moveu-se sob o lençol e a lâmpada do poste revelou o rosto ainda jovem de uma mulher, que se aproximou de joelhos.

— O cara de novo – era a voz do menino, na cabina.

— Puta que o pariu – era a voz do homem.

— Como está o bebê? – ele insistiu.

— Com febre, mas é pouca – disse a mulher.

— A senhora não pode dormir ao relento com uma criança que tem febre. Para onde vai sua mudança?

Antes que ela respondesse, o dono do caminhão saltou da cabina. No mesmo instante, viu a espada. Deteve-se, hesitante, por fim resmungou:

— Olhe aqui, amigo, fiz uma viagem de quatorze horas, estou no bagaço. Se não leva a mal...

— Eu levo a mal.

O homem abriu os braços e retornou à cabina, fechando a porta com novo estrondo. "O cara é louco", disse ao menino. O escritor tocou na mão da mulher, ainda ajoelhada à guarda da carroceria.

— Combine com ele a entrega da mudança, e enquanto isso tiro o carro da garagem. Vou levar a senhora, está bem?

— Está – disse ela. – Muito obrigada.

Entrou em casa num passo de general, com sua falsa espada paraguaia. Minutos depois estava de volta, com o carro. A mulher o esperava na calçada, com o bebê enrolado numa manta. Trazia também uma sacola.

— Onde vamos? – perguntou o escritor, ao dar a partida.

— Não é longe – e indicou um morro a poucos quilômetros dali.

— Esse morro é um labirinto de ruelas. A senhora conhece bem?

— Mais ou menos. Meu marido comprou uma casinha lá. É perto de onde mora minha cunhada.

— Por que seu marido não veio?

— Ele veio antes, eu fiquei pra trazer a mudança.

O bebê estava inquieto. A mulher procurou algo na sacola e não encontrou.

— Quer que acenda a luz?

E o fez. Ela ergueu a sacola para ver melhor e ele sentiu o cheiro de suas axilas. O bebê recusou a chupeta e continuou a protestar.

— É garganta?

— Tá gripadinho, não é nada. Acho que esse choro é de fome. O senhor tem horas?

— Três e meia.

— Passou da hora dele.

Viu a mulher despir e oferecer à criança um formoso seio, e constatou que uma ponta de desejo se insinuava no desprendimento do general paraguaio. Mas não apagou a luz. Na última sinaleira antes do acesso ao morro, olhou novamente, dizendo-se que o fazia para conferir se o seio realmente era benfeito. Era.

— Bonito o seu seio.

— Obrigada.

"Canalha", disse consigo, "tentando aproveitar-se da situação". E apagou a luz.

No morro, levou algum tempo para achar a rua. Grande parte daquelas encostas já era favela, outro tanto puro mato, atravessado por ruas estreitas e esburacadas, flanqueadas de valetas enormes por onde corriam as águas que vinham do topo. Num desses aclives, a mulher avisou:

— É aqui.

— Aqui onde? – perguntou o escritor, que só via o arvoredo ao redor.

— Nessa subida.

Olhou morro acima e os fachos de luz do automóvel davam-lhe a impressão ilusória de que estava à beira de um abismo. Havia mais buracos e pedras atravessadas no caminho.

— Não sei se consigo subir.

— Não precisa, é perto.

Tornou a ligar a luz interna. O bebê estava enrolado, com o rosto coberto, mas o seio da mulher continuava exposto, com seu mamilo arroxeado e úmido. O escritor percebeu que ela estava fazendo aquilo por gosto.

– Vista-se, está muito frio.

Num gesto que lhe pareceu quase infantil, ela fez que não com a cabeça. Por momentos, o escritor permaneceu imóvel, mãos ao volante, como a esquadrinhar o falso abismo da ladeira. Depois voltou-se, passou a mão nos cabelos dela, no pescoço, no colo. Depois ainda, inclinando-se, tomou o seio, ergueu-o delicadamente e o beijou. Mas logo se afastou. Desembarcou, contornou o carro e abriu a outra porta.

– Obrigada – disse ela, descendo, e antes de ir-se ofereceu-lhe a mão. – O senhor é um homem bom.

Tinha certeza de que aquela noite gelada poderia terminar com outra temperatura, mas assim estava melhor, era uma atitude mais elegante, mais nobre, de acordo, afinal, com o tempo em que os homens usavam espadas para defender suas damas. "Boa história", pensou, contente, enquanto manobrava para retornar e via a mulher subindo laboriosamente a rampa. Meu *winter's tale*, disse em voz alta. E logo um pensamento desagradável: talvez tivesse desconfiado, desde o início, de que aquilo era um conto. Nesse caso, era quase certo que estivera a representar. Era espantoso como os escritores, às vezes, podiam ser interesseiros, e no fundo, bem no fundo, tão ou mais cruéis do que um dono de caminhão como o que conhecera naquela madrugada.

– Que coisa – murmurou.

Embora menos alegre, compreendeu que tinha encontrado também o fim da história.

Saloon

Para Homero Magajevski

— Bola quatro ao meio — disse o velho.

Um homem entrava no bar e parou, ficou olhando. A bola bateu no bico da caçapa, não caiu e o velho se queixou:

— Não é meu dia.

O recém-chegado sentou-se a uma mesinha de canto e chamou o garçom. Era moço ainda, moreno-claro, traços indiáticos. Vestia calça de brim azul, tênis e um colete preto sobre a camisa branca, arremangada. Trazia a barba por fazer e presos os longos cabelos pretos numa fita que, desde muitas luas, não gozava dos benefícios da água.

O garçom trouxe a bebida, o homem observava o jogo, em que se enfrentavam um mulato retaco e o velho de tez azeitonada que perdera a bola quatro. O mulato dava vantagem e vencia. Era bom jogador, ao passo que o velho, sobre aparentar nervosismo, era aquilo que, nas rodas de sinuca, chamam *pangaré*.

A certa altura, qualquer aficionado teria percebido que o mulato, deliberadamente, começou a jogar mal. Derrotado, propôs dobrar a parada. E logo tornou a ganhar. Teria percebido também, pelo diálogo dos olhos, que três ou quatro indivíduos à volta da mesa eram comparsas do ganhador.

Mais de hora se passava quando o velho, errando uma bola seis que o outro lhe facilitara, desanimou e sentou-se, cabisbaixo, taco entre os joelhos. O mulato, quase irritado com tanta ruindade, matou a bola cor-de-rosa com um tiro seco ao meio e fechou a partida com duas pretas na mesma caçapa, ao fundo.

— Venha — exigiu, fazendo sinal com os dedos.

— Tá na caçapa.

— Não tá, não. Venha.

O homem do rabo de cavalo olhava placidamente para o velho, decerto também vira que nenhuma cédula fora colocada na caçapa, como até então vinham fazendo e é o que se impõe num jogo a valer. A aposta, ainda que dobrada, era irrisória, mas o velho meneava a cabeça e não dizia nada. O mulato agarrou-o pelo braço, sacudindo-o, e a resposta veio num fio de voz:

— Perdi tudo...

— Até a vergonha — rosnou o mulato.

E aplicou-lhe um joelhaço na coxa.

— Calma, Gorila — disse o dono do bar, atrás do balcão.

O velho, mancando, foi guardar o taco na taqueira, e o garçom, que ouvira a conversa, foi atrás.

— A despesa, amizade.

— Amanhã eu...

— Amanhã? Tá sonhando? Amanhã é pó de traque — e mostrou-lhe um papel com uns rabiscos.

Antes que o velho dissesse qualquer coisa, o homem do rabo de cavalo estalou os dedos e indicou o próprio peito.

— Deus é grande — disse o garçom —, o prejuízo mudou de bolso.

O velho olhou em torno, como querendo identificar seu benfeitor, e rapidamente se retirou. Gorila e seus amigos se olharam.

— Bonito gesto — disse Gorila, arrastando uma cadeira para a mesa do desconhecido. — Me acompanha numa cervejinha?

— Não bebo.

O mulato pegou o copo e provou:

— Arre! Guaraná! É promessa?

— Questão de gosto.

O garçom esperava. O homem desembolsou uma carteira estofada, que todos viram, mas ao abri-la protegeu-a com o corpo. Pagou a conta do velho e o guaraná.

— Valeu, comandante — disse o garçom.

— Traz uma, Alemão – disse Gorila. – Tô simpatizando contigo, cabeludo. Não vai me dizer que também faz rolar uma bolinha...

— Às vezes.

— Olha aí, gente, o cabeludo diz que rola uma bolinha *às vezes*. A modéstia dele! Garanto que é um campeão!

A parceria achou graça.

— Dos bons, quem tu já viu jogar? O Boneco? O Tuzinho? – tornou, obtendo como resposta um gesto vago. – Confessa, cabeludo, tu é do ramo – e deu-lhe um tapinha nas costas.

O homem retesou-se, o mulato não percebeu e continuou:

— Já te vi em algum lugar. No *Check-Point*? No *Julius*?

— Pode ser – disse o outro, levantando-se.

— Ué, já vai? – e o mulato abriu os braços, como condoído. – E vai assim, sem fazer pra galera uma demonstração da tua catega?

— Uma partida só eu posso jogar, se faz questão.

— Uma só? Que egoísmo, cabeludo! Vá lá, uma só, pra refrescar o saco – e foi colocar as bolas em seus pontos.

O homem escolheu um taco na taqueira. Antes de sortearem a saída, Gorila espalmou a mão no pano.

— Vale uma cervejinha? Pra ter graça.

— Pra ter graça, uma cervejinha é pouco.

— Ora, ora, ora – riu-se Gorila, e com um gesto de quem se rende estipulou um valor maior. – Tá bom assim?

— Mixaria.

O sorriso apagou-se no rosto do mulato e entre ele e os comparsas houve uma troca de olhares que, por certo, valia muitas frases.

— Quanto te agrada?

O outro quintuplicou a aposta e repetiu: "Pra ter graça".

— Numa partida só? Que é isso, cabeludo? Olha que eu te conheço, eu sinto que te conheço!

E sentou-se. Encostado na mesa, o homem o olhava, impassível.

— Olha o índio tripudiando – disse um dos comparsas.

— Eu conheço esse cara... Porra, cabeludo, eu te conheço!

O homem pôs-se a taquear sem direção, contra as tabelas.

— Alguém mais quer jogar? Uma partida só e dou sete pontos.

— Pra mim também? – quis saber o Gorila, num tom de quem se exclui.

— Não. Pra ti... te dou dez.

— O índio é galo – disse um baixinho de boné virado, que bebia debruçado no balcão.

Gorila levantou-se, pálido.

— Olha aqui, figurinha...

— Devagar, Gorila – advertiu o dono do bar, com impaciência.

— Devagar? O cara tá querendo me humilhar!

— Tá com medo, Gorila? – de novo o baixinho.

— Medo? Eu? Não viram o que eu fiz com aquele velho de merda, que também cantou de galo? Saiu depenado. Eu tenho história, tá sabendo? Arruma as bolas!

— Arruma tu – disse o homem.

Houve um momento de indecisão, mas o garçom, solicitamente, fez com que as bolas tornassem aos seus pontos. Sorteada a saída, esta tocou para o mulato. Ambos colocaram as cédulas na caçapa do meio e as do Gorila, amarrotadas, eram aquelas que ganhara do velho e muitas outras que teve de juntar.

— Mas que te conheço, te conheço – resmungou, enquanto passava giz no taco. – Como é teu nome?

— Nome não vale ponto – disse o outro, sem olhá-lo.

— Essa eu quero ver – disse o dono do bar.

Gorila deu a saída, deixando a bola vermelha encostada na tabela oposta, ao fundo, e a bola branca quase atrás da sete. A vermelha não estava descoberta e ouviu-se um zunzum quando o homem, ao invés de optar por nova saída, cantou sua jogada:

— Bola seis ao meio.

A bola cor-de-rosa caiu limpa na caçapa onde estava o dinheiro, e a branca, seguindo em frente, roçou na tabela lateral e, passando por trás da amarela, foi repicar na vermelha, desencostando-a da tabela do fundo.

— Puta que o pariu! — murmurou o baixinho.

— Bola ás ao fundo — disse o homem.

Encaçapou a vermelha, duas vezes a marrom, encaçapou a amarela, outras duas vezes a marrom, encaçapou a verde e logo a marrom mais duas vezes. Com uma puxeta levou a bola branca para o meio da mesa e ali, depois de um tiro seco na bola azul, preparava-se para jogá-la novamente quando Gorila praguejou. O homem ergueu-se, passou giz no taco, mas não disse nada. Deu outro tiro seco na bola azul, fazendo com que a branca retrocedesse e, dando na tabela, rodasse vagarosamente até a vizinhança da cor-de-rosa. Não era preciso jogá-la. Partida encerrada.

Gorila, que acompanhara as últimas manobras da bola branca sentado entre os amigos, encostou o taco na parede e ergueu-se.

— Tu não presta, cabeludo, teu lugar não é aqui. Aqui só tem gente honesta e tu é gatuno.

O outro fez que não ouviu e pegou o dinheiro na caçapa. Gorila se aproximava, com dois de seus parceiros.

— Ah, não vai levar.

Mais um passo e viu uma faca encostada em seu umbigo.

— Quieto — disse o homem. — Não quero te machucar.

— Ô Gorila, ele ganhou na lei do jogo — era o dono do bar.

O mulato respirava forte, olhando para a faca, os parceiros imóveis, atrás dele. Em meio ao inusitado silêncio do bar, ouviram-se pela primeira vez os ruídos da cozinha.

— Agora vou sair — disse o homem, calmamente. — Não quero furar ninguém, certo? Mas se tiver que furar, eu furo.

Recuou dois passos e, sem descuidar-se do mulato, encaminhou-se para a porta. Na calçada, guardou a faca sob o colete e olhou para trás. Não vinha ninguém e ele apurou o passo. Dobrou a esquina e, no meio da quadra, entrou numa lanchonete. O velho de tez azeitonada estava sentado ao balcão.

— Pai.

O velho voltou-se.

– E aí? Deu certo?
O homem meteu o maço de cédulas no bolso do velho.
– Hoje deu.
– Isso é o que vale. Vamos comer uma pizza.
– E aquele joelhaço?
– Tá doendo um pouco. Foda-se.

Na rua escura

Tentara distrair-se com o cardápio sujo, depois com as mulheres que estavam na mesa ao lado, sem companhia masculina, mas se surpreendia espiando o outro. Era um tipo acobreado, ossudo, vagamente familiar, que bebia no balcão, em pé, e insistia em fitá-lo com um olhar irônico. Quem seria? Olhou uma vez mais, o homem saudou-o com o copo e veio sentar-se à mesa.

— Dá licença? Tudo bem, major?

Paulinho, Paulinho da Velha, e a lembrança não era propriamente gloriosa. Um remoto futebol numa prainha do Guaíba, um banho de rio, salsos, passarinhos... Mas eram apenas dois meninos, pensou, e aquelas coisas, de resto, aconteciam a todos os meninos.

— Tudo em ordem — respondeu, contrafeito. — E tu, por onde tens andado?

— Por aí, no desvio. Me paga um limãozinho.

Não era um pedido, mas fez questão de anuir como se fosse.

— Tô duro — tornou Paulinho.

— Sem trabalho?

— Trabalho? Meu ramo é outro, major.

Ia calar-se para abreviar o encontro e ouviu-se a perguntar:

— Dá pra saber qual?

— Por que não? Tenho interesse em divulgar: artes visuais — e riu. — Com este olho aqui eu identifico os solitários, os necessitados, os que já não se iludem com esse mundo cão, e com o outro descubro por onde eles querem receber uma demonstração de afeto.

— Veados?

— Palavra forte. Tô falando é de solidão.

Sentiu que ruborizava e obrigou-se a sorrir.

— Não tens jeito mesmo.

— Eu? Eu me considero um benfeitor da humanidade – disse Paulinho. – E tu? Como é tua vidinha?

— Batalhando, como todo mundo.

— Conta própria?

— Tenho uma lancheria – mentiu.

— Por aqui?

— Na Azenha – mentiu de novo.

— Azenha, Azenha, garanto que te dá um bom dinheirinho, não é, seu patife? Anda, confessa.

— Vou vivendo – disse, sério.

Era muito azar. Vinha ao bar pegar mulher, adoçar, ainda que de mentirinha, o sensabor de suas noites solteiras, e topava com um azedo fantasma do passado, um tipo ignóbil, nojento. Procurava um pretexto para levantar-se, ir-se embora, Paulinho tocou no seu braço.

— Quando te vi fiquei te olhando, cismando... E aquela tarde no Guaíba? Lembra?

Não pôde dissimular o assombro e a voz lhe saiu quase em falsete:

— A pelada?

— Não, depois.

— Mais ou menos.

— Lembra ou não lembra?

— Acho que sim – disse, baixo. – Faz tanto tempo – e passou-lhe pela cabeça a ideia absurda de sair correndo porta afora.

— Tuas pernas eram brancas.

— É.

— A turma te chamava Coxa de Palmito.

— Lembro.

— E lembra também quem foi por cima?

Não respondeu.

— Fui eu – disse Paulinho, segurando seu joelho.

Olhava para o fundo do copo, tentando inutilmente decifrar uma figura que o vidro com defeito desenhara. Muito à vontade, o outro levou a mão e apalpou-lhe o sexo.

– Gostou de te lembrar, hein, safado?

Queria dizer não e o corpo dizia sim.

– Tenho uma peça no outro lado da quadra – sugeriu Paulinho. – Entrada independente.

A localização era exata, as condições de acesso um artifício para encorajá-lo. Sórdida espelunca, espremida entre um sobrado em ruínas e uma construção inacabada, o porteiro os deixou passar, mas reteve um documento do visitante como penhor de uma gorjeta na saída.

Subiram.

Roupa suja pendendo de caixotes, manchas de gordura no chão, garrafas vazias, uma bacia enferrujada, pó sobre pó e uma faca espetada num banco de três pernas, isso foi o que viu, de relance, no quarto de Paulinho. E viu depois, na parede, cartazes de mulheres e o desenho rudimentar de um pênis atropelando nádegas sem corpo.

– Apaga a luz – pediu.

– Tá com vergonha?

Quis sorrir. Quis ser natural, dizendo consigo que a história dos homens não estava começando e tampouco terminando na cama de Paulinho da Velha, mas a ansiedade nada consentia senão mais carne para seus mil dentes.

– Não sei o que eu tenho – murmurou, deixando-se abraçar.

– Eu sei – disse Paulinho.

Fechou os olhos. Lentamente, hesitando, procurou o sexo do parceiro. Por um tempo vago o conservou nas mãos frias e agora já sentia no peito, crescendo, uma cálida emoção, uma fisgada de desejo e medo, uma mistura de dor e de triunfo. Paulinho virou-lhe o corpo com um safanão, mas o momento era grande demais para se importar com a grosseria. Tinha novamente doze anos, queria fazer muitos agrados naquele guri moreno, cara de mau e de cigano, que no futebol lhe dera umas patadas. Estava nu, deitadinho entre as moitas, na areia fina que moldava seu corpo e engolia, com boca de maciez e de frescor, seu pênis duro de menino. E como era bom. A prainha silenciosa, os salsos molhados, debruçados no rio, e lá vinha a passarada, asas trepidantes, ligeiras, que passavam dando um susto e calores no coração. Era bom e agora ele voava também, como os passarinhos, voava, subia, subia mais e mais, lá em cima fazia um arco e agora começava a cair, cair cada vez mais, como se faltasse o chão e ia caindo, desesperadamente ia caindo e então abandonou-se à queda e sentiu o ventre úmido e logo um torpor.

— Gostou, confessa – disse Paulinho, levantando-se.

Agora o via curvado na bacia, a lavar-se, o dorso encrespado de costelas, o tufo de pelos entre as nádegas, as pernas magriças, arqueadas, a panturrilha embolotada. Como responder, se o ardor de repente se esvaía? Agora não sentia mais nada e tudo aquilo que chegara a possuí-lo com fúria convertia-se numa sucessão de engulhos.

— Não diz nada?

Ergueu-se.

— Não tenho dinheiro – disse.

Paulinho cuspiu no chão com raiva.

— Por acaso te pedi, seu puto? Vai embora, some!

Quis reagir, dizer ou fazer alguma coisa forte, bem marcante, mas não achava o que servisse e para onde olhasse via-se a si mesmo, num espelho ubíquo e insolente, como um homem pequeno, frágil, doente. Procurou a roupa. Comandava os olhos para não ver a cama, os caixotes, a faca no banco, suspendia a respiração para não sentir cheiros que lhe insultavam o nariz.

— Anda – gritou Paulinho, ameaçando-o com o punho.

Tropeçou num caixote e por momentos seus olhos pousaram na faca. O outro se interpôs de um salto.

— Não banca o machinho, Coxa de Palmito.

Deixou o quarto. Na portaria o homem devolveu-lhe o documento com um sorriso cínico e ele saiu andando, lenta e pesadamente, pela rua escura.

O segundo homem

Como era possível que a lembrança a afetasse ao ponto de lhe governar pensamentos? Pressionava os olhos com o polegar e o indicador, a palma da mão cobrindo a boca, e pensava ainda e tornava a pensar, a compor imagens – as mãos, a boca, aqueles olhos ávidos –, e quando o sono pesava nas pálpebras, estremecia e o perdia. Mais uma vez mudou de posição, cuidando para não despertar o marido. Coitado. Fiscal de uma empresa de transporte coletivo, passava o dia em pé e precisava repousar as pernas roliças, vermelhas.

Entre as fasquias da veneziana viu, com desagrado, os primeiros alvores da manhã. Não dormira senão raros minutos e logo teria de levantar, preparar o café e, como sempre, seguir para o trabalho.

Como sempre, não.

E a lembrança?

Para completar, a cena da véspera, no escritório, não era só memória, antes um enclave em seu corpo, um formigamento que começava nos dedinhos do pé e ia subindo pelas pernas, ia pungindo como patas aceradas de centenas de aranhas e continuava a pungir ao lhe alcançar o já túmido, dolorido sexo. Não, não queria pensar, mas pensava ainda e tornava a pensar e lentamente, hesitando, como prestes a furtar de si mesma um bem precioso, escorregou a mão para dentro da calcinha. Recolheu-a úmida, e a fragrância tanto a embriagou que achou que ia desfalecer.

Ouviu o marido suspirar, mover-se, e o movimento dele pronto lhe afastou o olfato daquele crisol de tormento e êxtase.

– Que horas são?

Não respondeu. Ao perceber que ele levantava, fingiu despertar também. Sob a coberta, esfregou a mão na camiseta.

— Te acordei? — ele de novo. — Vê as horas.

A lâmpada na mesinha iluminou o ramerrão de todas as manhãs — um de cada vez no banheiro, sem se olhar e trocando cheiros, e o que ela sentiu, misto de tabaco e suor, era tão familiar quanto detestável. Ao espelho, ela viu um rosto ligeiramente inchado, as olheiras da vigília, e ao perceber a protuberância dos mamilos na camiseta, mordeu o lábio, meu Deus, o que aquele patife fez comigo?

À mesa, o marido esperava o café em silêncio, imóvel, como já concentrado nos incômodos que teria em sua fiscalização. Na cozinha, ela derrubou uma xícara. O homem a espiou por cima do ombro.

— Dormiste bem?

— Dormi.

— Te mexeste muito.

— Pode ser, mas dormi.

Ela o serviu. Parte do leite derramou no pires.

— Já limpo — apressou-se em dizer.

Ele fez que não, olhando-a, e colocou um guardanapo de papel sob a xícara. Pronto, disse, e tu, não vais tomar nada?

— Não estou com vontade — mentiu, e a vontade que lhe faltava era a de sentar-se diante dele. — Vou terminar de me arrumar.

Pouco antes das oito, ele a deixou na frente do edifício em cujo terceiro piso funcionava o escritório de advocacia. Só voltariam a ver-se ao anoitecer.

●

Ia para dois anos o casamento. Residiam em bairro periférico, no pequeno apartamento que ela adquirira, financiado, quando ainda era solteira. Não tinham filhos, havia um tácito entendimento de que era algo para mais tarde, quando pudessem trocar o apartamento por uma casa. No sábado, costumavam ir ao cinema no *shopping*. A cada dois meses visitavam os pais dela no interior, na volta traziam laranjas, bergamotas, abóboras, melões, do pomar do sítio em que ela se criara. Os dias se alternavam sossegados e iguais, com exceção daquele que, na lembrança dela, reduzia-se a uma noite: no primeiro aniversário de casamento, atiçado por amigos da empresa, ele a levara a um motel e viram um filme. Era a história de uma mulher que se entregava a dois homens ao mesmo tempo, um deles o marido. No início ela se encolhera, acanhada, depois começara a gostar, a se exaltar, e tanto cedera à lubricidade que, se ele a fruíra, também se inquietara. Em casa, comentara que tinha sido um erro dar ouvidos àqueles safados, imagina, festejar desse jeito uma data tão bonita. E pior: alimentar o desejo com indecências.

Durante algum tempo, em muitas noites, sua fantasia tentara recobrar a lascívia daquela noite. Quando não iam ao *shopping*, e o marido, no devedê da sala, reverenciava os tiros e os murros do mocinho no longínquo Oeste, ela encostava o rosto no ombro dele, afagava-lhe a coxa, o regaço. Ele segurava a mão dela: "Espera, já vai terminar". E se mais tarde ele de fato correspondia, tinha de ser na cama, nunca no sofá, nunca no chão. Beijava-a, entrava nela e depois se erguia, a perguntar se acaso não sujara o lençol. "Me alcança a toalha", ela suspirava, e o sono sepultava seu desencanto. Pouco a pouco a comemoração do aniversário foi migrando para um furtivo recanto de sua memória, sitiado pelas comodidades do dia a dia – a muralha da ordem e da candidez que tinha resistido até a véspera.

A véspera!

Aquele degenerado ontem, império da desordem, quando passara a tarde sozinha no escritório, sem trabalhar e quase sufocada pelo turbilhão que a perseguiria noite adentro.

•

Uma fila no elevador e ela foi pela escada ao terceiro piso. Abriu o escritório e recém ocupara sua mesa, na sala de espera, quando o homem entrou.

– Bom dia.

Olhos baixos, não retribuiu o cumprimento. Bom dia? Era o que tinha a dizer? Bom dia? E para sua surpresa ele nada mais disse e passou à sala maior. Como se nada tivesse acontecido e não lhe devesse um pedido de desculpas.

Ligou o computador para imprimir a agenda que em seguida ele pediria. Havia uma consulta marcada para as dez horas – à tarde, o advogado comparecia às audiências no foro. Também devia digitar e imprimir petições que ele rascunhara no bloco de papel-jornal com a letrinha cheia de pontas: pareciam espetá-la, como as patinhas das aranhas noturnas. Enquanto o fazia, pensava com ódio naquele bruto que se valia de sua posição para proceder com tanto atrevimento. Pedido de desculpas? Nem um olhar de remorso, de compaixão. Era tão fácil assim esprema-la contra a parede e, apesar de seus protestos, de seu empenho para libertar-se, erguer-lhe a saia como a uma rameira? Se de algo se arrependia era de não ter contado ao marido na hora do café, quando ele quisera conversar sobre sua inquietação à noite. Por que silenciara? Para não criar um caso entre homens, que podia terminar mal. Sim, mas... por que voltara ao trabalho? Nem precisava contar nada em casa, bastava dizer que fora demitida e sair à procura de outro emprego. Ora, ela também procedia como se nada tivesse acontecido. Ou mais: como se aquilo devesse ter acontecido. Não era *naquilo* que estivera a pensar à tarde e também à noite, na insone madrugada? Nos beijos que, não podendo alcançar sua boca, o homem lhe dera no pescoço, no ombro, e durante o embate até na nuca? Nas mãos dele, que lhe apalparam as coxas, as nádegas, o sexo?

Ódio?

Não era ódio o que sentia.

Seus dedos moviam-se nervosamente no teclado, mas o que parecia ver no monitor era o filme do motel. E a mulher era ela. Os homens, o advogado e o marido.

– Traga a agenda – ouviu pelo interfone.

Apanhou a folha e, ao levantar-se, as pernas fraquejaram, precisou apoiar-se na mesa em seus primeiros passos. Entregou o papel e ficou parada à frente da grande escrivaninha. Era alta, magra, de traços delicados, a tez de um branco lívido, cabelos curtos como o de um rapaz.

O homem a olhou:

– Algo mais?

– Não, nada – e fez menção de retirar-se.

– Espera, vem cá.

Voltou-se, rubra. Ele já estava em pé.

– Nada! – quase um grito, e retornou à sala de espera.

Pouco depois chegou o cliente, um chinês, ela o fez passar e voltou à mesa. Abriu a foto do marido no computador, quis pensar nele e nas recordações mais caras que nutria do casamento, buscando em si nesgas de doméstica ternura, mas, por mais que o quisesse, já não era assim que o via. Via-o antes como a um estranho que, numa casa de pensão, morasse no quarto ao lado e um dia tivesse deixado a porta aberta para provocá-la com sua nudez. Como se ela pudesse fruir só a amostra, não o uso.

A consulta demorava, um tempo perturbador que lhe estuava na pele sensível e eriçada, nos mamilos salientes, nas pernas trêmulas que teimavam em se afastar uma da outra. Que a empurrava para baixo num mergulho vertiginoso, sem que soubesse aonde e quando terminariam aquele abismo e sua voragem. Mas como não saber? Como ignorar algo tão presente e tão intenso em seu próprio corpo? Sabia, sim, e como sabia: lá no fundo, como uma garganta aberta, a fome pecaminosa que a arrebatava. Sabia também que, se não havia como parar, muito menos poderia voltar. E sabia, sobretudo – já o soubera durante a longa noite –, que não queria parar nem queria voltar.

Quando o chinês foi embora, o homem veio até a mesa dela e lhe estendeu a mão:

– Vens ou não?

Mesmo que ele nada dissesse, iria.

E foi.

E deixou-se abraçar, manusear em todos os atributos da pele, despiu-se, ofereceu-se sem nenhum pudor e, no carpete, fez com o homem tudo o que o homem quis e tudo o que ela vira no filme do motel, até que, saciada como nunca, sem forças, viu-o levantar-se, ir ao banheiro, voltar, vestir-se e abaixar-se para beijá-la nos lábios entreabertos, cujas comissuras se emaranhavam numa teia de esperma.

– Até amanhã – ele disse.

Ouviu a porta bater.

Não se moveu.

Um bocejo e não ouviu mais nada.

Dançar tango em Porto Alegre

Carregava pouca roupa na valise. Duas camisas, uma calça grossa, meias e cuecas que me envergonhavam quando precisava pendurá-las para secar. Era, enfim, a roupa que eu tinha, mais a do corpo e o casaco listrado que trazia nos ombros, prevenindo o frio da madrugada. Um casaco antigo, resistente, comprara-o em certa ocasião para procurar emprego em Porto Alegre. Ele durava, mas os empregos... As pessoas costumavam me demitir como contristadas: "O senhor trabalha devagar e é muito distraído" ou "O senhor se esquece demais de suas obrigações". Era engraçado que, depois de tantos anos, estivesse retornando à capital para tentar novo emprego e vestisse o mesmíssimo casaco. Mudava o mundo, minha roupa não.

Quase duas horas e o trem atravessava a noite escura, uma viagem sem fim, Uruguaiana a Porto Alegre era como a volta ao mundo. Noite úmida, fria, o vidro da janela se embaciava e eu me distraía imaginando como seria, numa noite assim, ver do campo o trem passar. Devia causar algum assombro a cobra de ferro, luminosa, vomitando na treva o seu clamor de bielas rugidoras. Tinha vontade de erguer o vidro, espiar o tênder e a locomotiva numa curva da estrada, lembrança do tempo em que, menino, me debruçava no perigo para fruir a pressão do vento e investigar o trajeto das fagulhas. Mas não convinha. Havia crianças no vagão, pessoas idosas, e eu também não era jovem.

Me aborrecia com aquela ideia, os achaques de um homem maduro, quando a passageira ao lado advertiu:

– O senhor vai acabar queimando meu vestido.

Movi tão depressa o braço que o cigarro me escapou da mão e, infortunadamente, foi cair em seu regaço. Na tentativa de salvar-lhe a roupa meu desempenho não foi melhor.

– Quer ter a bondade de tirar as mãos?

Passageiros mais próximos nos olharam e um deles sacudiu a cabeça, decerto pensando que eu tinha desacatado a moça.

Distante daqueles problemas pequeninos, o maquinista tocava seu trem. Meia hora até Santa Maria, no corredor um funcionário recolhia os bilhetes dos que iam descer. Observei minha companheira. Ela embarcara em Cacequi e desde lá quase não se movera. Agora estava outra vez imóvel, olhar perdido no vazio. Sua aparente melancolia estimulava minhas veleidades de bom samaritano, mas me continha, evitando dirigir-lhe a palavra. Tristeza por tristeza já bastavam as minhas de homem só.

E foi ela, afinal, quem recomeçou.

– Eu sei que o senhor não fez por mal.

– Oh, não se preocupe.

Mas ela se preocupava, insistia em desculpar-se. O vagão sacolejava, de vez em quando lhe caía nos olhos uma mecha de cabelo, que afastava com alguma negligência. Era uma jovem senhora de modos esquisitos. Tão quieta, longínqua, e no entanto, ao falar, parecia conter-se. Gesticulava lentamente, como sem vontade, mas um gesto perdido não raro se completava com um movimento brusco, imprevisto, deixando o interlocutor hesitante entre pensá-la nervosa ou apenas absorta. Magra, um pouco mais do que deveria, mas se quisesse seria bem bonita, era só despertar, dando mais vida àqueles olhos de um castanho profundo.

Com um apito prolongado e o repique da sineta o trem se anunciou à estação de Santa Maria. Luzes, homens andando apressados pela gare, já freava o trem e crescia na plataforma o burburinho, multidões que fluíam e refluíam como sem destino, e no meio delas, como mortos em pé, como estátuas de exaustiva eternidade, aquelas indefectíveis criaturas paradas, olhando o trem, que sempre me intrigavam. Me perguntava se estariam partindo ou esperando alguém, talvez chegando, talvez admirando o trem, eu as contemplava e me perguntava que sonhos, angústias, tormentos, não se ocultavam naqueles corações imperscrutáveis.

Alheia ao movimento, às misteriosas questões da vida e da morte suscitadas pelas estações, minha companheira nem ao menos olhava para fora.

— Acho que vou descer um pouco — disse-lhe.

Afastou as pernas, notei-lhe os joelhos redondos, as pernas bem torneadas.

— Quer que lhe traga alguma coisa? Uma revista?

Me olhou, era a primeira vez que o fazia mais longamente. Disse que ia sair também e descemos juntos.

Estação de Santa Maria, encruzilhada de trens, de antigas baldeações para as cidades da serra, da campanha, com seu cheiro de carvão e de fumaça, comida quente, ferro e pedregulho, e os vendedores de confeitos e maçãs argentinas, e os revisteiros oferecendo exemplares de *O Cruzeiro*, *A Cigarra*, *Grande Hotel*, e os bilheteiros de loteria anunciando o 13, o 17, o 44, com uma pressa cheia de ansiedade... Estação de Santa Maria, festa urgente, provisória, quase trágica, era em Santa Maria que as locomotivas prendiam ou desprendiam seus engates, que os vagões se separavam, que as composições partiam nas sombras da noite com suspiros de fumo e soluços de bielas, era em Santa Maria que pessoas vindas de longe se encontravam, também ali se separavam, ou que se viam pela primeira vez e nunca mais. Estação de Santa Maria, encruzilhada de trens, ah, quisera eu que em Santa Maria pudesse encontrar alguém que também estivesse à procura de alguém, e se a ninguém me fosse dado encontrar, que ao menos me encontrasse a mim mesmo, perdido que andava na pradaria sem carril da minha alma atormentada.

Levei-a ao restaurante da estação, onde nos serviram café quente e sanduíches. Fiz algumas observações a respeito do frio, da geada, do mau estado dos trens, ela me ouvia sem atenção, apenas assentindo ou murmurando qualquer coisa inexpressiva. No outro lado do salão, encarapitado numa escada bamba, um garçom colava esparadrapo nas frestas das janelas.

— Aposto que ele vai escorregar.

Mas o homem se equilibrava e ela logo se desinteressou. Que chato, eu pensava, me sentindo um estranho no umbral de seu mundo ensimesmado. Ah, e não era novidade eu notar que alguém não apreciava minha companhia. Eu também era um pouco "difícil". Gostava das pessoas, mas para que me aproximasse delas, me expusesse e as aceitasse lisamente, era preciso que de algum modo tivesse de ajudá-las. Quando não era o caso, ou não tinha ocasião de fazê-lo, me surpreendia como sem função, não sabia do que falar e me tornava superficial, cerimonioso.

Disse-lhe que ia voltar para o vagão.

— Espere — disse ela, como despertando.

Fitava-me, inquieta, tocou na minha mão.

— Estou pedindo para o senhor ficar e nem sei se o senhor, se tu... simpatizaste comigo.

— Eu? — murmurei, atônito.

— Ainda não simpatizo contigo, mas... não deve ser difícil, é só a gente conversar um pouco.

O tom era incerto, dúbio, estaria brincando? Tropeçando nas palavras, disse-lhe que aquilo de simpatizar ou não, realmente, era algo importante, mas que me confundia tratar do assunto com tamanha objetividade.

— São as circunstâncias...

— Que circunstâncias?

— Ah, não me pergunta isso agora.

Acendi um cigarro e logo o apaguei, para que não me visse a mão trêmula.

— Como é teu nome?

— Jane.

— Em princípio simpatizo contigo e... não, desculpa, não era isso que eu queria dizer.

Ela sorriu.

— A gente viaja no mesmo trem, é uma viagem tão longa, cansativa, não é preciso dizer muita coisa.

Seus olhos postos nos meus, não, não era preciso dizer mais nada e no entanto eu me assombrava. Quis tomar-lhe a mão, ela a recolheu.

— Aqui não.

Quando retornávamos, pediu:

— Fala com o Chefe de Trem, sempre há cabinas desocupadas.

Talvez se tratasse de uma mulher que, em viagem, desejava divertir-se, mas a questão era justamente essa: não dava a impressão de que o divertimento fosse o seu objetivo. Que pretendia de mim? Que circunstâncias eram aquelas que mencionara com uma ponta de impaciência? Eu estava com medo. Ter medo do desconhecido era outra marca da minha idade madura e eu costumava me demorar em sondagens e meditações antes de me decidir por qualquer coisa.

Procurei o Chefe de Trem, por certo, mas longe de me regozijar com a promessa de uma noite de prazer, inquietava-me a sensação do passo no escuro.

No compartimento havia dois beliches e a pia com um espelho. Coloquei nossas maletas sob a cama e, a seu pedido, baixei a cortina da janela. Ela experimentou a torneira.

— Não tem água.

— Nunca tem.

Mas a luz de cabeceira funcionava.

— Essa acendeu.

— Menos mal.

Ia verificar a outra, junto ao espelho, ela me tomou da mão e a sua estava úmida.

— Me ajuda – murmurou.

Ajudá-la? Em que sentido? O trem punha-se em movimento e

me deixei ficar com ela em pé, contra a parede, querendo que sentisse que podia desejá-la.

– Vem.

Sentou comigo, e quando a abracei novamente deixou escapar um soluço. Ocultou o rosto nas mãos e, que surpresa, chorava.

– Que houve? Fiz alguma coisa errada?

Olhava-a, pensando que a situação era nova. Da enigmática companheira de banco não restava um vestígio e em seu lugar havia uma mulher com problemas que, pelo visto, em breve me contaria. De algum modo me sentia mais à vontade.

– Que espécie de ajuda esperas de mim?

Enxugou as lágrimas com o dorso da mão, pediu um cigarro.

– Se preferes – tornei –, podemos voltar para o vagão.

– Não, não quero.

O trem diminuiu a marcha, parecia que ia parar. Dois apitos e reacelerou. Por baixo de nós, o bater das rodas nas emendas dos trilhos. Recém deixáramos Santa Maria, eram quatro horas, havia muito chão pela frente, muita escuridão antes que o primeiro albor viesse clarear nossa janela.

Acariciei suas mãos entre as minhas, com remorso por ter estado a receá-la. Era como se me inquietasse com estalidos da folhagem e, espiando, desse com uma pobre coelhinha assustada. E depois, quando começou a falar, positivamente, suas dificuldades não eram pequenas. Questões de vida e de morte, era natural que não as intuísse ao redor de si, pois já as trazia dentro do peito. O marido enfermo em Porto Alegre, suas entranhas mastigadas num processo irreversível, havia semana que o visitara, encontrando-o tão consumido que dava menos pena do que horror. Sempre o amara muito, mas agora não sabia o que sentia. Sentia, sim, um aperto no coração, e estava desesperada.

– É uma tortura a gente saber que vai perder alguém, ter essa certeza. Podes me ajudar – e me beijou no rosto, um beijo sôfrego e molhado. – Quero esquecer meu marido, a doença, meu filho, o dinheiro, tudo. Quero uma noite diferente.

Fazia muito frio e a janela da cabina deixava entrar um fio de vento.

– Está bem – eu disse –, vamos tentar.

Outra vez o trem diminuiu a marcha, apitou, mas não reacelerou. Foi parando devagar, as rodas ringindo no ferro e os vagões tironeando, deu mais um apito e, finalmente, imobilizou-se.

Deitados lado a lado, quietos, nós esperávamos, decerto, pelo movimento do trem, e quando ele deu novo sinal e aquele solavanco de partida, foi uma surpresa: recuava. Mas parou em seguida e lá na frente a máquina foi desligada. Fez-se um silêncio súbito, povoado de pequenos ruídos. Algumas vozes chegavam até nós, de longe, e mais audíveis os rumores do carro-restaurante. Um grilo tenaz do lado de fora e uma sombra passou por ali, carregando uma lanterna.

– Que aconteceu?

Afastei a cortina. À frente, à esquerda da linha, lucarnas de uma moradia desfiavam débeis fímbrias de luz na escuridão. E luzes ainda, adiante, sobre os trilhos: dois, três candeeiros, homens abaixados inspecionavam os dormentes.

– Consertam a linha.

Por algum tempo acompanhei a movimentação dos homens, mas é certo que não os via, ah, que hora para me assaltarem as recordações. Do poço da memória resgatava velhos e usados encantamentos, um passado remoto que continuava vivo. Uma roda de tílburi, pedaços de uma ária esquecida, uns olhos castanhos, um seio pequenino na concha da mão, fragmentos fugazes como o canto do grilo ao pé do trem, aquilo teria realmente existido ou eram fantasias consagradas pela solidão?

Começamos devagar, desajeitados, não é fácil de se amar quando o amor é eleito para remediar. Pouco a pouco nossos beijos foram tomando gosto. E a pressão macia do seu corpo no meu, e o regaço movediço procurando meu sexo, parecia outra fantasia, mas não, aquela mulher que queria ser possuída era algo bem atual e bem concreto. Desejava-a, por certo, mas ao meu desejo, para quebrantá-lo, aderia uma mistura de bondade e susto, impulsos contraditórios que me estimulavam mais a aconchegá-la, a niná-la, do que a enterrar-lhe um músculo às entranhas. Eu fracassava e Jane percebeu. Sentou-se e me olhou, entre curiosa e aborrecida. Sem demora me desabotoou, pôs-se a examinar meu sexo à luz mortiça do beliche. Acariciava-o com gestos delicados, minuciosos, fixada de tal modo numa pele dobrada ou num feixe de vasos que me sentia como um terceiro e um intruso naquele colóquio de sensual introspecção. Minha sexualidade, porém, só se libertou com um pensamento pulha: se não a satisfizesse, procuraria outro que o faria sem nenhum pudor, talvez o Chefe de Trem, que andava batendo às portas, talvez o camareiro do carro-leito, que a olhara com um ricto obsceno. E imaginei aqueles homens sobre ela, penetrando-a com gana, e aquela Jane, que a mim se oferecia tão sofredora, a suspirar de prazer tendo entre as pernas um fauno estúpido. E já me instigava outra imagem perturbadora: sua boca de lábios grossos tão próxima do membro em crescimento e meio deformado, quase brutal à sua face algo tristonha.

Movia-se de novo o trem e então ela começou a me masturbar, vagarosa e compassadamente, e enquanto o fazia usou a língua, de início com timidez, como tateando, mas também se comprazia e logo me masturbava com maior vigor, tornando mais demoradas as lambidas.

– Não te conheço, não sei quem és – murmurou, e parecia que falava consigo mesma –, e no entanto estou te acariciando, te lambendo, querendo te chupar...

E no meu primeiro arquejo, naquela queda livre que é a aproximação do orgasmo, só então me abocanhou, me sugou, e estremeceu ao receber a golfada do meu gozo.

Foi preciso que me sentasse, depois de largo tempo, foi preciso que lhe empurrasse suavemente o rosto para que abandonasse meu sexo dolorido e murcho. Tinha engolido o esperma e parecia dormitar, a cabeça pousada em meu regaço, os lábios entreabertos e num lambuso só, atravessados de cabelos.

– Jane.

— Não fala.

Afaguei-lhe o rosto, uma ternura misteriosa me unia àquela mulher.

— Às vezes penso que minha vida é um sonho — disse ela —, e que nada disso que acontece é verdade. Não sei explicar direito, parece que quem está aqui no trem, fazendo isso contigo, não sou eu mesma, é outra pessoa, outra Jane, e a verdadeira fica de fora, apenas assistindo.

Nada comentei, ela me olhou.

— Não quer ouvir?

— Quero sim, continua.

Mas não continuou. Abraçou minha coxa, encolheu-se, tentava acomodar-se na cama estreita.

— Quer um cigarro?

— Não.

— Acho que vou fumar um pouco.

— Não, agora não, por favor.

O trem andando, balançando, o ruído das rodas nos trilhos e o calor dos nossos corpos, um cansaço de animal saciado, era bom, era uma entrega, era o portal do sono. Mas o sonho foi um pesadelo. Havia uma grande cratera num monte, na qual se formava uma bolha visguenta. Eu do lado de fora, assistindo seu desmesurado crescimento, e outro *eu* também lá estava, do lado de dentro, envolvido pela bolha. Quando ela explodiu, espargindo coágulos de sangue e num derrame de trastes malcheirosos, aquele eu encurralado voltou a mergulhar nos abismos da cratera, até retornar à superfície noutra bolha. Vem, eu gritava e dava-lhe a mão, ele se encolhia, receoso, e escolhia permanecer em sua morada estranha.

Quando despertei, Jane se despia e me despi também. Voltara-se para a parede e eu olhava seu corpo nu, alvíssimo e benfeito, as pernas roliças, as nádegas firmes e arrebitadas, a cintura fina, as costas lisas com um pequeno sinal no ombro, de onde pendia um cabelo solitário.

— Estou com frio.

Beijei-a na nuca, nas costas, apalpei-lhe as nádegas muito juntas. Ao contato da minha mão ela relaxou, expondo-se. Vendo-a assim, de bruços, pernas entreabertas e se oferecendo, um desejo selvagem se apossou de mim. Nem pensar em me comover com seu desespero, ela estava me pondo maluco com aquele propósito de dar-se em nome de um sofrimento. Comecei a penetrá-la. Gemeu, mas ainda assim tentava me ajudar, esgarçando-se. Como se quisesse sofrer mais. Tal dose de prazer, tal dose de castigo, uma justiça insana que eu fingia ignorar. Suas nádegas nas minhas virilhas, o calor e a pressão de seu reto, um novo orgasmo estava vindo e foi então que uma parte minha se rebelou. Não, disse comigo, não serei o seu algoz.

– Te vira – pedi.

– Não, não quero.

Recuei, saí de dentro dela.

– Te vira – insisti, agarrando-a pelos ombros.

Tentou livrar-se das minhas mãos, choramingou.

– Não, por favor, estás me machucando.

Era surpreendente a energia que empregava para libertar-se e era quase uma insensatez, mas como pedir coerência a uma mulher em fuga, debatendo-se entre desejo e culpa? Com uma violência de que não me sabia capaz, e certamente machucando-a um pouco, fiz com que se voltasse e abrisse as pernas e me recebesse de frente. Um protesto desesperado eu calei com um desespero de beijos e ela, vencida, me abraçou. E se tornou macia, cada parte do seu corpo se ajustava numa parte minha e seus movimentos vinham completar os meus. E era outra mulher, doce e faminta, e me dava beijos e me segredava o que sentia e pedia mais depressa e queria morrer e depois suspiros e depois um grito, logo outro grito e palavras loucas que eu nunca ouvira de mulher, beijos como nunca me haviam beijado e estertores que principiavam com gemidos e iam terminando aos poucos, entre contrações de vagina e jatos de esperma, num estuário de muco e de saliva.

Não, nunca tinha sido tão bom, e o que se seguiu, não sei, talvez no momento não tivesse compreendido, era uma sensação esquisita, minúscula a princípio, esgueirando-se em mim como através dos poros, depois se avolumando, se espalhando, um certo contentamento, uma certa felicidade, uma vontade muito grande de gostar, gostar de tudo, e eram outros olhos com que olhava ao meu redor, vendo a pia, a lâmpada do beliche, o casaco pendurado, ai, meu casaco, meu xergão velho, companheiro de tantas noites, madrugadas, um junto do outro no sofá da casa, fazendo sala para Miss Solidão...

Como estávamos, ficamos. Já clareava o dia quando despertei, cansado, moído. Jane estava à janela, olhando os campos branquicentos de geada.

— Que horas são?

— Passa das seis.

— Ainda temos duas horas.

Ela me olhou rapidamente.

— E de manhã — tornei —, vais embora, simplesmente...

Me olhou de novo. Disse-lhe então que agora podia responder com segurança àquela pergunta que me fizera em Santa Maria, se simpatizava ou não com ela. Pois simpatizava muito. E disse-lhe mais: que algo importante havia acontecido em mim. Que eu era um homem soturno, mergulhado em lembranças juvenis e de mal com a vida, nem amigos conseguia fazer, mas que algo acontecera, podia até jurar. E queria muito vê-la em Porto Alegre, talvez não em seguida, mas mais tarde, ou quando quisesse.

— Como te esqueces das coisas...

— Não é verdade — protestei, argumentando que, a despeito do que a levara a me procurar, podíamos começar de novo em terra firme e era isso que eu queria.

Olhos baixos, parecia tão triste que me constrangia, mas eu não pensava em desistir.

— Te dou meu endereço.

Levantou-se, ligou a lâmpada do espelho. Passava a escova no cabelo, como sem vontade. Nenhuma pintura no rosto, nenhum artifício, e como era bela na indecisa luz que vinha um pouco da lâmpada, um pouco da suave claridade do amanhecer.

— Jane.

— Vou ao restaurante. Queres que te traga uma torrada?

Ia abrir a porta, voltou-se.

— Foi uma noite e tanto, tipo letra de tango.

— Gostas de tango? A gente podia se encontrar em Porto Alegre e...

— Por favor.

— Sei que seria uma loucura, mas...

— É uma loucura.

— Espera, não vai.

Levantei-me também.

— Conheço uma casa em Porto Alegre onde se dança tango, é um lugar bonito, muito romântico.

— Dançar tango em Porto Alegre, que ideia.

Abriu a porta.

— Olha, queria que soubesses que não me senti usado.

E abracei-a, um impulso me fazia apertá-la, protegê-la de algo que não sabia o que era, mas, desconfiava, podia roubá-la de mim.

— Escuta, não vai, fica comigo.

Sua resposta foi um beijo demorado, quase amoroso. Livrou-se do abraço e saiu.

Deitei-me. Queria pensar, apelar à minha razão, e não conseguia. Uma mulher desconhecida, uma viagem de trem, um leito, uma noite de prazer e ali estava eu feito um garoto de colégio, repentinamente apaixonado. E não podia conceber o dia seguinte sem aquela mulher que, com suas maluquices, dera um sopro de vida aos meus dias sem sabor de velho precoce. Não podia conceber que, no dia seguinte, fosse fazer as mesmas coisas que fizera até então. Disparate? Mas eu me perguntava se de fato não havia sentido, ou se não era mais humano, natural, que a vida acontecesse assim mesmo, loucamente. Sim, precisava pensar, ou por outra, por que pensar? Por que não me entregar à aventura de amar a quem me fazia tanto bem?

O trem deu uma parada brusca e rolei na cama, dando com as ancas na parede da pia. Ouvi gritos no corredor, outros mais distantes, som de vidros quebrados e objetos caindo e rolando no chão.

– Merda – gritou alguém à minha porta.

Tive um pressentimento atroz. Vesti-me às pressas e deixei a cabina, abrindo caminho entre as pessoas que se acotovelavam no corredor. Perguntava, ninguém sabia o que tinha acontecido. Fui adiante, percorri dois vagões de passageiros inquietos e curiosos, ao retornar notei que alguns homens se aglomeravam do lado de fora. Entre eles, o Chefe de Trem. Desci. O funcionário gesticulava com os passageiros.

– Voltem aos seus lugares. Todos para o trem, vamos subir.

– Que aconteceu? – perguntei.

– Um acidente. Agora voltem todos, por favor.

– Que tipo de acidente?

– Ora, senhor, retorne ao seu lugar, não insista.

– Que tipo de acidente? – repeti, aos gritos, segurando-o pelos ombros.

Ele se desvencilhou resolutamente das minhas mãos.

– O senhor está muito nervoso, amigo. Se esta informação o tranquiliza, é sua: nosso trem matou um animal.

– Obrigado – eu disse, num fio de voz.

Voltei-me, subitamente exausto e com vontade de chorar. Jane estava na porta no vagão, com um pé no estribo. Ao ver-me tentou pular para o chão e perdeu o equilíbrio, eu a segurei e a apertei contra mim.

– Meu Deus – disse ela –, eu cheguei a pensar, eu pensei...

– Eu também – eu disse.

Subimos.

– Escuta – tornou ela, ofegante –, como é teu nome? Incrível, ainda não sei teu nome.

Lá fora o funcionário ainda insistia com os curiosos: vamos para dentro, vamos para o trem. E o trem parado no meio do campo, o dia clareando, um frio cortante e nós avançávamos lentamente pelos corredores apinhados, em busca do carro-leito. Jane me tomara da mão e me puxava. Vendo-a assim, desenvolta, eu sentia que algo vicejava forte em mim, uma nova energia, uma vontade de viver, de conviver, compartilhar, e tinha certeza, uma certeza doce, cálida e total, de que agora ela pensava como eu, que valia a pena tentar ainda uma vez, que valia a pena dançar um tango em Porto Alegre. Que importava se era ou não era amor? Sempre, mas sempre mesmo, seria uma vitória.

Tributo

Não são pontuais essas meninas, às vezes se retardam com o cliente anterior e ainda vêm de ônibus, mas ao entardecer, na hora combinada, ouvi a campainha. Fui abrir o portão e calcula meu espanto, era uma de minhas alunas do turno da manhã. E não era senão aquela que, em vão, pedira minha assinatura em documento falso, a bolsa de iniciação científica que pleiteava sem satisfazer os requisitos. Demorei-me a virar a chave e só o fiz ao lhe ouvir aquilo que mais parecia um gemido:

– Professor...

Já ouvira falar de universitárias pobres que, para custear os estudos, prostituíam-se, mas boatos são hipóteses peregrinas que se esfumam, outra coisa é te defrontares, em tua casa, com essa penosa realidade.

•

Uma vez ao mês, raramente mais de uma, eu ligava para a agência e dava um nome fictício, o endereço já não precisava. Sempre atendia o mesmo homem, Guilherme. Ele sabia que eu não tinha preferências excludentes por louras ou morenas, negras ou amarelas. Exigia que tivessem menos de 25 anos e mais de 18.

Se me envergonhava?

Deveria?

Ora, tanta gente faz isso... Mais cedo ou mais tarde todos vêm a pagar pelo prazer, previne um dos bobos de Shakespeare.[22]

---

22. *Noite de reis*. 2º Ato, Cena IV. (N.E.)

Ou isso ou nada, não é?

Pois tua pele responde fielmente à corrosão dos anos, sobretudo nas mãos, cujo dorso engendra ressequida teia, e ao redor dos olhos, que as pregas apequenam, e teus cabelos se alvejam, caem e te legam retorcidas farripas que não se submetem ao pente, e teus dentes não resistem, e perdem o esmalte, e se quebram, já dependes de ferros que te esmagam as gengivas, e teu ventre se avoluma dir-se-ia na mesma proporção em que se te adelgaçam as pernas, e teu organismo é presa de humores insidiosos e logo percebes que as jovens e apetecíveis mulheres não te olham desta ou daquela maneira, simplesmente não te olham, és tão só um obstáculo anteposto a outras e atrativas visões.

Não nego que, às vezes, perguntava-me se não estava a corromper aquelas moças, mas, vê bem, quando vinham a mim já tinham sido corrompidas por outros e não só pelos cafetões, sobretudo pelos sonhos de uma vida melhor que acalentavam na pobreza.

Um drama?

Que o fosse.

Eu não passava de um figurante, e em meu ínfimo papel, antes de qualquer torpeza, concorriam minhas privações: como se não bastassem a viuvez, a solidão, a angústia que se apossava de mim na casa deserta de emanações femininas, em meus afazeres na universidade convivia em dois turnos com o viço e a sedução da mocidade.

De longe.

Via pernas, prenúncios de seios ou um pé descalço de dedos finos, delicados, e afligia-me a certeza de que a outros aproveitavam esses mimos, talvez sem que lhes atribuíssem tão subido valor. E então, uma vez ao mês, raramente mais de uma, comprava o que já não me davam.

●

Naquela tarde, telefonara a Guilherme.

E a garota estava ali, ai de mim.

Não a levei ao quarto, mas à mesa da sala de jantar, como faria se procurado por alunos, quem sabe à espera de que abrisse a bolsa para pegar o livro e o bloco de anotações. Sentada, ela olhava ao redor, e se fixou na cristaleira, onde teimavam em perdurar reminiscências conjugais, o colar de âmbar aninhado num cálice, vetustos cristais, a faca que cortara o bolo do casamento, a caneta de ouro que pertencera a um longínquo avô e fora usada na cerimônia civil, além de um porta-retrato que perpetuava os noivos sorridentes.

— Aquele retrato é o seu?
— É.

Estremeceu ligeiramente.

— Quer que eu vá embora?
— Por quê?
— Por mim, eu fico, mas essa situação...

Olhava novamente para a cristaleira, por que o fazia, se às outras como ela pouco ou nada se lhes dava o que viam? E seria um meio-sorriso aquela contração no rosto? A cristaleira e seu caduco acervo não deviam estar ali, eu sabia, sempre soubera, sempre tivera a amarga consciência de que meu arsenal de quinquilharias — aquelas e outras distribuídas pela casa ou guardadas em malas e caixotes — afogara-me tanto a vida que não me sobrara alento para reconstruí-la de outro modo.

E agora era tão tarde...

•

Só não era tarde para um consolo.

Ainda não me refizera da surpresa, mas já sentia no corpo os trabalhos da ideia de que logo teria nos braços um exemplar da espécie que me agoniava. A carne universitária. A própria, tenra e limpa, para me nutrir e saciar enquanto as Moiras não me cortavam o fio.

— Vais ficar?
— Claro — e acrescentou: — Faço porque preciso, acho que dá para entender, não dá?

Dava, sim, como não? Era só uma troca de atenções para facilitar a caminhada.

— Como se te desse a mão e me desses a tua.

Na porta do quarto, deteve-se, talvez a reprovar a desordem de meus pertences, o roupeiro entreaberto, a penteadeira empoeirada, a cama desfeita, o chinelo de borco, uma trouxa de roupas no chão, talvez a esbarrar na catinguenta atmosfera da peça, que como essas casas que vendem móveis usados cheirava a sapato velho. Eu estava tão habituado àquelas visitas que já nem arrumava ou arejava a casa, como nas primeiras vezes em que as recebera.

Uma hesitação fugaz, logo avançou.

– Deixo a bolsa aqui?

Indicava a penteadeira, outro continente de lembranças: o gatinho de louça, o porta-joias, a escova de cabelo, a travessa dourada e um frasco vazio de Mitsouko, no qual eu ainda pensava inalar uma redolência amadeirada. Sim, podia, ela largou a bolsa, voltou-se. Não era bonita, mas tinha um rosto de traços suaves, infantis, a contrastar com a vivacidade do olhar. Um querubim com olhos de falcão.

Anoitecia.

Eu estava com pressa, receava fracassar, e após deitá-la, despi-la e, num hausto, me inebriar nos brandos odores de sua louçania, e logo ao sentir o quanto me cingia e inflamava sua estreita, ungida intimidade, ah, como era bom, ela parecia corresponder e minha alma como renascia, desabrochava como um gerânio de inverno.

Súbito, seu corpo se enrijou.

– E o papel?

– Que papel?

– Aquele que pedi. Vais assinar?

Agora me tuteava.

– Foi por isso que vieste?

– Evidente que não. Como eu ia saber, se lá na agência deste outro nome? Vim pelo dinheiro, mas, já que estou aqui, quero o papel.

Ergui-me nos cotovelos.

– Então é assim? Além de pagar, preciso vender a assinatura?

Seu olhar parecia advertir que eu não estava lidando com as meninas que Guilherme arregimentava na periferia, e o sorriso com que respondeu não era de bondade ou compreensão:

– Se aceitas e até achas certo que eu me venda, por que não podes te vender também?

– É diferente...

– Diferente? Por que é diferente? Porque és professor e, na tua opinião, sou uma puta? – e elevou a voz: – Te decide!

Seus traços tinham perdido a suavidade. Com surpreendente energia, empurrou-me para o lado. Não se cobriu, e seu corpo firme, harmonioso, era quase um insulto ao meu, desconjuntado mamulengo cujo arremedo de sexo se enroscara em seu berço de penugem grisalha.

– Pela última vez: vais assinar?

Olhava-a com a lembrança daquilo que começara e tanto combinava com o moço que eu era no retrato da cristaleira. Olhava-a sem nada dizer, humildemente, deixando que exercesse sobre mim, para meu bem, sua cruel suserania.

– Vou – eu disse.

Um mundo melhor

Para Jacob Klintowitz

Na tragédia, não agem as personagens para imitar caracteres, mas assumem caracteres para afetuar certas ações.
ARISTÓTELES,
Poética, VI, 145-32

A ilusão da arte, por certo, é fazer com que se acredite que a grande literatura é muito ligada à vida, mas exatamente o oposto é que é verdadeiro. A vida é amorfa; a literatura, formal.
FRANÇOISE SAGAN,
Entrevistas à Paris Review, 1957-63

— Amanhã venho te buscar para o ensaio – disse Russo.
Partiu o amigo, deixando-o no pórtico da galeria que ia dar no saguão do hotel. Absorto, não notou que o lugar, mal-iluminado, estaria deserto, não fosse um grupo de jovens, cinco ou seis rapazes e uma garota, em suspeito silêncio no recuo de uma vitrine.

Ao perceber que o olhavam, era tarde.

O bando o cercou.

Enquanto uns o imobilizavam, outros lhe vasculhavam os bolsos. Quis reagir, e a garota, uma loura sardenta de olhos claros que até então mantivera-se à parte, saltou à sua frente com uma faca. Cessou de se debater, mas isso não evitou que um dos rapazes o esmurrasse no nariz, que começou a sangrar.

— Não deixa melar o casaco – gritou a garota, e suas pupilas faiscavam na contraluz da vitrine.

Também roubaram os sapatos e a carteira. Antes da fuga, um safanão o derrubou. Ouviu vagamente a correria na direção da rua, mas não se moveu de imediato, menos por cautela do que por pasmo.

Quando pôde levantar-se, algumas pessoas acorriam e o ajudaram a andar até a portaria do hotel. O nariz ainda sangrava, e o gerente, após certificar-se de que não estava tão mal, ofereceu-lhe um copo d'água e um lenço de papel.

– Quer que chame a polícia?

Não, não valia a pena.

– Não levaram cheques, cartões?

Tinham levado.

– Convém fazer a ocorrência e avisar seu banco.

Sem casaco, descalço, sem dinheiro e documentos, tomou o elevador com participantes de um seminário de lojistas, cidadãos de próspera aparência, com ternos alinhados e impecáveis colarinhos, que o relancearam como a uma parede, como se o não vissem.

À noite, quase não dormiu.

Ler era impossível.

Se fechava os olhos, via os jovens se acercando, a disposição deles, o olhar de aço da garota, o lampejo da faca, e ressentia o murro no nariz. Figurava a garota com ódio, depois se compadecia e ódio outra vez a estremecê-lo, então acendia a luz de cabeceira e sentava-se na cama, ofegante e a transbordar rancores. Quanta ironia, quanto escarmento em seu papel de vítima. Logo ele, um dramaturgo cujas obras a crítica iconizara como fotografias sem retoques das tumultuosas noites urbanas, a brutalidade tão crua quanto aberrantes os processos que a deflagravam. Contra esse conspícuo arauto da violência rebelavam-se seus arquétipos – uma cena burlesca em que os infantes de Cronos cometessem parricídio.

À lembrança do trabalho seguiu-se um conforto: não perdera a vida, como tantos, tampouco se ferira com gravidade e – um truísmo – continuava bem-parado em degrau muito acima daqueles sebentos que, mais dia, menos dia, acabariam na prisão ou a estertorar em periféricas sarjetas. Admitiu que a noite fora menos perversa do que poderia ter sido. Descontados o pequeno inchaço no nariz e o prejuízo material, uma bagatela, nada mudara. Era um autor bem-sucedido, o que lhe facultava, com um pouco mais de prudência, conservar-se distante daquele universo ignóbil, cuja utilidade em sua vida era tão só a de papel-carbono. Não era assim que produzia suas exitosas peças, estereotipias do noticiário policial? A arte copiando a vida, como queria Sêneca? A vida como ela era, sim, trocando apenas de cenário: no lugar da rua escura, o palco enfumaçado a meia-luz.

E começou a se tranquilizar.

E apagou a luz.

Pelas frestas da veneziana viu que clareava o dia, uma nova manhã após o árduo combate, e lembrou-se de Homero: *Quando a aurora de róseos dedos, filha da manhã...* E sem saber que a lembrança já era um sonho, dormiu até perto do meio-dia.

Almoçou no restaurante do hotel.

Dormiu novamente e, à meia-tarde, despertou indisposto. Ou não era bem isso, antes algo que o inquietava, que o estranhava. Como se mal se reconhecesse ou recém começasse verdadeiramente a se reconhecer, como se o incidente na galeria – que outra coisa haveria de ser? – lhe tivesse aberto um portal misterioso cujo limiar receasse atravessar, e surpreendeu-se murmurando algo que lhe vinha à lembrança nas horas de incerteza: *Eu, o verme, reconhecendo este tecido de alma ausente...*[23] E foi com um princípio de náusea que viu seu rosto no espelho da pia.

À noitinha, Russo veio buscá-lo. Cogitou de desistir do programa, fazer a mala e antecipar a passagem de volta, mas como poderia, se viera à cidade a convite, para ver o ensaio da peça de que era autor?

E foi e logo se aborreceu, a esgrimir com a absurda sensação de que o texto não lhe pertencia ou, se pertencesse, era produto de aquoso e insípido crisol que agora se esvaziara para dar lugar a outras e ainda ignotas misturas. Molestava-se também com as intervenções de Russo e as repetições de cada cena. Russo queria verossimilhança, e o protesto concernia, mas queria também que a representação ultrapassasse sua própria essência, ou seu limite. Chegou a gritar com um ator:

– Não quero representação, quero vida!

---

23. Início do romance *À beira do corpo*, de Walmir Ayala. (N.E.)

Mais vida? E ele ouviu aquilo como a um desaire, como se alguém, por certo ele mesmo em outra dimensão, com outro rosto e redescoberta alma presente, estivesse a lhe apontar o dedo acusador.

Após o ensaio, foram jantar no hotel.

Conversaram sobre a peça, sobre os atores e o que Russo deles exigia, e em dado momento o escritor, quase sem querer e com ligeira impaciência, viu-se observando que a arte obedecia a certas leis que se desavinham com a vida real: cada elemento precisava ter sua existência justificada e esta era a harmonia. A vida não era assim.

E acrescentou:

— Quando pedes menos representação e mais vida estás pedindo uma arte menor.

O outro abriu os braços.

— Que é isso? Crítica ou autocrítica? Agora descartas teu bem-amado Sêneca? Como podes pensar que um texto ou uma representação se aproximem da arte na mesma medida em que se afastem do que é real?

— Não foi o que eu quis dizer, ou foi, mas de outro modo. Não é uma questão de distâncias. A arte tem de ouvir, como Bilac disse a João do Rio, tem de ouvir e registrar todos os gritos, todas as queixas, todas as lamentações do rebanho humano. Mas é um registro como representação, não um fac-símile. Não te parece que essa enunciação de nosso príncipe, considerada isoladamente, está incompleta?

Então o que dissera, ou ao menos pensara, era que a vida, afinal, era o que era ou o que já tinha sido, um caótico *enjambement* de acasos, "uma história repleta de som e fúria, contada por um idiota"[24] – como não lembrar essa clássica dedução? –, não um organismo ou um sistema que se provasse por ambicionar determinado fim. Ela não buscava o belo ideal, não buscava, como a arte, o mundo melhor. Quisera dizer, então, que a arte tinha de ser basicamente transformadora, e que seu desígnio não era se parecer com a realidade e sim corrigi-la. E acabava

---

24. *Macbeth*. 5º Ato, Cena V. (N.E.)

sendo – a verdadeira arte – uma imprescindível, primorosa e verossímil mentira. Ou não propriamente uma mentira, mas o que a realidade poderia ou deveria ser...

– ...se viver fosse uma arte.

Russo o olhou por um instante.

– Balzac?

– O belo ideal? Sim e não. Foi o que ele ouviu e acatou, dito pela mãe de Madame de Staël.

– Acho que entendo. Me serves uma sopa canônica, de Balzac a Schopenhauer, com pitadas quânticas e colherinhas de Shakespeare e Voltaire... não te faltou uma receita grega? Um Aristóteles? Não era para tanto. Ou muito me engano ou, se me permites, sem que a comparação te ofenda, estás dando voltas como burro de olaria só para dizer que minha direção não te satisfaz.

– Só estamos discutindo, meu diretor. Nunca te contaram que a dialética da controvérsia favorece a digestão? – e tratou de mudar de assunto, relatando o que lhe ocorrera na véspera.

– O teu nariz... – observou Russo, sinceramente pesaroso. – E numa hora dessas, eu aqui a tagarelar sobre arte.

– Foi um incidente comum.

– E não terminou tão mal.

– Melhor foi o que veio depois.

– Como? Tem mais?

– Hoje à tarde saí, dei uma caminhada. Adivinha quem encontrei num trailer de cachorro-quente.

– Os ladrões!

– A loura.

– A loura!

– A loura sardenta, a da faca. Ela e um menino.

– Nossa, não sei o que eu faria.

Ele se aproximara e a agarrara pelos cabelos. E agora, sua putinha? O menino fugira, continuou, e imagina o espanto das pessoas ao redor, tentando compreender. E diante dele, aqueles olhos não mais implacáveis, olhos de medo e lágrimas de uma pobre menina assustada. E vira também naquele olhar uma saga de miséria e desespero – a versão dos derrotados, como o eram aqueles meninos. Que dos vencedores, como os engravatados do elevador, não obtinham sequer um átimo de reflexão, que dirá um gesto de compreensão, solidariedade e respeito humano.

– Vi nesse reencontro o teatro.

– Viste a vida, meu amigo. A vida como ela é.

– Não, o teatro. Acreditas se te disser que a soltei e fui embora?

Russo ergueu o cálice:

– Aos teus novos e indistintos conceitos não vou brindar, mas gostaria de fazê-lo à tua atitude. Um perfeito epílogo.

O outro brindou, com um ligeiro sorriso.

Mais tarde, quando se despediram à porta do hotel, ele ficou parado, vendo o amigo afastar-se pela galeria.

Um brinde impróprio, claro.

Perfeito epílogo? Ora...

Russo desprezara seus argumentos e acreditara piamente no reencontro com a garota – pensava ver nele a plausível harmonia, a absoluta comunhão entre arte e vida. Seus postulados se engrenavam, coerentes. Mas que pena essa coerência! Russo nem ao menos suspeitara de que aquele reencontro no trailer jamais acontecera e era tão só uma correção literária do incidente – o mundo melhor –, isto é, a peça que um dia talvez pudesse escrever, desde que ele mesmo também se corrigisse, convertendo-se no autor que agora desejava ser.

A enchente

Estou sendo bem-tratado, sim, a única queixa que tenho é de meu pai, que nada fez para me ajudar, nem antes, nem agora. No entanto, sempre o respeitei, sempre o obedeci e nunca revelei a ninguém aquilo que vi em seu consultório. Fui bom filho. Mas o pai desse filho o ignora, e a essa hora, enquanto o filho sofre, há de estar gozando a vida, bem campante, nos braços de Maritza.

Não, não pense que não sei o que estou dizendo, que sou um lunático qualquer. Essa ideia, que certamente lhe foi sugerida, é mais uma cena do grande teatro, da grande farsa montada contra mim e cujo primeiro ato foi a demissão de meu emprego. O epílogo todo mundo sabe, deu no jornal: cá estou eu, pobre de mim, como se fosse não apenas um louco, mas um criminoso.

Logo eu, a vítima.

Sem trabalhar e sem chance de conseguir outra colocação – a demissão sujou meu nome –, tive de voltar à minha cidade natal. Alugamos um apartamento, Ângela e eu, e enquanto não vinham nossos móveis nos hospedamos na casa de meu pai, um sobrado de seis quartos, com um quintal imenso que só terminava onde começava o rio. Tínhamos certa privacidade – pela manhã meu pai atendia no hospital –, mas não era a nossa casa e aguardávamos, ansiosos, o dia em que poderíamos nos mudar.

Quer dizer: eu ansiava, ela não sei.

E se fosse só isso... E a chuva? E o rio? Às vezes o tempo melhorava, parecia que ia limpar e logo se enfarruscava outra vez. Tornava a chover e o rio, tão próximo de nós, não parava de subir.

Na manhã de uma noite em que a chuva tinha sido intensa, o rádio noticiou que um caminhão de mudanças capotara na entrada da cidade. Sem nada dizer a Ângela, chamei um táxi e fui ao trevo da rodovia federal. Encontrei o caminhão tombado, mas não era de mudanças, era um caminhão comum e trazia uma carga de pneus, que se espalharam entre o acostamento e o alambrado. Vigiava-os um menino de capote.

Enquanto o taxista manobrava para retornar, passou outro caminhão. Era enorme, monstruoso, não era um caminhão comum.

— Vamos atrás dele — pedi.

E pedi que acelerasse e não conseguimos alcançá-lo. Na cidade, o caminhão diminuiu a marcha, mas, numa rua arborizada, não se desviou dos galhos que se alongavam sobre o meio-fio, partiu-os com violência e lá se foi com a ramaria enredada entre a carroceria e a cabina. E eu é que sou doido, disse comigo, ao mesmo tempo em que o via, num movimentado cruzamento, arrebentar a fiação elétrica da rua. Os fios tombaram no asfalto e mandei o taxista parar. Desembarquei e fui esperar no apartamento, cuja chave Ângela deixara com o zelador. Mais de hora esperei em vão.

Voltei para casa a pé.

— Onde estavas? — Ângela quis saber.

Ela servira o almoço na cozinha. Sentei-me e contei tudo.

— O caminhão sumiu — concluí.

— Decerto o homem se perdeu.

— Numa cidade tão pequena?

— E como sabes que era a nossa mudança? Dizia o nome da transportadora?

— Não dizia nada. Mas era enorme, monstruoso, não era um caminhão comum.

Ela começou a se impacientar:

— Um caminhão é um caminhão. E era de fato um caminhão?

— O que queres dizer com *era de fato um caminhão*?

— Outro dia viste o caminhão chegar e era uma kombi.

– Era um caminhão fechado!
– A kombi do verdureiro?

Já não me acusara de confundir Maritza com a faxineira? Com a voz alterada, renovou suas queixas de que eu costumava "imaginar coisas" e ignorar problemas reais. O rio, por exemplo.

– Não viste como sobe? Não viste como se aproxima? Outra noite de chuva e estaremos debaixo d'água.

Olhei pela basculante. O rio saltara de seu leito e alagara a maior parte do quintal. No galinheiro, já com um palmo d'água, as galinhas se agrupavam no poleiro.

– Vou soltar as coitadinhas.
– E onde vais prendê-las? Dentro de casa? – estava quase gritando. – Por que essa súbita piedade? Além disso, pode ser que pare de chover e a água não suba.

– Não disseste há pouco...?

O olhar dela era sombrio.

– Eu não disse nada.

Eram as duas da tarde. Não quis começar outra discussão com ela. Nossa situação já não era boa e até era muito ruim, por causa de seu teatro infame. Ângela era uma mulher atraente, mas sua índole não tinha a mesma qualidade de seus atributos físicos. Nos últimos meses nem deitar comigo ela deitava, alegando disfunções ginecológicas e um rigoroso tratamento que meu pai ministrava. Se tinha amantes, não sei, não duvido e até penso que tinha, pouco se importou quando comecei a visitar Maritza no consultório, instalado nas peças da frente do casarão.

Chovia, chovia sempre e a chuva chicoteava as vidraças como um relho. Mudei a roupa úmida e, ouvindo Maritza chegar, desci. Em sua saleta, ela iniciava um grifograma. Era só o que fazia, o consultório era pouco frequentado desde que meu pai fora acusado de excitar as pacientes com doses elevadas de cantaridina.

– Meu pai não vem?
– Só à tardinha.

E vá puxar por cima do ombro a alça do sutiã, os seios dela eram grandes e pesados. E eram bonitos, alvos – memória de uma tarde em que, pela fresta da porta, vira-a com a blusinha aberta, oferecendo-se ao gosto de meu pai. Eu costumava me sentar ao seu lado para ajudá-la nos grifogramas, mas a mim ela me sonegava qualquer intimidade.

Ao entardecer, pela janela do segundo piso, vi Maritza sair e abrir a sombrinha. "Até amanhã, doutor", ela disse. "Até amanhã" e era a voz de meu pai. Mas não o vi. Vi, sim, o caminhão atropelando o meio-fio e jogando uma montanha de água na calçada. Maritza deu um grito e voltou-se para a janela, meio zangada, meio rindo:

– Olha só como fiquei. Dona Ângela não me arranja outra coisa pra vestir?

O motorista, um gringo de cavanhaque, também estava rindo. Era o caminhão que eu seguira, sim senhor. Era a nossa mudança. Era o fim daquela permanência no sobrado, que vinha acabando com meus nervos.

Chamei para dentro:

– Ângela, chegaram os móveis!

E desci.

O gringo saltou da cabina. Estava acompanhado de uma jovem mulher com seios exuberantes, como os de Maritza.

– Foi difícil achar o apartamento?

– Não, mas preferi descarregar noutro lugar, por causa da escada.

– Como *noutro lugar*? Onde o senhor descarregou?

– No Grupo do B.O.S.

– Grupo do B.O.S.? Que é isso?

– Lá onde funciona o negócio das rodinhas.

– Rodinhas? Que rodinhas?

Ele pegou a maleta na cabina.

– Depois te levo lá. Agora minha parceira quer tomar um bom banho e eu vou dar uma descansadinha.

Ainda me assombrava com tamanho atrevimento quando Ângela apareceu à porta, de calcinha e sutiã, cabelos desgrenhados.

— A água chegou na cozinha!

Corri para lá. O rio invadira a cozinha. Pela basculante, vi o galinheiro submerso. As galinhas tinham morrido afogadas.

— Era uma vez um galinheiro — disse o gringo.

Ele e a parceira tinham vindo atrás de mim, seguidos por Ângela.

— Essa enchente vai longe — tornou.

E não olhava para a água, olhava para Ângela.

— Vai te vestir — eu disse.

— Está abafado.

— Por mim não há problema — ele de novo.

— Nem por mim — reforçou a parceira. — O que eu quero é um banho.

— Olhe aqui... — e o segurei pelo braço.

Ângela interveio:

— Te controla, por favor.

— Está bem, por exceção a moça pode tomar banho. Mas depois os dois vão embora, certo?

— Certo — disse ele.

E olhou novamente para Ângela. Estava com uma tremenda ereção e nada fazia para disfarçá-la.

— Levo vocês lá em cima — disse Ângela.

Tirei os sapatos encharcados e fiquei olhando, consternado, o quintal da casa de meu pai. Chuva e chuva e de repente algo bateu na porta da cozinha. Abri a porta. Era o corpo de uma galinha. Afastei-o com o pé, fechando logo a porta. A água subia o degrau que separava a cozinha do resto da casa e ia entrando na sala. Era preciso agir, salvar o que desse, mas Ângela parecia não se dar conta e continuava no andar de cima, a fazer sala para os invasores.

Subi para chamá-la.

A parceira estava no banho. No corredor, vi Ângela encostada na parede e o gringo levando a mão entre as pernas dela. Ângela também me viu e, empurrando-o, veio ao meu encontro.

— Tu e ele... — eu disse.

— Eu e ele o quê? Vais começar?
— Eu vi.
— Não viste coisa nenhuma, não começa.
— Ele estava te agarrando.
— Não estava. Tu vês coisas que não acontecem, tu inventas...

E por que ela estaria com a calcinha torta, repuxada, como se tivesse interrompido o ato de despi-la? Dei-lhe um tabefe, ela cambaleou, e já me preparava para bater de novo quando o gringo se interpôs.

— Que é isso? Batendo na mulher?

Tentei atingi-lo, ele se esquivou.

— Calma! Não vês que estamos com problemas? Olha só lá embaixo, alguém terá de nos socorrer pela manhã.

A água tinha subido tanto que a mesa desaparecera e do balcão só se via o tampo de mármore. No mesmo instante a luz se apagou.

— Vou trazer uma vela – disse Ângela.

— A água tá fria – gritou a parceira.

Ninguém respondeu. Ângela voltou com a vela.

— E agora? O que vamos comer?

O gringo nos segurou pelos braços, protetor, e nos fez andar.

— Tenho um pacote de mariolas na maleta. Até amanhã dá.

— Me tragam uma vela – era a parceira novamente.

E ninguém respondeu. Estávamos no quarto de meu pai e o gringo, sentado na cama, oferecia mariolas. Ângela aceitou, eu não. Ele achou graça.

— Se queres passar fome, o problema é teu.

Certo, disse comigo, mas o problema não é meu, é dele, só quero ver como vai estar o caminhão pela manhã. E olhei à janela. A água corria pela rua como um rio caudaloso e já cobrira as rodas.

— O caminhão sabe nadar?

Ele olhava para Ângela, que não se vestira e estava sentada na poltrona ao lado da cama, pernas erguidas, dobradas, os calcanhares na borda do assento. Com as mãos nos joelhos, balançava-os, e no rosto dela se cristalizara um sorriso obsceno.

— O caminhão tem escafandro?

O gringo se levantou e veio à janela.

— Olha comigo. O que estamos vendo?

— A enchente.

— Enchente? Que enchente? Olha comigo, o que estamos vendo? Um chuvisco, barro, poças d'água...

— E quanto ao caminhão? Tem pé de pato?

— Que descontrole — reclamou, voltando à cama.

E a cena do quarto também era inventada? O gringo com aquela ereção brutal e Ângela sorrindo, olhando. Não, não era um sorriso, era um trejeito, um esgar, um misto de urgência e gula, e já ela apoiava o pé na guarda da cama, joelhos afastados, em posição dir-se-ia ginecológica que deixava à mostra a orla escura de seus pelos.

— Querido — disse ela —, vem comer um tijolinho.

O gringo abriu a gaveta do bidê.

— Não há outra vela por aqui? — e para mim: — Faz alguma coisa útil. Leva uma luz para aquela pobre mulher que está no escuro.

— Leva, querido. Na gaveta da cômoda — a voz rouca, melosa, bem ao contrário da habitual, autoritária e ressentida.

— Sim, vamos fazer alguma coisa útil — e apontei para o intruso —, vamos conversar sobre a mudança.

— Alguma novidade?

Ele estava com a mão no joelho de Ângela.

— A novidade é que o senhor, irresponsavelmente, deixou nossos móveis no Grupo do B.O.S.

— Grupo do quê?

— Não tente me enganar, o senhor mesmo disse que descarregou no Grupo do B.O.S., o negócio das rodinhas.

Ele deu uma risada.

— Negócio das rodinhas!

Ângela riu também.

— A chuva... ai... está deixando ele lelé.

O gemido era por causa daquela mão que alisava sua coxa.

— Está bem — eu disse —, vou levar a vela.

Achei a vela na cômoda, mas, ao invés de ir ao banheiro, desci. Com água na cintura, fui ao consultório e, no armário, peguei o bisturi. Meu movimento agitava as fichas médicas que flutuavam, entre envelopes de radiografias e páginas da *Recreativa*, a revista dos grifogramas de Maritza. À luz da vela, pareciam bandeiras drapejantes num abismo.

Abri a porta do banheiro sem bater.

— A vela! Viva! — festejou a parceira.

Estava sentada no vaso sanitário, enrolada numa toalha, as pernas nuas lambidas pela claridade oscilante.

— Gostou de me ver, não é? — e afastou a toalha.

Os seios dela eram bonitos, alvos como os de Maritza, mas não deixei que aquilo fosse longe. Passei-lhe o braço por trás da cabeça, cobrindo-lhe a boca, e fiz o que tinha de fazer. Lavei a mão ensanguentada e voltei ao quarto de meu pai, que eles estavam conspurcando com aquela traição. E lá estavam aqueles dois, despidos, o gringo na poltrona e Ângela escanchada nele, joelhos quase tocando o chão. Na minha cabeça se instalou uma grande confusão.

— Posso ver? — e era a minha voz.

— Claro, a mulher é tua.

Por trás da poltrona, vi que entrava nela. E ela ria e mordia o lábio e me olhava com os olhos esgazeados. O gringo lhe abocanhara um dos peitos e ela oferecia o outro, com o mamilo eriçado. E gemia. E mordia e mordia o lábio, me olhando, e seu rosto se contraía num riso mudo e ela me olhando, e seus olhos se esgazeavam e ela sempre me olhando. Vinha um orgasmo e deixei que viesse. Quando Ângela começou a ter o seu, os ais e os soluços se transformaram num grito de pavor: seus dedos se cortaram no bisturi que eu acabara de cravar na nuca do homem.

Lancei os corpos no rio que corria na rua. Afundaram logo e a correnteza, que já levara o caminhão e as galinhas, levou-os também.

Ângela chorava.

— Não chora — eu suplicava —, amanhã vamos começar vida nova. Vou descobrir onde é o Grupo do B.O.S., vou recuperar nossa mudança. Essa noite horrível a gente esquece.

— Meu Deus, ele não sabe!

Eu sabia, sim. A vítima se insurgira contra seus algozes. Eu, sozinho, contra a gigantesca falsidade que me cercava. E achava que estava salvando nosso casamento, nossa vida em comum, nosso futuro.

Pobre de mim.

Ângela não parava de chorar, puxava os cabelos, mas não se arrependia de nada e nada confessava. E para dissimular suas culpas, para me confundir e me deixar mais nervoso, dizia que não chegara mudança alguma, que não havia caminhão nem caminhoneiro, que chovia, sim, mas que não havia nenhuma enchente, que eu estava doente, que eu estava louco e acabara de matar meu pai e sua secretária. Viu só? E eu pergunto: ela merecia viver? Ela era má, muito má.

Os negros do Quênia

— Vamos acordar? – disse alguém.
Não respondeu.
Estava desperto e ia caminhar no parque, como em regra se prescrevia aos enfartados. Ao levantar-se, viu que já se vestira, embora não se lembrasse de quando e como o fizera. E não havia mais ninguém no quarto. Parece um sonho, disse consigo, ao mesmo tempo em que percebia, como nos sonhos, súbita mudança de cenário: não tomara o elevador, tampouco descera as escadas e, no entanto, lá estava no volante do automóvel.

Não quis deixar o carro no estacionamento do parque, perto dali havia uma garagem da qual já se servira. Antes de alcançá-la, defrontou-se com outra que nunca tinha visto, ao lado do Hospital Americano.

Entrou.

O manobrista abriu-lhe a porta.

– Cuidado – recomendou –, é um carro especial.

No Caixa, recebeu o cartão magnético. Agora ia fazer seu exercício e se felicitou por notar que os acontecimentos se ordenavam numa fluência regular, já sem lacunas.

– A saída é por ali – disse o Caixa.

Ao invés de sair, viu-se atravessando um longo corredor com um renque de portas atrás das quais deviam estar pessoas enfermas. Ao fim do corredor, uma escadaria que ia dar num jardim e ali brincava uma menina. Perto dela, um homem que o olhou e continuou olhando, como se o vigiasse. Retornou, pouco à vontade. Errara o caminho e tinha de passar novamente pelo corredor vestido daquele jeito, bermuda, camisa de meia e... pés no chão? Estava sonhando, claro, por isso alguém lhe dissera "vamos acordar". Um sonho tolo, como tantos outros, não era o caso de se preocupar. Mas foi com desafogo que encontrou a porta que comunicava o saguão do hospital com a garagem. Antes de cruzá-la alguém travou seu braço.

— Volte para o quarto.
— Eu?
— Você mesmo.
— E quem o senhor pensa que é?
— O gerente do hospital.
— Pois saiba que está me confundindo!

E desvencilhou-se com maus modos.

Sonho ou não, era um dia estranho e melhor que fosse embora, antes de se enredar noutro mal-entendido e impacientar-se o bastante para padecer outro enfarto. Apresentou o cartão, pagou e foi sentar-se no comprido banco de madeira, onde outras pessoas já se achavam. Esperou uns minutos e chamou o manobrista.

— Tem gente que chegou depois de mim e já saiu.

O rapaz fez um gesto, querendo dizer que aquilo não era com ele. Continuou esperando, e depois de esperar por um tempo que entendeu como um acinte, novamente reclamou do empregado.

— Já faz mais de vinte minutos...
— Não posso fazer nada. Enquanto a gerência não pede o carro, não estou autorizado a buscar.
— Não pediu o meu?
— Que carro é o seu?
— Um Ford 1929, bege.

O manobrista riu.

— Qual é a graça? — perguntou, levantando-se.

Indignado, foi bater a uma porta onde se lia: *Gerência*.

— Entre.

Entrou, viu um balcão e uma estante com medicamentos.

— Às ordens — disse o homem atrás do balcão.

— Isso é uma farmácia? — erguendo um pouco a voz. — Aí fora não tem uma placa dizendo que aqui é a gerência?

— Tem. E eu sou o gerente.

— Da garagem?

— Não, da farmácia.

— Mas que coisa! — e bateu com o punho no balcão.

— Não se exalte — tornou o gerente. — O senhor pode estar sonhando e os sonhos são assim, uma confusão dos diabos. Quem sabe eu posso ajudá-lo...

— Pode? Então vamos lá. Deixei meu carro na garagem para caminhar no parque e...

Hesitou, o fato é que não caminhara.

— O senhor disse que deixou o carro...

— Sim, um Ford 1929, bege. Um carro especial, como aqueles que aparecem nos filmes de gângsteres.

— Estragaram?

— Não, mas faz um tempão que estou esperando e não há jeito do manobrista trazer.

— Menos mal, pensei que tinham arranhado, roubado, sei lá.

— Quero reclamar da demora.

— Então vou lhe explicar como funciona a empresa, para que não perca tempo batendo em porta errada. Isto aqui é um hospital americano, por isso o nome: Hospital Americano.

— Meu problema é com a garagem.

— Exato. Neste Hospital Americano temos o hospital propriamente dito, temos a farmácia, o parque, a garagem...

— O parque?

— Também é nosso. No fim do corredor há uma escadaria que dá num de seus recantos.

— Ah, sei. Vi uma menina e também um homem que...

— Continuando: cada área tem seu gerente. O homem que o senhor viu deve ser o gerente do parque, pois aquela escada é privativa. O acesso do público é por fora.

— Aonde o senhor quer chegar?

— Já cheguei, o que estou tentando lhe dizer é que deve procurar o gerente da garagem, o senhor Rossi.

— Onde é o escritório?

— A garagem não tem escritório. Pergunte ao Caixa, ele dirá onde está o senhor Rossi. Viu só? Com paciência tudo se resolve, mesmo em sonhos. Procure o senhor Rossi. O senhor disse que é um Ford, não é?

— Ford 1929, bege.

— Belo carro.

— Conhece?

— Não, mas se aparece nos filmes...

"Esse sujeito é louco", pensou, e foi até o Caixa.

— Quero falar com o senhor Rossi.

— Sobre o quê? – disse o homem.

— O assunto é com o senhor Rossi. O gerente da farmácia disse que o senhor sabe onde ele está.

— Ele disse isso?

— Disse.

— Está bem. Sou eu. Mas isso não vai ficar assim.

— Assim como?

— Nada. Depois veremos. Qual é o problema?

— Já fazem... quarenta e cinco minutos... veja só, quarenta e cinco minutos que estou esperando meu carro e nada.

— Tem a nota?

— Que nota? O senhor me deu um cartão, que devolvi.

— Certo, mas sempre pergunto ao cliente se quer nota fiscal. O senhor deve estar com a nota, a não ser que tenha dito que não precisava.

— Não tenho nota nenhuma. Fui caminhar no parque e... bem, fui, voltei, entreguei o cartão e estou aqui, feito um palhaço.

— Calma – disse o senhor Rossi. – Que carro é o seu?

— Um Ford 1929, bege.

— Quê? Não acredito.

— Como *não acredito*? Acha que estou mentindo?

— Ora, dizer alguém que "não acredita" é força de expressão. Descreva o veículo, por favor.

— Tem capota de lona, o estepe de lado, como aqueles que aparecem nos filmes de gângsteres.

— Filmes de...?

— Gângsteres.

— Ah... – fez o senhor Rossi, lançando-lhe um olhar significativo. – Foi o que ouvi. Tipo o Al Capone, certo?

— Certo.

— Interessante o pormenor.

— Pormenor? Que pormenor? Acaso isto aqui é um hospício? Já faz mais de quarenta e cinco minutos que...

— Vamos ver o que está acontecendo – cortou o senhor Rossi, levantando-se. – Quer dizer que o gerente da farmácia disse ao senhor o que o senhor me disse?

— Disse.

— Com as mesmas palavras?

— Sei lá com que palavras. Se isso é um problema, não é um problema meu, é seu e dele.

O senhor Rossi tinha saído da casinhola do Caixa e o olhou:

— Meu e dele? O senhor disse *meu e dele*?

— Disse.

— O senhor está opinando sobre o organograma da empresa?

— Quem? Eu? Olhe aqui, meu amigo...

E notou que o senhor Rossi o examinava de alto a baixo.

— Fui caminhar no parque – tratou de explicar. – Por isso estou assim e por isso cometi o disparate de deixar o carro em sua garagem.

— É estranho.

— O que é estranho?

— Ir caminhar assim... pés no chão... e o mais estranho é que hoje o parque está fechado.

— Na verdade, eu... sim, estive no parque, vi uma menina.

— De trancinhas? É a filha do gerente. Quando o parque está fechado, ele costuma trazer a família. E onde o senhor deixou seus tênis?

— Não sei.

— Ah, não sabe? Essa é boa.

— O que o senhor tem a ver com isso, se caminhei ou não caminhei, se uso tênis ou não uso? Por que não vai reclamar dos negros do Quênia, que correm de pé no chão?

— Negros do Quênia... bah, definitivamente a coisa se complica. Que carro o senhor disse que é?

— Ford 1929, bege.

— Do tempo da Lei Seca...

— E daí?

— Não, nada... Parque fechado... pé no chão... um carro que podia ser do Al Capone... e agora essa, negros do Quênia... Enfim, vamos julgar o caso. Aguarde um instante.

Chamou um manobrista para assumir seu lugar no Caixa e, ao aproximar-se novamente, estendeu-lhe a mão:

— Prazer, Francisco Rossi.

Ele olhou para o lado, como não acreditando no que ouvia.

— Por favor, me acompanhe.

Tomou a frente do senhor Rossi.

— Vou lhe dizer algo que não precisava dizer. Sabe por que preciso caminhar? Prescrição médica. Sou cardiopata. Provavelmente estou sonhando, mas resolva esse assunto antes que algo me aconteça. O senhor pode ser responsabilizado.

— Então trate de manter seu sonho sob controle — disse o senhor Rossi. — Venha comigo.

Seguiram pelo corredor que ele já conhecia, desceram a escadaria do parque e tornaram a entrar no edifício por uma porta lateral, dando noutro corredor que fletia ora à esquerda, ora à direita e, como num labirinto, ia cruzando com outros corredores parecidos.

— Chegamos — disse o senhor Rossi.

Uma sala bem-iluminada, a mesa de conferência e quatro homens sentados: os gerentes do parque, do hospital e da farmácia, e o quarto era um magrelo esguedelhado.

– Olá – disse o gerente do parque.

– Olá – disse o gerente do hospital.

– Olá – disse o gerente da farmácia. – Cá estamos de novo.

O senhor Rossi abriu os braços.

– Ia apresentá-los, mas vejo que já se conhecem.

– Que espécie de reunião é esta? – e apontando o magrelo com o queixo. – E quem é o senhor? O Minotauro?

O senhor Rossi adiantou-se:

– Seja gentil. É o americano.

Ele recuou um passo.

– Bateram meu carro? Foi roubado?

– É o senhor que está dizendo – disse o senhor Rossi. E voltando-se para os demais: – Que quiproquó! Vejam os senhores: parque fechado... tênis "não sei"... Al Capone e a Lei Seca... e isso sem falar nos negros do Quênia.

– Negros do Quênia! – assombrou-se o gerente do parque.

– Que estou a ouvir? – disse o gerente do hospital.

E o da farmácia:

– Que insolência!

O senhor Rossi ergueu as mãos abertas:

– Não nos precipitemos, julgando pelas aparências. O assunto está em discussão. O nosso mister – e tocou no ombro do americano –, o que acha desse conjunto de indícios?

– Acho – respondeu o magrelo.

– É a minha opinião – assentiu o senhor Rossi, e voltou-se: – Como o senhor explica essa... isso tudo que aí está? Sobretudo a questão queniana... a aludida negritude... a relação desses elementos com seu interesse pelo organograma da empresa.

Ele sacudia a cabeça, incrédulo.

– Suas razões – insistiu o senhor Rossi.

— Minhas razões? — e agarrou a cadeira que lhe estava reservada. — Minhas razões, é? — e deu com ela no tampo da mesa, partindo-lhe um pé, que foi bater na parede, ferindo o reboco.

— Considere-se preso — disse o senhor Rossi, e chamou para o corredor: — Guardas!

Alguém o agarrou por trás e começou a arrastá-lo para fora.

— Sou cardiopata! — gritou. — Me solta! Sou cardiopata!

Lembrou-se novamente de que aquilo era um pesadelo, do qual, sem demora, haveria de despertar. E se não fosse? No mesmo instante viu que o americano fazia um sinal, com o polegar para baixo.

— Mister! — tornou a gritar. — Mister!

Na verdade, ele não estava ali e tampouco saíra de onde estivera na última semana. E quem o visse num dos leitos daquele corredor, primeiro a murmurar, com a respiração acelerada, e logo um estremecimento, um ronco cavernoso, e quem o visse, depois, aquietar-se, e um fio de baba a lhe escorrer do canto da boca, quem o visse assim, saberia que do sonho que tivera, fosse qual fosse, ele nunca mais despertaria.

Legião Estrangeira

Abrandou o passo e olhou pela janela do Hotel Moderno. Era cedo e Bete ainda não estava no salão, a balançar entre as mesas suas formosas tetas. Andou mais uma quadra e entrou no prédio dos correios. Lili estava só e pediu que aguardasse, já distribuiria às caixas postais o malote da véspera. Ele fez um gesto vago. Encostado no balcão, viu a funcionária desenlaçar um maço de cartas e por trás dela, na rua, a carroça de um verdureiro a rinchar. Era no sábado que os verdureiros da campanha vinham à cidade, animando as ruas com seus pregões. E ele também se animava. A manhã começava como qualquer das manhãs antecedentes – ia ao correio ver se tinha chegado a carta –, mas no resto do dia o programa era único, próprio do sábado: ia à praça comprar a revista e almoçava no hotel. Era o melhor dia da semana.

– Só um minuto – disse Lili.

– Não tenho pressa.

Gozar o sábado, isso sim. Os outros dias, se pudesse, metia-os num saco e os lançava ao rio, atrás do cabaré da Célia, naquele juncal onde as putas iam mijar. Domingo era o pior, ai, domingo... Despertava cheirando papel velho e dava com a mãe na *bergère*, ouvindo missa pelo rádio. E o correio fechado, claro. Depois do almoço fazia as cruzadas da revista, decifrando questões como a *mania suicida entre os malaios* – seis letras –, e o mais era conformar-se com horas indistintas, paradas, como se a tarde não fosse passar nunca. No tempo do Guarani e dos pelotaços de Basay costumava ir ao estádio, todo mundo ia, mas o glorioso alvirrubro, desmilinguindo-se, fora rebaixado, logo extinto, e a tarde, agora, era tão só um marco de angústia na viagem para a noite. E à noite ia ao clube, que remédio, voltava ziguezagueando o porre pelas ruas silenciosas e massageando o ventre flatulento. Antes de deitar-se beijava a foto da senhorinha Acauan e jurava que em seguidinha iria vê-la no Paraíso. Mas a semana começava, ele comparecia ao trabalho no Posto de Saúde e resolvia conceder-se outra chance, esperando a carta. De segunda a sábado. E esperando viver e morrendo no domingo – em desespero, como aquele infortunado senhor Boose.

– Já está.

Abriu a caixa e encontrou mais uma lição do curso de línguas por correspondência.

– E nada da minha carta...

Outra carroça demandava à rua da feira, carregada de verduras. A moça fazia anotações num livro.

– Tenho uma coisa pra te mostrar – tornou.

Lili viu nas mãos dele uma caderneta.

– Que é isso?

– Estou pronto – era um passaporte. – A documentação em ordem e já me defendo no francês.

– Que coragem.

– Coragem é ficar aqui, nessa vidinha. Se eu tivesse um motivo...

– E tua mãe? Não é um motivo?

– Mãe? *La France est votre mère*, diz no hino – e sorriu. – Eu digo um motivo meu, pessoal, se tivesse eu ficava. Que achas?

– Eu não acho nada e tenho toda essa correspondência pra lançar.

– Pena – e guardou o documento. – Muito serviço hoje?

– O de sempre.

Ele bateu com o nó do dedo no balcão.

– Vou indo.

Lili fez uma careta, mas ele não viu.

Agora ia ao quiosque, na praça. Na mesma direção seguia um homenzinho retaco e melenudo, carregando um porta-voz. Era Ibrahim, que chamavam Turquinho, popular reclamista da cidade, com seu andar de petiço marchador. Num impulso pôs-se a arremedá-lo, um-dois, um-dois, um-dois. Na esquina, Turquinho olhou para trás e o viu. Ele parou. O reclamista atravessou a rua, olhou de novo, desconfiado, e ergueu a trombeta.

Segunda-feira tem fogueira e a Farmácia Brasil previne sua distinta freguesia masculina: a festa de São João remoça o coração, mas não se esqueça da cabeça. Para a queda precoce dos cabelos, Petrolina Minâncora, o tônico capilar por excelência. Caspa? Seborreia? Juventude Alexandre, use e não mude. Depois penteie-se e seduza com Óleo Glostora, elas ficarão caidinhas por você. Tudo isso e muito mais na Farmácia Brasil, de Josezinho Santos, o recurso dos bacanas!

Comprou a revista e retornou pela mesma calçada. Páginas e páginas sobre a visita do General Craveiro Lopes ao Brasil[25] e nenhum fato marcante, muito menos uma guerra como a da Coreia. Imagine, uma guerra! As guerras eram uma tragédia para a humanidade, mas que enchiam uma vida, isso enchiam, o sujeito ia dormir pensando nos últimos boletins da A.P. e no dia seguinte acordava pensando a mesma coisa: "Como será que vai a guerra?" Um desastre de avião também enchia, e como!, aquele de abril ofuscara até a lembrança da carta que não chegava nunca. Quando os jornais vinham da estação para o quiosque, já uma multidão estava à espera e havia títulos para todos os gostos. Os genéricos: ENLUTADO O RIO GRANDE COM O DESASTRE. Os específicos: QUARENTA FAMÍLIAS CHORAM A PERDA DE SEUS ENTES QUERIDOS. Os literários: PARA OS PASSAGEIROS DO PP-VCF A ÚLTIMA ESCALA FOI A MORTE.

Abril, 7 (domingo). Aeroporto de Bagé.

Decola o Curtiss-Comander com trinta e cinco passageiros e cinco tripulantes, e três minutos depois o comandante avisa que o motor esquerdo está em chamas. Retorna o avião a baixa altura. A trinta metros do solo, ao invés de baixar mais, sobe outra vez. A

---

25. Alusão à visita do Presidente de Portugal, em junho de 1957, que foi objeto de grandes reportagens em jornais e revistas do centro do país. (N.E.)

cinquenta metros despenca a asa esquerda, o bimotor gira sobre seu eixo horizontal e cai de dorso com formidável estrondo. Arrasta-se ao longo da pista e explode no final, arrojando destroços num raio de cem metros. A assistência de terra, transida, está imóvel, e eis que das chamas sai a correr uma tocha humana, e tropeça, cai, e soergue-se nos joelhos e por fim desfalece, não longe da sucata ardente. A assistência desperta, ruge, e o viajante comercial Victor Boose é transportado para o hospital, onde vai morrer em meia hora. Nenhum sobrevivente mais.

Quando os ecos desse drama começaram a escassear, tornou a pensar na carta e a esperá-la ansiosamente. E tudo voltou a ser como era antes de abril, exceto pela foto da senhorinha Acauan, Rainha do Clube Comercial de Livramento, que aparecera nos necrológios lado a lado com a de Liberato Salzano[26] e ele recortara e colara no espelho do roupeiro. A vidinha de sempre. O expediente no Posto, cadastrando a porca humanidade que vinha mostrar suas feridas, e a jogatina no Clube dos Sargentos com o Sadi, noites de sinuca, chope, batatinha frita e sonhos que não tinham fim.

Londres e Sidi-bel-Abbes.

Sadi vencera o campeonato citadino de *snooker* e esperava obter um patrocínio, talvez o de Josezinho Santos, para disputar o torneio londrino do *News of the World*, no Leicester Square Hall, de onde voltaria, tinha certeza, com uma caçapa de esterlinas. Quando bebia demais, pronunciava com ódio nomes famosos de profissionais ingleses e desdenhava deles. Davis, pfff, Pulman, pfff, Smith, pfff, Donaldson[27], pfff, e expelia pedacinhos de fritas escoltados por velozes perdigotos.

O parceiro do sargento, embora aficionado, não tinha veleidades no desporto. Ele sonhava com a Legião, que era o sonho mais bonito dos solitários e incompreendidos deste mundo. Dispensavam-se os patrocínios, as esmolas. Bastava que se escrevesse ao *bureau de recrutement* na Rua St. Dominique, em Paris, a França custeava o traslado e um

---

26. Secretário de Estado do RS, falecido em acidente aviatório de 07 de abril de 1957. (N.E.)
27. O autor cita célebres jogadores de *snooker* da época. Os ingleses Joe Davis e John Pulman foram campeões mundiais. (N.E.)

contrato quinquenal garantindo a aposta: glória ou perdição. *Soldier of fortune* e como eram lindos os uniformes dos regimentos africanos: os *spahis* do Batalhão Dezenove com suas largas calças, blusões berrantes, jaquetas zuavas, fêzes e enormes capas vermelhas, os *tirailleurs* vestidos de azul e ouro, os *chasseurs d'Afrique* de azul-claro, os zuavos de azul e vermelho – assim os vira, certa vez, na revista do sábado.

No fim da noite se despediam na calçada do clube, vencidos pelo cansaço, pelo álcool, pelo sono, e partiam deixando nas lajes de grés um rastro de cusparadas – no fim da noite todos os sonhos são amargos. Clareava o dia quando entrava em casa, felicitando-se ao não ver a velha nem a gata, ou vê-las como vultos de uma tela sombria, a primeira adormecida em sua cama de criança, encolhida como um feto, a segunda estatelada no cesto das costuras, entre novelos de lã Santista e cartuchos de retrós Guterman.

Era um pequeno apartamento, comprado com o seguro do falecido. O filho dormia no quarto, a mãe na sala atulhada com seus trastes. A camita de ferro e ao lado o roupeiro já sem portas que podia ter sido outrora um falso Chippendale. A cômoda assentava-se em tijolos no lugar dos pés e sobre ela o fogareiro e latinhas para guardar os chás, camomila para as cólicas, carqueja ou losna para a prisão de ventre, funcho para os gases e mais erva pombinha e capim-cidreira e aqueles cheirinhos todos se misturavam ao cheiro de papel velho – revistas, jornais, folhetos de publicidade ou de propaganda eleitoral, que a mãe ia empilhando "para ler depois" e que efetivamente lia, meses ou até anos depois, sem perceber que o que lia eram epitáfios em tumbas de celulose. Havia também a mesa, duas cadeiras e um banquinho, e na parede, acima da máquina de costura, um retrato do morto em moldura oval. O rádio no bidê era novo, um Philco de três ondas, mas a *bergère* perdera já uma asa do encosto e o assento era fundo e chato. Os braços tinham sido dilacerados pela gata e dos rasgões assomavam espiras de arame e chumaços de lã cor de chumbo. A gata se chamava Fifi. Era uma gata ruana com cicatrizes de sarna e uma aberração: o cio interminável. Ele odiava essa Fifi.

Era sentar no banquinho e vinha a gata se roçar em suas canelas. E se agachava, a nojenta, alçava o rabo e punha-se a miar, instando-o, e como ele não se aprestava, ela olhava para trás, rancorosa, e rosnava como um cão.

Joanetes? Calos? Zino Pads do Dr. Scholl. Após o banho não esqueça: só Rugol mantém o segredo de sua idade. Agora confira no espelho. Busto caído? Que vergonha! Mais esbelta, mais bela, mais sedutora, com a Pasta Russa do Dr. Ricabal. Vista-se, você está ótima, e agora amor-amor-amor com Royal Briar, o perfume que deixa saudade. Tudo isso e muito mais...

E agora, voltando, ia ao restaurante do hotel, e ao passar outra vez pela agência dos correios pensou em Lili, se aceitaria um convite para a festa de São João. Gostava dela. Era bonitinha. Gostava até dos dedinhos dela, sujos de goma-arábica e tinta de carimbo. Em certas noites, no quarto, fingia que chegava da rua e a encontrava à sua espera. Como se fossem casados. Na sala, a velha ouvia um programa musical, e ele, sentado na cama, cavaqueava com Lili sobre assuntos domésticos. Às vezes dançava com ela, abraçado ao travesseiro, às vezes se emocionava com a música do rádio e acabava chorando, soluçando, como soluçam os que não têm consolo. A velha já reclamara dessas vozes noturnas, mas ela também falava sozinha e argumentava e discutia e ele achava que era com o retrato oval do falecido, que amanhecia tapado com um pano de prato.

No restaurante, costumava reter Elizabete junto à mesa. Chamava-a Bete e a desejava intensamente. Era uma gorda seiúda, com lábio leporino. Ao curvar-se, servindo, fazia-o com deliberado excesso e ele se agitava na cadeira e sentia o joelho trepidar num tique e se conseguia, num relance, avistar os mamilos de goiaba, era certo que à noite não dormia, ficava olhando o teto, fumando e vendo formas femininas nas manchas de umidade e nas volutas da fumaça. Numa dessas noites sonhou que Bete viera à sua cama. Ele mamava em suas tetas Ricabal e ela, com o lábio congestionado, fazia-lhe um *bouchet*. E deu um grito de dor na escuridão: Bete o mordera. Acendeu a luz e viu, horrorizado, a gata ruana escapulindo pela porta entreaberta.

Quando o desejo persistia, atormentando-o, socorria-se de uma velha revista com fotos de Marta Rocha[28] em Long Beach. A *Namorada do Brasil* tinha um sensual nariz cujas aletas, de feição negroide, dilatavam-lhe as narinas, e o Sargento Sadi, que sobre ser mestre na sinuca era tido por filósofo, costumava preceituar: "Fêmea de narina aberta tem pimenta no xibiu". Ele acatava essa doutrina e na solidão do banheiro sucumbia às instâncias daquele nariz de fogo.

Uma vez ao mês ia ao cabaré da Célia, perto do rio, onde as putas tiravam os homens para dançar. Baila, bem? Depois de uma milonguita ao som de Basay e seu conjunto, levantando poeira do tablado, iam de braços dados, como noivos, bater à porta do quartinho dos fundos. Alguém resmungava "tem gente" – sempre tinha –, eles confabulavam e se decidiam pelo juncal que crescia atrás das casas, entre os seixos lodosos da margem que fediam a urina. A mulher, que atendia por Kate ou coisa assim, cuspia o chiclete e se ajoelhava. Da boca dela subia um cheiro de hortelã que logo cedia aos miasmas da pútrida ribeira.

Pagava com uma nota dobrada que ela abria para conferir e guardava no sutiã. Vinham de volta pisando em poças d'água, juncos mortos e excrementos da fauna palustre, e ele se enchia de pena da mulher e de si mesmo. Comovia-se com as sandálias dela, a saia de chitão e os joelhinhos embarrados, sobretudo com os *khrrr* e os *tchuf* das cuspidas que ela dava, tentando livrar o céu da boca dos visgos do esperma. Tu és igual a mim, desabafava, mas eu me salvo, vou embora. E se Kate perguntava para onde, respondia, animoso: para a Legião Estrangeira! Mostrava o recibo da correspondência que enviara, sabe o que é isso? *Régiments étrangers*? Alistara-se e esperava a carta de convocação.

---

28. Miss Brasil 1954. (N.E.)

Soldats de la légion,
de la légion étrangère,
n'ayant pas de nation,
la France est votre mère.

Bete não estava. Uma garota a substituía e ele perguntou:
— Bete não veio?
— Tirou uns dias.
— Doente?
— Não, buchuda.
Buchuda!
— Tem certeza? – ainda perguntou à moça.
— Eu? – ela espantou-se.

Quase não acreditava. Tantas comoções no ansiado almoço de sábado e vinham lhe dizer que Bete fornicava com outro... E nem ao menos se prevenia, ia logo chocando um ovo. Galinha!

Depois de comer, quis se engraçar com a substituta.
— Então no Hotel Moderno é assim? Taratatá e já emprenha?
A garota recolhia os pratos e não respondeu.

E agora na rua, lendo a revista. Muitos nomes do nosso *society* circularam nas Laranjeiras com o mundo oficial e político. O diadema mais impressionante foi o da sra. Francisco Guise. Todo cravejado de brilhantes. Outra tiara que impressionou, aliás muito *kar*, a usada pela sra. José Augusto Macedo Soares. De pérolas e brilhantes. Trata-se de uma joia de família da senhora em questão, que é filha do Conde de Pombeiro. Usava um conjunto de pulseira e anel de rubis, enormes rubis, a sra. Otávio Guinle. Também a sra. Josefina Jordan escolheu rubis como joias. A *debutette* mais *chic* foi a srta. Astrid Monteiro de Carvalho, com um vestido branco, de pintas também brancas. A nota *very kar* foi a sra. Paulo Cunha[29], que fez questão de desfilar por todas as dependências do palácio, sob os comentários gerais: "Essa é a Paulo

---

29. Ministro de Negócios Exteriores de Portugal, membro da comitiva do Presidente Craveiro. (N.E.)

Cunha". E não havia quem não esticasse o pescoço para admirar a representante da beleza e da elegância lusitanas.

Outro Ibrahim... o Sued. Mais um turco!

E dá-lhe com Craveiro e Juscelino, Craveiro e Ademar, Craveiro e Bias Fortes...[30] eta revistinha alcaide, nem futebol e ele lembrou novamente o Guarani de Basay, que suplantara os adversários regionais e sacudira o marasmo da cidade: nos domingos todo mundo ia ao estádio, o mundo oficial, o político e até as moças, que nada entendiam do jogo, mas suspiravam a ver Basay entrando em campo com um buquê de flores, a homenagem do campeão para a torcedora mais bonita.

Marreco,
Guta e Celestino;
Porreta, Picapau e Rebouças;
Porquinho, Basay, Filomeno, Porciúncula e Rengo.

Que onze! Basay era andino e viera para o Guarani após ter perlustrado as duas margens do Prata com seu charme indiático e seu petardo de peito de pé, com efeito procurante. *Soldier of fortune.* Agora vivia com a Célia no putedo e era o líder do conjunto melódico. A parceria modulava e ele dava o compasso com o pandeiro e aquele pezunho que tinha sido o calvário dos golquíperes.

Joanetes? Calos? Lá vinha o Turquinho na esquina do correio e atrás dele meia dúzia de molambentos guris de rua. Pensou em trocar de calçada e só não o fez porque o petiço, vendo-o, pôs-se a encará-lo. Devolveu o olhar e o reclamista, açulado pela corja – "Aí, Turquinho" –, entreparou. Mas ele não: acabara de avistar Lili tomando a rua da feira. Seguidamente a via depois de fechada a agência, mas nunca tentara aproximar-se. Apertou o passo.

– Vais à feira?

---

30. Ademar de Barros e Bias Fortes, em 1957, eram os governadores de São Paulo e Minas Gerais. (N.E.)

— Vou — disse ela, seca. — Por quê?

— Nada, é que... — Lili adiantava-se e ele ergueu a voz: — ...segunda vai ter fogueira na frente da farmácia, vai ter pinhão, quentão, um bailezinho...

Já a via pelas costas, fugindo, e então parou. Adiante, a feira e seu alarido, olha a alface, olha o repolho e o tempero verde e de vez em quando entrava de rijo um "Petrolina Minâncora", um "Josezinho Santos", como um responsório à litania dos pregões. Viu passar outro bando de moleques com sacos de aniagem, iam recolher as sobras da feira — e as sobras das sobras serviriam para alimentar, na noite de 24, as fogueiras suburbanas do santo. Viu um velho com um frango debaixo do braço e um cachorro sentado. Viu uma mulher de coque e um cavalo bosteando. Viu uma revoada de pombos assustados e Lili desaparecer entre as carroças. Vagarosamente começou a voltar, dizendo consigo que um futuro *légionnaire* não se abalava com frioleiras e se trazia os olhos molhados era de esperança, de emoção: um dia aquela carta chegaria e então Lili e não só ela, também Bete e as putas da Célia, todas sentiriam falta dele. Tarde, muito tarde, já estaria longe, muito longe... talvez em Marselha esperando o dia do embarque.

Num vapor da Messageries Maritimes cruzava o Mediterrâneo, desembarcando em Orã. Em uma hora de marcha alcançava o Forte Ste. Thérèse e dali partia de trem para a sede do Primeiro Regimento. Sidi-bel-Abbes, finalmente! Via-se entrando num sobrado amarelo de três pisos e recebendo uniformes, roupa de baixo, sabão, toalhas — meias não, os legionários não usavam. Alvorada às cinco — *levez-vous, levez-vous* — e após a primeira refeição marchar no deserto a cinco quilômetros por hora, em uniforme de combate e com dezenas de pentes de balas nas patronas. Estava começando sua aventura de palmeiras, oásis, cidades mouras, miragens, tempestades de areia, tuaregues velados, o *harmattan* e o *caffard*. Glória ou perdição.

Na distância ecoavam os reclames da farmácia, mas ele não ouvia a voz do reclamista, ouvia outras:

— *Par files de quatre! En avant! Marche!*

Um-dois, um-dois, um-dois e que viessem *les arabes* com suas melenas cheias de caspa e seborreia e suas trombetas farmacopeicas, os ibrahins, a turcalhada toda.

— *Aux armes! Feu!*

Toma esta, cão infiel, e esta e esta mais, e um dia voltaria ao Brasil, tinha certeza, *morocho* como o Basay, de uniforme branco e o peito coberto de medalhas, *very kar*, depois de ter salvo uma princesa de furiosos beduínos — uma princesa que lhe aparecia com os dedos sujos de tinta de carimbo, tinha os peitos da garçonete, o nariz da miss, o rostinho angélico da senhorinha Acauan e, por que não?, a elegância lusitana da sra. Paulo Cunha. E um rubi na testa.

Abriu a porta. Deitada no cesto das costuras, a gata o mediu de alto a baixo. Suas pupilas amarelas faiscavam e o rabo subiu, reto como um pau. O rádio estava ligado e ao pé dele, na *bergère*, sua mãe cabeceava. O apartamento cheirava a papel velho.

— Chegou a carta? — ela perguntou, despertando vagamente e tornando a cochilar.

Não respondeu e olhava-a como se não a compreendesse. Sentia o abdome tenso, o coração acelerado, estou me matando, desconfiou, será assim — seis letras — o *amoque* malaio da charada? Sentado no banquinho (e a gata a se roçar em suas canelas), pensava na própria morte, perguntando-se se no dia seguinte os jornais diriam ENLUTA-DO O RIO GRANDE COM O DESASTRE. E olhava para a mãe, aquela tediosa esfinge, como num sonho em que estivesse condenado a fitá-la até a decifração, e ouvia, como parte desse sonho, a voz do locutor, depois música, depois a voz de novo, que se confundia com um longínquo reclame trazido pela aragem vespertina e com os pregões da feira que já se espaçavam numa lenta agonia — ruídos em naufrágio no mar de pelos de um som mais profundo e envolvente, o ronrom da gata, que os sufocava com uma paciência de jiboia. Escapavam desse abraço mortal certos rumores, mas estes eram igualmente insidiosos, provinham da azáfama dos gases no labirinto de seu ventre e pareciam risotas de escárnio.

A ruana unhava-lhe os sapatos, ronronando ainda, ele ainda olhava para a mãe e via, por trás dela, o poente incendiando os vidros da janela. E como despertando de um sonho para entregar-se a outro sonho, considerou-a na poltrona, reclinada no encosto e com as mãos no regaço, segurando ambas a mesma agulha de tricô, e a figurou como a pilota do PP-VCF em seu posto de comando, tentando pousar o avião em chamas. A *bergère* também perdera uma asa e saltava o diabo a quatro de suas entranhas em pedaços. Ia explodir.

— Bum! – fez ele.

Fifi, eriçada, saltou para trás, miando com escândalo, e a velha escorregou no assento, agarrando-se nos braços da poltrona.

— Nossa! És tu?

— Não – disse ele, erguendo-se. – É o Boose.

Agarrou a gata, último recurso de um bacana, e entrou no quarto, fechando a porta. Na sala a velha começou a falar sozinha e sobre seus murmúrios e a música do rádio ele ouviu rinchos de uma carroça, depois outros, e outros mais, eram os verdureiros que voltavam para casa em suas carroças vazias. Noite. Velozmente, a baixa altura, ia chegando outro domingo.

O prisioneiro de Gaspra

Gostaria que você soubesse que estou longe, sozinho num lugar do qual nunca ouviu falar, num lugar que só existiria num sonho. Mas se você não pode me ver nem me ouvir, como saberia? Tampouco espero que leia esta carta, embora eu pretenda enviá-la. Só um milagre, não é? Tamanha é a distância entre nós, que é como se você também não existisse e fosse outro sonho.

Se você pudesse acompanhar meu dia a dia, diria que é o que sempre foi e cada coisa está onde sempre esteve. Sim, tenho uma casa que em tudo se assemelha àquela que eu tinha. Mas o lugar – você acredita? –, o lugar é outro e, em meus delírios, chego a desconfiar de que transportaram a casa no guindaste de uma nave espacial. E não só a casa. A casa, o subúrbio, a agência dos correios, a mulher. Cada coisa onde sempre esteve. No entanto, são apenas ilusões e fazem parte do castigo.

Você já ouviu falar de Gaspra?

Gaspra é uma prisão e, por motivos que ignoro, condenou-me um juiz, ou um deus, a penar nesta rocha que parece uma batata, a 400 milhões de quilômetros da Terra, vendo a luz do sol a cada três horas, após outras tantas de densa escuridão. E nem sei há quantos anos estou aqui. No início eu contava, fazendo cálculos complexos, e assentei que cada estação durava quatro meses. E assim contava os anos. Depois desanimei. Posso estar aqui há quinze anos, ou há trinta. De que me adianta marcar o tempo, se desconheço a extensão da pena?

Em certos dias, quando a fúria do vento me impede de levar a correspondência e ainda me obriga a fechar portas e janelas, pergunto-me por que tinha de vir para tão longe, para um mundo tão inóspito. Se o crime que cometi foi tão grave. Se sou tão perigoso, ao ponto de não poder compartilhar uma cela na cadeia de nossa cidade. Contudo, olhe só, não me recordo de ter cometido crime algum, exceto contra mim mesmo, por excesso de altruísmo. Eu era os outros. É só o que lembro e não sei se explica meu degredo e seu melancólico cenário – a casa, o subúrbio, a agência dos correios onde posto cartas que ninguém recebe.

E mais a mulher, decerto, e nada é verdade.

De manhã, enquanto ela cozinha, leio o jornal, e o jornal é sempre igual e já sei de cor. A mulher, também já sei de cor. Vejo-a lavar e passar roupa, vejo-a banhar-se e secar os cabelos, vejo-a lendo uma revista, vejo-a por toda casa – é um vulto ubíquo –, e ela me vê como se não me visse. Na varanda, fuma um cigarro e distrai-se com as volutas da fumaça. Se falo, não responde, não ouve, e ao entardecer, recolhe-se, para despertar cedo e começar tudo de novo. E tudo é mentira.

Em seguida anoitece.

E à noite, ouço gritos de meninos perdidos e um fragor de tráfego sob a terra, ouço sirenes e estrondos abafados, e rugidos de acuados animais, ouço soluços e doridos ais, e a metralha incessante de uma guerra. Dormir eu não consigo. No banheiro, olho-me no espelho e passo a mão no rosto, para ver se sou eu mesmo. E sou. E caminho a esmo pela casa e, por fim, sento-me à varanda, em busca do remédio para o mal que a noite faz e ela só pode abrandar: o pontinho azul no céu, onde você está. Finjo que um dia vou voltar e nossos amigos vão fazer uma grande festa e no jornal vai dizer que voltou o prisioneiro de Gaspra. Finjo que alguém me ama sem que eu saiba e essa pessoa me espera, como Penélope esperou Ulisses. E finjo tanto que, às vezes, passam-se três dias e três noites, sem que nesse tempo eu veja a casa, o subúrbio, a agência dos correios, a mulher.

Quando paro de fingir, quando regresso a mim, me dá uma angústia tão funda, uma vontade tão forte de gritar... Nos primeiros anos eu gritava – soluços e doridos ais –, agora não grito mais. Por que gritaria, se só eu posso escutar.

É isso que eu queria lhe escrever, embora não tenha certeza de que realmente esteja escrevendo: será outra ilusão, quem sabe.

Mas tenho uma esperança.

Uma grande esperança.

A esperança de que, pensando no que penso que escrevo, meu pensamento alce voo pelo escuro desse espaço. Pode ser que você, na amena noite terrestre, sinta um frêmito, um estranho calor, e diga a nossos amigos que sonhou comigo, que no sonho estou longe, sozinho num lugar do qual nunca ouviu falar, num lugar que só existiria num sonho. Mas pode ser também que você suspeite desse sonho e faça alguma coisa. Pode ser que embarque numa nave espacial ou contrate um advogado ou faça uma promessa ou qualquer outra coisa e venha me buscar.

Epifania na cidade sagrada

Remonta a 1827 a criação dos dois primeiros cursos brasileiros de Ciências Jurídicas e Sociais, em Olinda e São Paulo, por decreto da Assembleia Geral que o Imperador sancionou a 11 de agosto. Não é a única efeméride deste dia. Outra há e foi ela que levou o professor a me convidar para este encontro com vocês, futuros advogados, pedindo que lhes falasse de alguém – outro advogado! – que veio ao mundo há mais de 250 anos, justo no dia que tributamos ao seu mister.

Disse-me o professor que todos estudaram com interesse e afinco o episódio conhecido por Inconfidência Mineira, que teve lugar em Vila Rica com desdobramentos no Rio de Janeiro. Disse-me ainda que, em aula, foi promovido um julgamento do alferes Joaquim José da Silva Xavier e dos poetas Ignácio José de Alvarenga Peixoto e Tomás Antônio Gonzaga, com um promotor atuando em nome da coroa portuguesa e um defensor para os réus. Convenhamos em que o papel do promotor era espinhoso: precisava convencer o júri de que vultos pátrios hoje venerados mereciam as condenações impostas no acórdão da Alçada. *Contrario sensu*, somos obrigados a convir também, sem depreciar o trabalho da defesa, que ele foi facilitado e o resultado não podia ser outro: Tiradentes, Alvarenga e Gonzaga foram absolvidos e libertados. Viva. Que pena que não foram vocês que julgaram o caso, em 1792. Quanto sofrimento teriam evitado.

Devo lhes fazer presente que, se juiz eu fosse no processo original, provavelmente os condenaria.

E por quê?

Porque nos *Autos de devassa da Inconfidência Mineira*, se não há evidências de que os inconfidentes tenham pretendido praticar aquilo que, nos últimos meses de 1788, era tão só um levante hipotético, há, sim, comprovação bastante de que sua discussão era o frenesi da hora. A lei penal era severa e sem contemplação. Castigou não só quem conjecturara uma república em Minas, como também quem ouvira essas conjecturas sem comunicá-las às autoridades da capitania.

Mas, pergunto, condenaria todos?

Este é o ponto.

A leitura dos autos sempre me sugeriu que, vistos os tópicos da denúncia e a prova constituída, a pena de degredo e outras penas cominadas ao ilustre aniversariante de 11 de agosto – o poeta, desembargador e ex-ouvidor de Vila Rica, Tomás Antônio Gonzaga –, configuraram carregada iniquidade. No meu entendimento, nada se provara contra Gonzaga e ele fora condenado por crimes outros, abstratos e estranhos à denúncia. Diria mais: parecia-me que não se apurara nem que tivesse conhecimento, por ouvir falar, de maquinações insurretas. Preso oito dias antes do casamento com a jovem Maria Dorotéia Joaquina de Seixas – a "Marília" dos versos de "Dirceu" –, foi banido para uma terra longínqua e inóspita, onde veio a morrer em 1810. Um destino melancólico, mirrado, para um poeta e um jurista de talento e saber tamanhos.

Se eu acreditava na inocência de Gonzaga, deveria ter suficientes razões para defendê-la. Creio que as tinha e eram duas.

Tanto Tiradentes como o padre Carlos Toledo, vigário de São José e também inconfidente, quando perguntados em juízo sobre Gonzaga, declararam que, por ser um pró-homem de grandes dotes e influência, usavam-lhe o nome para arregimentar aliados, mentindo que ele participava da conspiração e estava incumbido de redigir as leis republicanas. E vejam só: Tiradentes não tinha motivo algum para proteger Gonzaga, pois considerava o ex-ouvidor um figadal inimigo, por tê-lo intimado de uma carta precatória oriunda de São João d'El Rei. Se o alferes, quando inquirido, não livrou nem seu compadre e amigo, o idoso coronel Domingos de Abreu Vieira, e muito ao contrário, encalacrou-o no crime quanto pôde, por que haveria de livrar alguém que era objeto de seu ódio?

A outra razão vem do final de 1788, quando diversos moradores de Vila Rica e arredores se reuniram na residência do comandante do Regimento de Cavalaria, tenente-coronel Francisco de Paula Freire de Andrade, para comemorar o Natal e logo o Ano-Novo, e aqueles poucos que já vinham tratando teoricamente da sedição, por causa do iminente lançamento da Derrama, tornaram a confabular sobre a matéria. Os depoimentos são categóricos: no instante em que chegou Gonzaga à casa de Freire de Andrade, todos se calaram. Gonzaga, transferido para a Bahia, já não era o ouvidor, e permanecia em Vila Rica em virtude de seu próximo casamento, mas sempre era um desembargador e, portanto, uma autoridade que inspirava respeito e medo.

Não obstante o peso dessas objeções, pequena dúvida ainda fazia mossa em minhas certezas e se relacionava com um incidente ocorrido em jantar na residência do poeta Cláudio Manuel da Costa, nos meses que antecederam as prisões.

Naquela época inexistiam entretenimentos como os da modernidade. Nem jornal havia na colônia, a *Gazeta de Lisboa* chegava com meses de atraso e o Brasil só veio a ter imprensa escrita após a mudança da corte portuguesa para o Rio de Janeiro, em 1808. À noite, que faziam os homens em Vila Rica? Pouca coisa. Ou jogavam gamão, ou frequentavam prostíbulos, ou faziam visitas. Numa daquelas noites, em casa de Cláudio, sentaram-se à mesa para cear Gonzaga, Alvarenga, o cônego Luís Vieira da Silva, da diocese de Mariana, e o Intendente do Ouro na capitania, desembargador Francisco Gregório Pires Bandeira. Não era um conventículo, era uma reunião de amigos e, exceto pelo cônego, colegas, que se encontravam para comer e tagarelar nas áridas noites de uma vila interiorana.

E aqui começa o impasse.

Gonzaga não janta, está a padecer de uma "cólica biliosa". Inapetente, nauseado, levanta-se, pede a Cláudio que lhe traga uma esteira e, enrolando-se num capote de baeta cor de vinho, deita-se na varanda próxima, junto à escada que desce para o pátio lateral. No salão, em breve ausência do desembargador Bandeira, vêm à tona os malefícios que a Derrama causaria e os benefícios derivados de uma insurreição bem-sucedida. Cláudio está sentado à mesa, o cônego em pé e Alvarenga, que discorre sobre o tema, caminha de um lado para outro. Em dado momento, receando um súbito retorno do desembargador Bandeira, que não era "entrado", Alvarenga recomenda aos outros que mudem de assunto.

Na inquirição, procedida na Fortaleza da Ilha das Cobras, no Rio de Janeiro, Gonzaga sofre tenaz pressão do juiz Coelho Torres, que o acusa de ter ciência plena do que se conversara à ceia e da incriminável advertência de Alvarenga. Ele nega, alega que nada ouviu, que não estava à mesa e sim no piso da varanda, sentindo-se tão mal que, pouco depois, seria levado para casa pelo desembargador Bandeira. Persiste na negativa até o fim, refutando um por um, com argumentos de apurada lógica, os delitos que se lhe imputam.

Ora, que estava na varanda não se discute, é certo – outros depoimentos o confirmam –, mas eu me perguntava e lhes pergunto: Gonzaga teria falado a verdade? A resposta exigia uma visita a Ouro Preto.

Vila Rica foi a capital de Minas de 1723 a 1897 – a partir de 1823 com o nome de Ouro Preto. É a capital da arquitetura barroca no Brasil, a cidade das igrejas, das capelas, dos passos, dos chafarizes, das pontes, das ladeiras, dos becos, do passado impresso nas fachadas e até nas pedras da rua – a cidade da Inconfidência Mineira.

Hospedei-me no anexo do Museu da Inconfidência, na descida da Rua do Pilar. É um prédio cujo pesado e pouco prático mobiliário talvez pertença ao mesmo século em que foram erguidas aquelas vetustas paredes.

Acreditem: viaja no tempo o hóspede!

Da cama com dossel onde dormia, eu olhava ao redor e tinha a visceral sensação de pertencer eu mesmo a remotas estações que, no entanto, remanesciam palpáveis, vivas, como se a qualquer momento uma das portas fosse abrir-se para dar passagem ao padre Rolim, ao jovem Maciel, a Toledo Piza, Silvério dos Reis ou o soturno Barbacena, patéticos personagens daquele drama mineiro. E se fechava os olhos, via cenas marcantes que minha memória reconstituía em minúcias, o infausto Cláudio Manuel enforcado debaixo da escadaria da Casa dos Contos, Gonzaga no calabouço a compor suas liras à luz de vela, e no oratório da cadeia, nas horas amargas da sentença, o vil Alvarenga a culpar sua honrada esposa, Bárbara Heliodora, por não ter permitido que, ainda em liberdade, denunciasse os companheiros. Via Tiradentes a confessar-se com Frei Raimundo e finalmente assumir um papel que lhe sublimava todas as insânias cometidas: "Ah, se dez vidas eu tivesse..." Sua redenção, ainda que tardia. E eram tão reais os sonhos da vigília que, em cada cena, eu procurava a mim mesmo, como se nela devesse estar de corpo presente, a testemunhar aquilo que nossos historiadores contariam depois.

Subamos agora a Rua do Pilar. Sigamos pela Rua Direita, logo pela Rua do Carmo e, além da Praça Tiradentes, pela Rua do Ouvidor. Nesta, no número 61, vemos a morada do poeta enquanto exercia tal cargo, de 1782 a 1788, e onde agora funciona a Secretaria de Turismo, Indústria e Comércio do município. Adiante, na Rua do Giba, com o número 6, a grande, a imensa casa de Cláudio Manuel.

É um prédio de esquina, com um dos lados a prolongar-se ladeira acima pela Rua São Francisco. Tem dois pisos na fachada. No térreo, em porta à esquerda da principal, um armarinho ou brechó. Do segundo piso, avista-se a rua por cinco portas-janelas gradeadas até meia-altura, e esta é a seção nobre da residência, hoje ocupada por descendentes de Diogo de Vasconcelos, historiador e jurista contemporâneo da Inconfidência que foi interrogado no processo, por suspeita de associação com os réus. Seu filho, o político e jurista Bernardo Pereira Vasconcelos, foi um dos próceres cardeais do Império. Também governou a província de Minas e, durante sua gestão, morou em Vila Rica, justamente no número 6 da Rua do Giba.

Quanta história povoa aquela bendita casa!

E eu a visitei.

Imaginem, lá estava eu no salão em que ceavam Alvarenga, o cônego, Cláudio e o Intendente do Ouro, junto à prístina alvenaria que vira Gonzaga levantar-se, adoentado, e ir deitar-se na varanda, embrulhado num capote de lã felpuda. Contemplava aqueles lugares sagrados com os olhos e o coração, respirava aquela atmosfera que talvez ainda guardasse os átomos das vozes rebeladas ao jantar, podia pressenti-los a estuar pelos caminhos de meu sangue e até confesso que, para surpresa e constrangimento do morador que me acompanhava, minha comoção ia além do que devia. E não era só pela visita. Também concorria uma revelação que fazia desmoronar todas as minhas crenças a respeito de Gonzaga.

Eu via, sentia, media aqueles espaços, e tinha a acabada consciência de que, da varanda, Gonzaga ouvira a conversa de seus amigos à mesa e também a advertência de Alvarenga, tinha a acabada consciência de que ele conhecia a intensidade dos ventos que sacudiam Vila Rica e que, se não enganara o inquisidor nem os juízes da Alçada, que suspeitando de sua culpa o condenaram sem provas, a mim, durante muitos anos, ele me enganara com sua aguda inteligência, sua lógica arrasadora e seu saber jurídico.

Ele era culpado.

Não era o Gonzaga que eu conhecia.

Era outro.

Era maior.

Estivera à mercê de um inquisidor implacável e de mãos perversas que lhe davam os mais infames tratos, e ainda assim sua luz resplandecia. Era como se eu o visse, a fulgir em sua glória. Mais do que qualquer outro, era ele quem merecia ter dez vidas.

Não, ele não conspirou, não foi um inconfidente, isso não, mas pelos amigos sabia de tudo, e entre os personagens que a Inconfidência Mineira entronizou em nosso panteão, foi o único cuja alma não se feriu pela confissão e cujos lábios jamais se abriram para denunciar alguém.

Depois da primeira morte

Ouves o ranger dos gonzos e teus músculos despertam, retesados para o bote. Agora o estalo de cada degrau e sei que podes calcular quantos faltam para o fim da escadaria. Anseias por meu passo no corredor na premonição de um tempo novo. Imagino teu contentamento. Compreendo tua esperança. Diria que até sufoco prefigurando tuas mãos em meu pescoço.

Nos últimos dias me despedi dos poucos amigos que fiz lá fora. A um dei um garrafão de vinho, a outro uma quarta de argila, um terceiro me bendisse pelo perdão de velha dívida. No horto a terra ficou virada, fofa, suponho que em breve desejarás lançar as sementes que juntei. Também a casa foi preparada e disso cuidei agora, antes de descer, fazendo pequenos consertos e varrendo as folhas que o vento larga na varanda. A louça está no armário, a roupa branca pendurada ao sol. Também no armário estão os instrumentos e não há neles o menor vestígio de teu sangue.

Vou caminhando, avançando pelo corredor, vou pensando em ti, no dia em que aqui chegaste sem saber de nada. Jamais pude esquecer teu doloroso assombro quando descobriste que viverias no tronco e só no tronco, como todos os que aqui chegaram antes sem saber de nada.

Como o tempo passa.

Antes eu não tinha esses cabelos brancos nem esse andar alquebrado de velho. Eu era forte, musculoso, não precisava de nenhum esforço para cumprir o meu papel. Com as mãos o cumpria, dosando-o na intensidade do teu grito e no limite do desmaio. Mas o tempo passa e nos devora lentamente, como uma jiboia. Nesses anos todos fui ficando fraco, frouxo, e passei a usar os instrumentos. Nossos encontros se tornaram demorados, mas não ignoremos que a dor também te trouxe algum proveito, comigo aprendeste que com um punhal se vaza um olho, com uma agulha se perfura um tímpano e que línguas, mamilos, cartilagens, justificam o invento das navalhas.

Não te tratei tão mal, pensa bem, cuidei de ti mais do que de mim nesses anos todos. Não negarás que fui paciente depois que perdeste a aptidão para o desmaio. E mais: trazia tua comida na tigela azul, tua água na caneca de alumínio, retirava teus excrementos com a pazinha. Queres mais ainda? Soltava teus pulsos do tronco e me sentava ao teu lado enquanto comias, ficava ouvindo teus gemidos e como me compadecia. Que mais podia fazer? Te libertar? Isso não podia. E depois, a mim, quem me mataria?

Vou caminhando, chegando ao fim do corredor, já posso discernir o vão da porta e o traço de seus alizares. O tempo passa, passará, um dia, não sei te dizer quando, descobrirás que não fui um monstro, que te amei tanto quanto pode alguém amar seu semelhante e que nada havia, nada mesmo, que pudesse fazer para minorar teu sofrimento. Sim, também estive em teu lugar, não vês que tudo se repete? Tudo se repete desde a primeira morte e a dor é sempre a mesma, assim como a esperança nunca muda. É por isso que me esperas, contente, e quando eu entrar, vergado ao peso dos anos e já incapaz de um gesto de defesa – magro e trêmulo velhinho –, tu, moço, tu, pálido colosso, rebentarás essas amarras podres, te erguerás do tronco e me matarás. Mas não descansarás depois. Depois sairás a campo em busca da tua vítima.

O autor

Sergio Faraco nasceu em Alegrete, no Rio Grande do Sul, em 1940. Nos anos 1963-5 viveu na União Soviética, tendo cursado o Instituto Internacional de Ciências Sociais, em Moscou. Mais tarde, no Brasil, bacharelou-se em Direito. Em 1988, seu livro *A dama do Bar Nevada* obteve o Prêmio Galeão Coutinho, conferido pela União Brasileira de Escritores ao melhor volume de contos lançado no Brasil no ano anterior. Em 1994, com *A lua com sede*, recebeu o Prêmio Henrique Bertaso (Câmara Rio-Grandense do Livro, Clube dos Editores do Rio Grande do Sul e Associação Gaúcha de Escritores), atribuído ao melhor livro de crônicas do ano. No ano seguinte, como organizador da coletânea *A cidade de perfil*, fez jus ao Prêmio Açorianos de Literatura – Crônica, instituído pela Prefeitura Municipal de Porto Alegre. Em 1996, foi novamente distinguido com o Prêmio Açorianos de Literatura – Conto, pelo livro *Contos completos*. Em 1999, recebeu o Prêmio Nacional de Ficção, atribuído pela Academia Brasileira de Letras à coletânea *Dançar tango em Porto Alegre* como a melhor obra de ficção publicada no Brasil em 1998. Em 2000, a Rede Gaúcha SAT/RBS Rádio e Rádio CBN 1340 conferiram ao seu livro de contos *Rondas de escárnio e loucura* o troféu Destaque Literário (Obra de Ficção) da 46ª Feira do Livro de Porto Alegre (Júri Oficial). Em 2001, recebeu mais uma vez o Prêmio Açorianos de Literatura – Conto, por *Rondas de escárnio e loucura*. Em 2003, recebeu o Prêmio Erico Veríssimo, outorgado pela Câmara Municipal de Porto Alegre pelo conjunto da obra, e o Prêmio Livro do Ano (Não Ficção) da Associação Gaúcha de Escritores por *Lágrimas na chuva*, que também foi indicado como

Livro do Ano pelo jornal *Zero Hora*, em sua retrospectiva de 2002, e eleito pelos internautas, no site ClicRBS, como o melhor livro rio-grandense publicado no ano anterior. Em 2004, a reedição ampliada de *Contos completos* foi distinguida com o Prêmio Livro do Ano no evento O Sul e os Livros, patrocinado pelo jornal *O Sul*, TV Pampa e Supermercados Nacional. No mesmo evento, foi agraciada como o Destaque do Ano a coletânea bilíngue *Dall'altra sponda / Da outra margem*, em que participa ao lado de Armindo Trevisan e José Clemente Pozenato. Ainda em 2004, seu conto "Idolatria" apareceu na antologia *Os cem melhores contos do século*, organizada por Ítalo Moriconi. Em 2007, recebeu o Prêmio Livro do Ano (Não Ficção) da Associação Gaúcha de Escritores, pelo livro *O crepúsculo da arrogância*, e o Prêmio Fato Literário – Categoria Personalidade, atribuído pelo Grupo RBS de Comunicações. Em 2008, recebeu a Medalha de Porto Alegre, concedida pela Prefeitura de Porto Alegre, e teve seu conto "Majestic Hotel" incluído na antologia *Os melhores contos da América Latina*, organizada por Flávio Moreira da Costa. Em 2009, seu conto "Guerras greco-pérsicas" integrou a antologia *Os melhores contos brasileiros de todos os tempos*, organizada por Flávio Moreira da Costa. Seus contos foram publicados nos seguintes países: Alemanha, Argentina, Bulgária, Chile, Colômbia, Cuba, Estados Unidos, Luxemburgo, Paraguai, Portugal, Uruguai e Venezuela. Reside em Porto Alegre.

OBRAS PRINCIPAIS

Hombre. Rio de Janeiro: Civilização Brasileira, 1978.
Manilha de espadas. Rio de Janeiro: Philobiblion, 1984.
Noite de matar um homem. Porto Alegre: Mercado Aberto, 1986.
Doce paraíso. Porto Alegre: L&PM, 1987.
A dama do Bar Nevada. Porto Alegre: L&PM, 1987.
Majestic Hotel. Porto Alegre: L&PM, 1991.
Contos completos. Porto Alegre: L&PM, 1995.
Dançar tango em Porto Alegre. Porto Alegre: L&PM, 1998.
Rondas de escárnio e loucura. Porto Alegre: L&PM, 2000.
Contos completos. Porto Alegre: L&PM, 2004. Ed. ampliada.
Noite de matar um homem. Porto Alegre: L&PM, 2008. Ed. ampliada.
Doce paraíso. Porto Alegre: L&PM, 2008. Ed. ampliada.

IMPRESSÃO:

PALLOTTI
GRÁFICA

Santa Maria - RS | Fone: (55) 3220.4500
www.graficapallotti.com.br